米巫 作品

浮云一别后

当代世界出版社
THE CONTEMPORARY WORLD PRESS

图书在版编目（CIP）数据

浮云一别后 / 米巫著. —北京：当代世界出版社，2017.6

ISBN 978-7-5090-1215-4

Ⅰ.①浮… Ⅱ.①米… Ⅲ.①长篇小说—中国—当代 Ⅳ.①I247.5

中国版本图书馆CIP数据核字（2017）第133748号

书　　名：	浮云一别后
出版发行：	当代世界出版社
地　　址：	北京市复兴路4号（100860）
网　　址：	http://www.worldpress.org.cn
编务电话：	（010）83908456
发行电话：	（010）83908409
	（010）83908455
	（010）83908377
	（010）83908423（邮购）
	（010）83908410（传真）
经　　销：	全国新华书店
印　　刷：	北京天宇万达印刷有限公司
开　　本：	710毫米×1000毫米　1/16
印　　张：	16
字　　数：	220千字
版　　次：	2017年7月第1版
印　　次：	2017年7月第1次
书　　号：	ISBN 978-7-5090-1215-4
定　　价：	36.00元

如发现印装质量问题，请与承印厂联系调换。
版权所有，翻印必究；未经许可，不得转载！

站在二楼的窗台边,看她从远处走过来。那一刻,男人突然觉得,周围的一切,都变成了荒原。

目录

序章	初见	001
第1章	意外	014
第2章	着迷	025
第3章	错误	034
第4章	前夫	047
第5章	秘密	059
第6章	十一	075
第7章		089

第8章 悲怆	103
第9章 肖牧	114
第10章 三角	133
第11章 中毒	149
第12章 云南	175
第13章 背叛	216
第14章 玉碎	228
尾声 离歌	240

序章

"因为明天还剩一寸记忆，泪水染红眼睛，所有的过往还灿烂无比，却不可及……"

杨乃文冷静的歌声，在空荡的房间里响起。

天黑了很久，窗外暮色深重。

写字楼二十四层唯一一间办公室里，那遗世而独立的女声，再次响起。

或许是房间太大了，他又关掉了所有的灯。当歌声响起时，歌者的每一个发音，钢琴段落每一个落下的音符，都听得如此分明，就好像唱歌的女人同在这个房间里，而此刻，是开给他一个人的演唱会。

"没等看见年华流失散尽，就变灰烬。你问我发生了什么，无光的夜不动声色……"

他站到落地窗边。

距离他脚趾数百米远的地方，这个城市的夜晚，正如火如荼地盛放着。汽车簇拥着街道，里面载满了奔赴下一个欢腾据点的男男女女。摩天写字楼还有很多亮着灯的房间，对面的豪华酒店更是灯火通明，衣着华丽的客人如潮水一般，涌入金碧辉煌的大堂。

今天是周五晚上。他当然记得。

下午公司的例会上，时近六点，本来还想多说几句的，但看到年轻人脸上按捺不住的雀跃表情，他及时收回了想说的话。他知道，那些像鸟儿一样的年轻人，迫不及待地要离开待了整整五天的无聊格子间，飞到马路上、餐厅里、电影院里，和自己爱的人在一起。

他羡慕那些年轻人。真的，他羡慕他们还拥有那些闪闪发光的，星期五的晚上。

他在黑暗中掐断了一支烟，摇了摇头，嘲笑自己刚才的想法。

为什么刻意将自己与那些"年轻人"切割？其实，他也不过三十出头而已！

可事实是，任凭窗外的周末夜晚如何五光十色，那些喧嚣都入不了他的耳，更浸不透他的心。他的周五晚上，正如歌里所唱，无光无色。

这落地窗的隔音效果太好了！他能听到的，只有耳畔那孤独的女声："一霎风雨我爱过你，几度雨停我爱自己。如何结束一身冷清，梦，来了又去。"

唱歌的女人明明克制了感情，歌词里却透着彻头彻尾的孤独。

他刚想点燃另一支烟，电话却响了。手机屏幕上闪动着熟悉的名字，他懒得接。电话响个不停，很显然，对方并不打算在这个周末夜晚放过他。他只好放下烟盒，再次拿起电话。一接通，他就后悔了。电话那头，音乐声震耳欲聋。

"子浮，子浮！你听得到吗？"

果然，是王东那家伙，对着话筒好一通狂喊。陆子浮根本没听清他在喊什么，果断挂了电话。不用听都知道他要说什么。无非是劝他出去玩玩、放松放松之类的屁话。这样的电话，这几年也不知道接了多少个。王东找他十次，他能去一次就不错了。他也知道，这些年，自己生活得太紧绷，作为从小一起长大的死党，东子再清楚不过了。

花天酒地、纸醉金迷，那样的日子，他并非没有试过。没有用的，他试过，并不能如东子所说，真正令他放松下来。

电话还在响，这家伙，还较上劲儿了！他索性关机，把电话塞进包里。

走到电梯间之前，他回过头，顺手关掉天花板上亮着的最后一盏灯。

电梯里明亮如白昼。他调整了一下视觉，才适应了这里的光。轿厢侧面墙上的电视里，滚动播放着陆氏集团最新产品的广告。那支广告是上个月拍的，刚刚换了代言人，现在这位，是时下国内最红的女明星。

他瞥了一眼广告，女主角穿着夺目的红裙子，在镜头前又唱又跳。那广告他看过几遍，也见过女明星本人，可是很奇怪，他始终不太记得对方长得什么样子。记得第一次经由市场部和广告公司的人介绍，在办公室里见到她的时候，和很多初次见他的女人一样，她化了浓妆，表情很丰富，殷勤得过分，似乎很想给他留下深刻的印象。

百分之九十的女人见到他都会这样，可她们不知道，结果适得其反：越是想给他留下深刻的印象，越是留不下任何印象。这不是那些女人的问题，而是他的问题。

他抬头看了一眼电梯轿厢的天花板，那是一面镜子，照出他的脸。他看到自己，忍不住皱了皱眉头。

这时电梯门开了。进来的一男一女本来拉着手，一见是他，女孩赶紧挣脱了手，却被他看在眼里。

"陆总……"

那男孩看起来眼熟，陆子浮却想不起他是哪个部门的。

"一起加班？"看到那女孩紧张地抓着单肩皮包的带子，他想得说点什么，缓和一下气氛。毕竟，公司并未禁止办公室恋情。

"吃晚饭了吗？"没等他们回答，他又接着问。

"吃了盒饭，现在再去吃点消夜！"男孩爽快地说，望着陆子浮，笑着。陆子浮看到，女孩用手戳了戳他的手，仿佛怪他多嘴。

电梯门再度打开，一楼到了。一男一女像是松了一口气，匆匆对他说再见，便走出电梯。

他站在电梯里，在门合上之前，目送这对情侣走向大门。他清楚地看到，走出电梯的下一秒，男孩的手重新拉起女孩的，而这一次，女孩并没有拒绝。女孩穿着粉色裙子，而男孩的衬衫是淡蓝的，他们的背影，看起来那么协调。

陆子浮觉得奇怪，只不过是电梯门关闭之前的几秒而已，他们衣服的颜色，以及手指的微小动作，在他把车子开出车库，于街头驰骋许久后，仍在他脑中挥之不去。这些年，眼前晃过那么多女孩和女人，他却从来记不清她们的脸是什么样子，以及她们穿了什么颜色的裙子。

他在车里叹了口气,觉得胃有点痛,突然想起来,今天还没吃晚饭呢。

车子爬过一道缓坡,D市的夜色在车窗外展开。一转弯,他看到自家的白色屋顶,刚想停车,却发现暮色中,大门外停着一台黑色汽车。

他心里咯噔一下,冲着大门,吹了一声口哨。没等多久,门开了,老李偷偷摸摸从里面钻出来,急匆匆地,朝他走过来。

"是我妈?"陆子浮探出头来。

"是啊,老太太一直在等您!打您电话也关机!"老李一脸焦急。

"你知道是什么事情吗?"其实不用问,他也心知肚明。

"也没什么事情,就说是好多天没见到您了,要过来看看您。"老李一边说,一边拿眼睛瞟着他。

"她就是为了看我一眼才等到现在?"他迅速打断了老李,"快说,到底什么事情?"

"还有,还有——"老李支支吾吾的:"说是有一个姑娘,要介绍……"

"好了别说了,我知道了。"他朝老李挥了挥手,准备再次发动引擎。

"您不进屋了?"老李慌了。

"你跟我妈说,公司有事情,我今天不回来了,叫她别等了,赶紧回去!"驾车离开的时候,他从车窗里探出头,对着老李大喊。

他的车子很快消失在弯道尽头,只留下老李呆呆地立在那里,一副不知所措的样子。有家也不能回,在城市的街巷里转了好几圈,无聊和寂寞如荒草般滋生。终于,还是给东子打了个电话。一听他要去,那家伙在电话那头,雀跃不止。

"赶紧过来吧,今晚节目很丰富,你来就对了!"他大笑,隔着电话,陆子浮仿佛都能闻到对方嘴里的酒味儿。

"地址发给我。"他冷冷地说。

"好好好,马上就发。不过,这地儿不太好找,你慢慢找吧,我们这儿,好戏才开始呢!"

短信很快就发过来了,陆子浮看了一眼,是一个从未听说过的地方。不过就算这地儿真如东子所说,是城中最新最热门的所在,也肯定不在陆子浮的认知范围。

有多久没去过酒吧了?快两年了吧!

他有点不安地挪动了一下身体。导航仪里的女声机械地提醒他下一个路口有拍照设备。他看了一眼窗外,高楼消失了,车子已经驶离市区,在这陌生的城市边缘,不再有璀璨的灯光,只有路边楼宇零星透出的光。

车子又开了一段,导航仪提示,他要找的那家名为Touch的酒吧就在这里。难以置信,他把车子靠边停下,车窗外,是一片看起来荒废已久的厂房。

他无奈地拿出手机。电话还没拨通,忽听得车窗轰隆作响,依稀晃动着人影。他只好放下手机,打开车窗。

是一个穿着黑色紧身连衣裙的年轻女孩,手里拎着一双高跟鞋。她把脸凑过来说话的时候,借着仪表盘的光,陆子浮看到,她光洁的脖子上,两块锁骨之间,有一颗剔透的水晶。那根串着水晶的带子极细,看起来,竟像是长在两块锁骨之间,有一种奇特的美感。

"你是去Touch吗?"

陆子浮的注意力全在女孩的脖子上,只恍惚听到她说了"Touch"。

见他没反应,女孩又凑近了一些,重复了刚才的问话。

"哦,是的,你也去那里?知道怎么走吗?"

女孩点点头,挥了挥手里的高跟鞋。

陆子浮这才发现,一只鞋的鞋跟断掉了。

"我可以上车吗?"她把手肘搁在车窗边缘,歪着头,似笑非笑地看着他,好像跟他并非初见,已经认识很久的样子。

见他并未拒绝,她便一跳一跳地走到副驾驶座,打开车门,大大方方地坐了进去。他摇了摇头。而她已经弯下腰,开始揉脚了。

"你第一次来?"女孩先说话。

"嗯。"陆子浮觉察到她的脸望向自己,可他并未转过头迎接她的目光,"你呢?经常来?"

"偶尔吧,今天是来找朋友的。"她爽快地回答。

车子在这片气氛诡异的废弃厂房区穿行,要不是这个半路捎上的女孩,他恐怕很难找到酒吧所在的鬼地方!

酒吧在一座建筑里,外观与其他旧厂房无异。东子站在门口,冲陆子浮挥着手。他把车子靠边停下,从车里出来的时候,穿着黑裙子的女孩也一起钻了出来,手里还拎着那双鞋。

"行啊你,交女朋友了?什么时候的事?"东子的目光只从陆子浮脸上滑了一下,那女孩一出来,他的兴趣点很快就转移了。

"别瞎说!"陆子浮猛拍了一下他的肩膀。

"谢谢你啊!"女孩并不理会东子的玩笑,晃了晃手里的鞋子,歪着头,看着陆子浮。

"什么情况啊,你们这是?"东子越发有兴味了。

"行了,进去吧。"陆子浮把东子往里面推。

"等——等一下!"女孩从后面追上他们,在背后大喊:"我可以跟你们一起吗?"

两人同时回头,陆子浮满脸惊讶。而她,依然那副满不在乎的表情,好像她的请求一点也不突兀,是顺理成章的,甚至都不能算是一个请求,而是理所应当被满足的要求。

"为什么?"陆子浮张口就问。

话没说完,就被东子狠狠地撞了一下,尔后挤眉弄眼,一副对情况了然于胸又责怪陆子浮不解风情的样子。

"欢迎欢迎!"东子的脸已经拧成了一朵花。

"你不是要找朋友的吗?"陆子浮本能想要拒绝,就像他面对所有异性的主动进攻时的反应。

看到他的人,或是看到他开的车,便迫不及待要认识他,用尽一切手段想接近他——这样的女孩,陆子浮见得实在太多了。何况,眼前这女孩还是大半夜一个人往夜店跑的那种。

"我——我突然改变主意了!"她依旧说得理直气壮。

尽管这个理由很牵强，但不巧碰上了和稀泥的王东，最终她还是达到目的，尾随陆子浮，进到酒吧里面。

酒吧是旧厂房改建的，比一般的酒吧大很多，一楼是吧台和舞池，舞池里人声鼎沸，在外面根本看不出来。临近午夜，在这个远离市区的地方，依然聚集着这么多欢闹的男男女女。他们佂经过的时候，舞池正中台子上穿得像玛丽莲·梦露的女人刚好跑到钢管上方，风骚地撩了一下裙子，下面的围观人群，爆发出一阵阵惊呼。

陆子浮摇了摇头。若非东子在后面推了他一把，他恨不得现在就打道回府。

太久没来夜店了，感觉不是新奇，而是生疏。难道自己真的老了？对这种年轻人扎堆的地方，已经产生了心理上的不适感？他回头看了一眼舞池里扭动身体的人群，下意识地用手掐了掐太阳穴。

"你怎么啦？"说话的是那女孩。

"哦，没事。我们上去吧！"他赶紧指了指楼上，三步并作两步，踏上那段刷得漆黑的楼梯。铁质楼梯被他踩得轰轰作响。

楼上是各色包间，如果说楼下的装修还算正常，这里就有点用力过度、奢华过度了，无论是暗金色墙纸，还是价值不菲的吊灯和沙发，房间内处处透着醉生梦死的金钱味道。桌子上散落着或空或满的酒瓶，沙发上已经坐了好几个不知道从哪里找来的女孩。陆子浮浏览了一遍，果然，她们千篇一律的脸和过短的裙子，都很符合东子的口味。

陆子浮的出现在女孩中引发了不小的轰动，有的人开始按捺不住，只是看到他身边还带着一个"女伴"，才算有所收敛。

"女伴"在他身边坐了下来，鞋子被扔在地板上，她自己踮着脚尖。陆子浮靠在沙发上，叹了一口气，越发觉得今天晚上来这里，就是个错误。

"东子，这位帅哥是？给我们介绍一下啊！"坐在东子旁边的女孩还是忍不住发问。

"来来来，给你们介绍一下，"东子从沙发上一跃而起，站到陆子浮旁边，按住他的肩膀，"这位是我朋友，陆子浮，他是……"东子正要脱口而出，陆子浮猛地咳嗽了一下，他马上会意改口道："做生意的，嘿嘿，做生意的。"

对面的女士们应声点头。

"做生意的?"没穿鞋的那个女孩突然一声大喊:"你不是陆氏集团总裁陆子浮吗?"

四下皆惊。

"你——你怎么知道的?"

看着东子被吓到的样子,陆子浮忍不住想笑。

"这里谁不知道啊?对不对?"女孩站起来,拿起桌上一只红色的啤酒罐,脸上依旧是那副理直气壮的表情:"这啤酒不就是你们家的吗?"

她说得没错,那红色易拉罐里装的,正是集团前年夏天收购的一家啤酒厂的产品。

陆子浮未作声,他简直怀疑这女孩刚才和他是不是真的偶遇。其他人也没搭腔,房间里一阵尴尬的沉默。

"好啦,来来来,陆总,来认识一下各位美女们吧!"东子适时跳出来缓和气氛,一边说着,一边用手拍了拍坐得离陆子浮最近的女孩的肩膀。

那女孩脸很白,下巴很尖,鞋跟很高。

"这位是Selina,演员,冉冉升起的新星。最近特火的那部电影,叫什么来着,票房特好的,她在里面演了个重要角色。"

女演员在东子耳边嘀咕了一下,东子忙不迭地点头,"对对对,《烈战》,那电影叫《烈战》,讲金三角缉毒的,你们看过没有?"

陆子浮一脸茫然。

女明星撇了撇嘴,脸上掩饰不住的尴尬。

"啊!我想起来了!"又是刚才冷不丁跳出来爆料的那位姑娘,她一拍大腿,恍然大悟道:"那片子我看过!"

听她这么一说,对面两人眼睛都亮了。

"我记得你啊,你演的就是,就是——"她歪着脑袋,好像还在费劲想着,把那俩人急得不行。

"就是毒枭的情妇啊。"她终于想起来了,"总共有三场戏吧,第一场和毒枭一起吃饭,第二场一起睡觉,第三场你为了保护他,被警察打死了。"

她记得清楚,说得也爽快,只见Selina瞪大了眼睛,下巴左右移动着,想说什么,又说不出口,急得额头上都快冒汗了。

陆子浮突然很想笑,便拿起桌上一瓶未开的矿泉水,咕噜咕噜喝了一大口。

房间里明明开着冷气,陆子浮却感觉憋闷,松了松脖子上的领带。

"你不常来夜店吗?"冒失姑娘已经把双腿曲着,蜷在沙发上。没等他回答,她又接着说:"你现在是不是很想走啊?"

她说得对,陆子浮的确想撤,可是找不到合适的理由,而且,在家里守着的那位苦主儿,还不知道这会儿撤了没有呢。

"那你呢,你经常来这里?"陆子浮转头看着她,随口问了一句。

天花板上的顶灯刚好照到她的脖子,锁骨之间的那粒水晶,折射出耀眼的光芒。

一听他这么问,她突然坐直了身子,两只手撑在膝盖上,一脸严肃。

"你是不是觉得我是那种天天泡夜店,等着找有钱人的女孩?"言辞中,她竟有几分怒意,而那皱着眉头一本正经的样子,也透着一股子可爱劲儿。

陆子浮竟不知该如何作答。女孩他遇过那么多,可这种单刀直入的,还是头一个。

他默不作声,又喝了一口水,靠在沙发上,双手抱在胸前,看着她。这才发现,她不知在什么时候把头发扎了起来,马尾扎得高高的,露出光洁的脖子。

"那你呢?你干吗跟着我?你不是要去找朋友的吗?"陆子浮盯着她的眼睛,一字一句,说得一点也不含糊。

"因为我看上你了啊!"她压根没打算逃避他逼视的目光。

这算是表白吗?出自一个认识未超过一小时的女孩之口,听起来如此荒诞。而她却说得掷地有声,就好像真有其事。

"看上我什么了?"陆子浮倒想知道,是看上他的名字,还是他的车?

"我——"那股理直气壮的劲头竟然瞬间从她身上消失了。她垂下头,欲言又止。

她这样子倒真叫陆子浮有些迷惑了。这从天而降的女孩到底想干吗?她要不就是太会演戏,要不就是太敢说真话,无论属于哪一类,对陆子浮而言,都是极少遇到的那一类。这些年里,他遇到最多的,是特别擅长"半说真话半演戏"的那种。

"我说了你可能不太相信……"她支支吾吾的,一边说,一边紧张地拿手搓着沙发的皮面。

"你说吧,我听着呢!"陆子浮半是认真,半是玩笑。

"嗯——其实也很简单。"她双手交叉,搁在膝盖上,"就是刚才遇到你之前,我坐地铁来这里,本来是要找一个朋友的。就快走到酒吧了,突然鞋跟断了,这里来往的人少,正不知道该怎么办呢?突然,看到你的车子停下了……"

她这架势,像是要讲一个很长的故事。

"然后我去敲你的车窗,你就把窗子摇了下来。我看到你正准备打电话,看到我之后,你把电话放了下来……"

"所以呢?"陆子浮实在听不出这流水账一般的复述里有何特别之处。

"呃——"她清了清喉咙,好像快要说到重点了,"虽然这么说有点突兀,有点不好意思,但是——我——我——"居然结巴了。

"你到底想说什么?"她忽然变了个人似的,倒叫陆子浮摸不着头脑。

"我想说,第一眼看到你,看到你坐在车里的样子,你放下手机,望着我,你的表情是那种,酷酷的,"她一边说,一边模仿着陆子浮当时的样子,"几乎可以说是没什么表情吧,但是,但是你长得实在太好看了,既好看,又很冷漠,好像跟人有一种,天生的距离感。我当时是什么感觉,你知道吗?看到你的第一眼,我的心脏,就有一种被击中的感觉。"她猛地锤了两下自己的左胸:"真的,不骗你。你那个样子,就好像骑在马上的英俊的骑士,明明很耀眼,又好像很漫不经心、玩世不恭。当然,你是开车的,不是骑马的。"

陆子浮觉得她越说越离谱,她当这是写言情小说吗?

她全然不顾陆子浮不可思议的表情,开始滔滔不绝:"然后,我鼓起勇气问你是不是也去Touch,我在心里狂喊:一定要说是啊,一定要说是啊。结果,老天眷顾我,你真的是来这里的!"

"还有,我必须声明一点!"她举起了一只胳膊,像是在课堂上回答问题的小学生,"在你的朋友说出你的名字之前,我真的不知道你是陆子浮。"

陆子浮颇有深意地看了她一眼。也许他的眼睛在说"我可不相信你的鬼话",于是小姑娘"诡辩"得更欢了:"是真的,一开始我不知道你是谁,后来你上楼的时候不是站在那里停了一下,当时我看你的侧脸,突然觉得有点面熟,进来之后你朋友说了你的名字,我才突然想起来。我肯定是在杂志或者电视上看过你的访问的啊!"

"说什么呢?你指我干吗?"看到她在这头夸张的表情,东子也好奇地凑了过来。

"没什么。"陆子浮一口气喝光了塑料瓶里剩下的水。

"我对他说,我喜欢他啊!"小姑娘往沙发上一靠,语气十分幽怨。

陆子浮含在嘴里的一口水差点喷出来。

"什么?"这下东子来劲了,"哎!我刚才就想问了,你这小姑娘,这么敢说话!你到底是从哪里冒出来的啊?真的是他路上捡的?"

"对啊,是他路上捡的。"她噘起嘴巴,对东子说:"我鞋子坏了,他骑着马来救了我。现在我对他说喜欢他,他不但不相信我,还怀疑我,讨厌我!"

好一通胡言乱语,把身经百战的东子也给搅糊涂了。他喝了一大口啤酒,定了定神,看看陆子浮,又看看她。

"行啦,你扯得我头都晕了,这都哪儿跟哪儿啊!你几岁了?九零后吧?"东子扭头看着小姑娘。

"九零后怎么啦?我都二十二啦!"她特意加重了"二十二"这三个字,好像极力要证明自己已经很成熟。

"二十二?好啊,他,就他!"东子指了指对面按兵不动的陆子浮,"你别看他长得比我年轻,我告诉你,他跟我一样大,今年三十二了,比你大十岁。"

"大十岁怎么啦?"

那两个人还在你一言我一语,陆子浮在旁边不作声,心里却有一种奇怪的感觉。

二十二和三十二,大十岁,这熟悉的年龄差,仿佛在瞬间,触动了他内心深处最隐秘的部分。

"不不不，这不是重点。你不要搞错了，"东子越说越兴奋，"重点是，他跟我口味不同。我嘛，喜欢年轻的、嫩的，他呀，就不一样了。"

"你什么意思？"女孩疑惑地看着陆子浮，"难道，他不喜欢女生？"

陆子浮哭笑不得，东子赶紧救驾："不是啦，你想到哪里去了！"

东子的脸红得跟猪肝似的，不知是不是酒喝多了，又正讲到兴头上，便开始口无遮拦："我跟你说，他啊——"指着陆子浮，故作神秘地说，"他才不喜欢年轻的，他喜欢——"

"好啦，你喝多了！"陆子浮终于坐不住了，腾地从沙发上站了起来。

"我去外面透透气！"他甩下一句话，径直走了出去。

他本来准备直接下楼、开车、离开，突然想抽烟，便走到过道尽头，推开那扇玻璃门。

外面的夜，黑得像一口深潭。虽然是初夏，这会儿温度也低了。他站在两截楼梯会合的地方，胳膊肘贴在冰凉的铁质栏杆上，熟练地点燃了烟，报复似的抽了几口，当尼古丁的灰色气体从鼻子里喷出，喷到空气中的时候，竟有一种恶意的解脱感。记不得是哪一年开始抽上烟的，肯定是在她从他生活里消失之后的某一年，也是在二十二岁那年。他并不知这鼻腔口中的氤氲之物，究竟是什么味道。

他听到身旁楼梯作响，借着昏暗的壁灯，那女孩像只小猫一样，一跳一跳地走到他身边。他并不惊讶，还有种预感，只要他没有离开此处，总会被她找到。这一次，她突然变得一言不发，站在他旁边，看着他抽完两根烟。

真是一个聪明的女孩，他想。此刻，无论她说什么，大概都不会恰逢其时，所以，她选择默默站在旁边，什么都不说。

可当他点燃第三支烟的时候，她终于忍不住了。

"你二十二岁的时候，一定发生了什么事情吧？"她说得小心翼翼，生怕惹得他生气或难过。

其实他没有，生气或难过，这两种情绪，他都没有。事情都过去了你么多年，二十二岁那年发生的事情，留给他最深刻的影响，就是孤独。

他只是觉得孤独。

每一个下班的黄昏，每一次夜深时分，陪伴他的，好像只有孤独。

仅此而已。

他又点燃了一支烟，转头看着她。他看到她嘴巴动了动，好像知道他不会回答这个问题，于是想赶紧换一个话题。

抢在她开口之前，他肯定地说："是的。"

"什么？"她似乎没料到他会搭茬儿，脸上露出一丝惊愕。

"我在二十二岁的时候，一次偶然的机会，也碰到一个比我大十岁的女人。心脏突然被击中的感觉，我也有过！"他说着，也用力拍了拍自己的左胸。

本以为抛出这个"重磅炸弹"，她会马上做出某些夸张的反应，可她偏偏安之若素。过了好久，她终于说话了："那个女人，比你大十岁的女人，她——"她停顿了一下，好像在犹豫什么。

"嗯？"他弹掉一截留了好长的烟灰。

"她一定很美很美，是不是？"她转过头，看着他，慢悠悠地说，"能把你的心脏一下子击中的女人，那该有多美啊！"说完，她又转过头，对着荒芜的夜空，吐了一口气。

他本来是要拿起烟蒂的，听到这话，手悬在半空中，又放了回去。烟蒂夹在手上，将要燃尽。

"你怎么啦？你的手在发抖！"她突然惊呼，"快把烟灭掉，烧到手了！"她迅速拍了拍他的手指，烟蒂掉落在地上。

灼痛感从指尖迅速传达到身体深处。

现在，他终于感觉到痛了，像是身体里烧了一场火，火势蔓延得太快，之前被孤独占据的领域，这一刻，都被真切的痛感席卷了。他死死抓住栏杆，手却还是抖得厉害。

"陆子浮，你怎么啦？没事吧？"她焦急地抓住他的手臂。

陆子浮没有说话。当他回过头来看着这个不知名的二十二岁女孩的时候，她惊讶地发现，这个三十二岁男人漂亮的眼睛里，有跟水晶一样发着光的东西。

第 1 章

初见

陆子浮回到家的时候,是一个人。他并没有喝酒,头却昏沉得很,记不得走的时候,对那女孩说了什么,或者她对自己说了什么。

一楼会客室的沙发空了,只留着壁灯。他不知道现在是几点,老王睡眼惺忪地跑过来。他招呼他回去睡觉,自己上了楼。

他没开书房的灯,在黑暗中坐了好久。

几小时之前在身体里烧起来的火还未熄尽,而那灼热的痛感,也残留在他的皮肤上。独处在这个不开灯的房间里,时间慢慢走向夜的最深处。他的胃里空无一物,大脑却开始变得越来越清晰。

他突然有一种明确又奇怪的想法,就是在过去好多年里,他都如行尸走肉般地活着。他就像一个高明的演员,毫无破绽地扮演了另一个名叫"陆子浮"的人,而这个陆子浮,尽管从外面看起来无懈可击,却是一个没有灵魂的人。这个没有灵魂的陆子浮,知道如何为公司赚钱,知道如何养活数万雇员,知道如何应付自己的母亲,知道那些一拥而上的女人心里想的是什么,却不知道如何再爱上一个人,又如何接受一份新的爱情。

十年了,他依然没有学会去爱另一个人,这冰冷的事实简直令他绝望。

他旋开了书桌上的台灯,靠在椅背上,在黑暗中长叹一口气。从米白色灯罩中映出的灯光，好像是倒进深色咖啡里的牛奶，融化了些许空气里的冰冷。此刻，这灯光于他，正像孤独天地里唯一的温暖和善意，而与灯为伴的温暖，恰又反衬出他的孤独。

他的神经骤然绷紧，鼻子也发酸了。突然来了烟瘾，他打开书桌下面的抽屉，想找放在里面那盒烟，却没找到。一连打开了两只抽屉，都没有。难道是老太太来过这里，故意把烟藏起来了？她一直嚷嚷着让他戒烟。把每个抽屉都翻了个遍，越是找不到，越想抽，心里毛毛的。直到翻到最下面那只，他的手在半明半暗的光线中，在抽屉里胡乱摸了一气。烟盒是没有的，却摸到一张光盘。拿到灯光下一看，褪色牛皮纸封套上写着一行字：

陆子浮&余露，二〇〇五年三月十五日。

那个名字他已多年没有提及，这日期却再熟悉不过。三月十五号，他记得很清楚，那是一个阳光充足的星期六。也是，他订婚的日子。

他想起来了，这张光盘来自东子，同在现场的他，用摄像机拍下了长达五十分钟的视频。但那个仪式上他唯一记得的女人，并不是他的未婚妻余露。

所谓订婚仪式，本该是他人生中最重要的场合之一，可是，他好像很快便忘了那天他在台上、在众目睽睽之下都做了什么、说了什么，而他的订婚对象又穿了什么颜色的裙子。或者说，他对订婚日的记忆完全是选择性的，只选择记住那些想记住的事情。

那天，台下宾客的相机快门一直响个不停。"真是一对漂亮的人啊！"他在台上也能听到他们的惊呼。他猜想，他们每个人一定都拍了至少数十张相片。结果第二天，他的邮箱果然被轰炸了。可他根本没兴趣下载那些传过来的相片。

东子塞给他的光盘，他也从未看过。他只相信和记得自己眼睛看到的那个人；他更知道，凭着东子的眼睛和镜头，无论如何也无法记录那天真正的精髓所在。于是，当他收到光盘的时候，就直接扔进了抽屉里。

今天，突然在无意间翻出这张光盘，像是命运某种特殊的安排。他下意识地从封套里拿出光盘，放进电脑。电脑开始读盘，一想到将要以影像的方式重回十年前那个重要现场，他竟有些紧张。

那日的画面很快便跃然眼前。

一开始,是在室内,是家里老房子的三楼。白色大门在镜头前打开,桌上、窗台上摆满鲜花,余露临窗伫立,见他们进来,她回过头来,望着他,笑着。原来那天她穿的是一条淡紫色丝绸连衣裙,庄重,又透着少女气息。

余露比陆子浮小两岁,和他订婚的时候,刚满二十岁。

镜头在她的脸上和脖子上停留了好几分钟。陆子浮不得不承认,镜头前的余露,其实很漂亮。白皙健康的皮肤,经得起最高像素的检验,顾盼生辉,那一番少女的可爱情态,令她脖子上熠熠发光的宝石项链都显得有点多余。

下一个镜头终于对准了走进房间的那个男人,或者说,男孩。

三十二岁的陆子浮,透过这段尘封的影像,突然看到十年前的自己,有一种很奇怪的感觉。一个人早上起床和晚上睡觉时候的样子都会不一样,更何况,是隔了十年光阴。

二〇〇五年三月十五日那天下午的陆子浮,穿了一身只有订婚仪式上男主角才会穿的熨帖的白色西装。他高大的身形配合那身西装再合适不过,可头发却显得太短,只比板寸长一点,就好像还没等头发长好,就被拉来订婚似的。

东子的镜头,一会儿正儿八经地跟随当事人移动,一会儿又晃得厉害。透过那些摇曳零碎的镜头,他惊讶地发现,当时,就在那个房间,在看着自己"未婚妻"的时候,有那么一两秒,他的眼睛里竟然闪着特别的光。但那光芒很快便消失了。他从不认为自己对余露动过真心,所以,那镜头捕捉到的光,并不能说明什么。

毕竟,彼时那刻,他还没有遇到她。

"还要等一会儿才会开始,"镜头里,他转身对余露说,"你要吃点东西吗?"

"不要了!我吃过了!"她急切地摆了摆手。

陆子浮看了一眼旁边的餐车,每个盘子都在原位,好像从未被动过。他随手拿起一只白色盘子,盘子中心放着红绿两色的马卡龙。他将绿色的那块塞进嘴里。

陆子浮的手开始发抖,他迅速关掉了那段影像。

没想到,订婚那日,东子还拍了这么多"不相关"的细节,比如吃马卡龙这段。

而此刻，当他闭上眼睛，仿佛马卡龙的味觉在唇边复苏。

而关于那天的全部记忆，也从马卡龙的味道开始，一点一点地展开。

那储存在灵魂最深处的记忆，每一道光线，每一个细节，都比东子的镜头摄下的更清晰、更深刻!

那只绿色的马卡龙——

它不过是一只普通的圆饼，却出人意料的好吃！它没有一般的马卡龙那么甜，外酥里软，糖的淡甜和上好杏仁的浓香既混合在一起，又保留了各自的味觉，中间还夹杂着蔬菜的细腻气味。陆子浮想起此时已进入胃袋中的那块马卡龙柔和的绿色。他猜，那绿色并非来自色素，而是菠菜的天然色泽。

陆子浮对食物并非很挑剔，只是从小耳濡目染，也算略有些经验。

"这马卡龙真好吃！哪里订的？"他拿起剩下那块红的，递给余露。她仍旧朝他摆了摆手。

陆子浮迅速把那块红的也塞进嘴里，一样的好吃。如果他没猜错的话，那红色，来自胡萝卜。

他正准备把盘子放回餐车，挪动手指的时候，却发现之前被拇指盖住的地方，有一个很小的logo。他看清楚了，那是一个隶书的"云"字。

陆子浮正对着那只盘子上谜一样的字正发着呆，便听到有人在喊自己的名字。是余露，他的未婚妻。他抬起头，看到她站在窗边的落地镜前。

他朝她走了过去，"什么事？"

"我想换一条项链，你帮我挑一条，好不好？"她指了指旁边的首饰盒。

"这条不是挺好的吗？"她脖子上那条式样很简洁，有力地烘托了中间那颗漂亮的蓝色宝石，尽管那宝石并不大。

"这条怎么样？"她拿起盒子里面那条更繁复的，也是陆子浮送给她的，准确地说，是陆子浮母亲送给她的钻石项链。

陆子浮很想告诉她，其实她那条蓝宝石的更漂亮，她这么年轻，如花一般的年华，用不着珠宝的附丽。可话到嘴边，却说不出口来。

这种感觉真的很奇怪，就好像他们还不够熟，至少，不像马上要订婚的人那么熟。他们只不过认识了两个月而已，一切都有点太匆忙了。

陆子浮猜想她是故意的，她的女伴明明就在旁边。可他什么都没说，走到余露身后，迅速帮她取下脖子上那条项链，换上了那条华美夺目的钻石项链。他的动作之快，几乎不带任何感情色彩。余露却很受用，对着镜子，左看看、右看看。

"好看吗？"陆子浮正要转身走开，却被她拽住了手。

他停下来，认真地看了一眼她的脖子。余露羞涩又开心的表情却令他有些疑惑，他并没有马上答复她。于是，她很快噘起了嘴，这大概，也是这个年纪的女孩常有的动作。

噘嘴也许并不代表不满，而是一种娇嗔，是希望引起对方注意的表演而已。余露还在那里等着他的回应，可他脑子里居然在想这个。

文不对题！他的脑子里冒出另一个词。的确，和她在一起的感觉，只能用"文不对题"来形容。尽管她很漂亮，两人站在一起，也很般配。可不知道怎么回事，和她在一起的时候，他却满心都是这种文不对题的感觉。

"好啦好啦，你们不要打情骂俏了，结婚了有的是时间！"东子凑过来，扳住陆子浮的肩膀。

尽管"打情骂俏"这个词令陆子浮皱了皱眉头，但还是很感谢东子的救场。

这时候，门开了。"小露，你过来一下。"是陆子浮的母亲，余露未来的婆婆。

"妈！"余露笑得都快跳起来了，冲他挥了挥手，便走了出去。陆子浮叹了口气，拿起一杯水，走到窗边。

这扇窗正对着楼下的花园。当初父亲买下这幢房子，也是看中它四周气派的草坪和花园。经过多年经营，这里已经变成一个花木繁茂、错落有致的私人植物园。三月中，阳光正好，蜡梅刚开过，前几日的香气好像还留在空气中，热烈的樱花却已经迫不及待地簇拥在枝头。

园子里那四棵樱花树，是陆子浮小时候和父亲一起种下的，看着它们长成大树，年年开花，轻薄的花瓣，却挤挤挨挨的，形成浓密的重量，仿佛要将枝干给压弯了，风一吹，又各自散去。

每年春天的樱花季，陆子浮都要和父亲一起赏樱，今年春天，情况有了变化。家里忙着给他相亲，相完亲，又忙着订婚，连赏樱的时间也没有了，或者说，是根本没有了赏樱的兴致。

陆子浮的视线越过花园铁门边上那排低矮的山茶树，就在他目力所及的地方，宽阔的步道两旁，依然盛开着樱花。那里的樱花更浓密，两边缀满花朵的树枝在步道上方交会，遮天蔽日，这浓烈又单纯的美，几乎可以叫人的心脏停止跳动。

陆子浮喝了一口水，觉得原本绷得太紧的神经，突然松弛了很多。

他刚想离开那扇窗户，却发现本来空无一人的步道上，突然，由远及近地，走过来一个人。来宾们都是驱车从大门进来的，仪式都快开始了，在这条平日少有人迹的路上走着的，会是谁呢？

他饶有兴致地看着那人。从走路的姿势判断，那是一个女人，一个身材高挑的女人。

待她从樱花树下走出的时候，他终于将她看清楚了。

陆子浮拿着杯子的手抓得更紧了，估计再用点力，玻璃杯就要被他捏碎了。

事后想起来，那天的一切，就是上天安排好的一出戏。不是吗？

冯慕云的车偏偏坏了，她偏偏又走错了路，走到那条樱花道上，而从樱花道到陆子浮家的花园，不过十来米，这一幕，偏偏又被站在窗边的陆子浮看到了。这样的事情，发生的概率有几何？陆子浮没有计算过。那时候，他只顾着震惊于她的美了。

事情过去之后很多年，当冯慕云已经从陆子浮的生活消失很久之后，他仍然清楚记得那天她的样子。从樱花树下走出来的她，在陆子浮眼里，是如此的特别。

那天，她穿了一条湖蓝色及膝旗袍，那蓝色，纯净得如同大海与深湖，中跟皮鞋是纯白的，手里拿着的皮包也是。而她露出来的皮肤，无论修长的脚踝和脖子，抑或纤细的手臂，都和树上的白樱一样，显着纯洁、健康的质感。她的头发严谨地盘了起来，脖子上没有落下一根多余的头发。没有项链，没有手镯，耳垂上有两只圆形耳钉，像两颗新鲜的樱桃。

有一片白色花瓣落在慕云的肩头，陆子浮看到了。她走得不慢，花瓣却并未从她肩上滑落。陆子浮突然想起，在一本记不得名字的小说中，男人第一次见到他爱的女人,也是站在二楼的窗台上,看她从远处走过来。那一刻,男人突然觉得,周围的一切都变成了荒原。以前他觉得这只是写作手法而已,此刻,当他也有了同样的感觉,才知作家此番描述并非虚言。仿佛周围的一切,樱花啊,树啊,房子啊,别的人啊,突然都变成了荒芜,只有眼中那个女人,是有色彩、有动作的。

他把水杯放在窗台上,一只手手死死按着木质窗框。

她已走到花园的铁门边。

糟糕!他突然想起来,昨天晚上听母亲提过,让老王把花园的铁门锁上了。

她拉了一下铁门,果然。

他见她又拉了两下门,想确认是不是真的锁上了,然后便朝里面张望,像在看是不是有人。可花园里空无一人,大家都聚集在一楼的大厅里。

像是命运给了一个契机,他什么都没想,就把头伸出窗外,冲她挥着手。他不知道她叫什么名字,只好大喊:"嗨!"

她寻声抬起头,脖子和下巴呈现出独一无二的美妙弧度,而她美丽的眼睛里有询问的神色。

陆子浮见她愣了一秒。她的手本来是放在铁门上的,这会儿垂了下来,然后,她好像突然想到了什么,指了指那把锁,对着陆子浮,努了努嘴。她笑了。

陆子浮觉得浑身所有的血液都冲到大脑,狂喜令他眩晕,若是在一楼,他准会二话不说,从窗台上跳下去,给她开门。

"你等一下,我去给你开门!"他冲着她大喊,飞快地转身,在东子惊愕的目光中,冲下楼。他跑得像风一样快,在楼梯上遇见了母亲、余露,还有其他认识和不认识的人。他们或惊讶、或疑惑,想拉他却根本拉不住。他几乎忘了今天是什么日子,这些人又是为什么而来,他想的,只是去给她打开花园的门,仅此而已。

钥匙在哪里?他只知道老王那里有。可老王现在又在哪里?他在一楼找了个遍,大厅里、厨房里、储物间里,只差没去厕所,却不见老王的影子。他急得直出汗。无计可施之时,只见老王从大门外的回廊上走过。陆子浮冲了过去:"快!把花园铁门的钥匙给我!"

"钥——钥——匙?"老王本来就有点结巴,见陆子浮这副心急如焚的样子,大概被吓到了。

"花园铁门的啊，快给我！"陆子浮双手扶住他的肩膀，摇晃着他的身体。

"是您母亲让我锁上的，那里不会有人进来的！"被陆子浮这么一摇晃，老王突然又不结巴了。

陆子浮哭笑不得，"别废话了，你快点把钥匙给我，来不及了！"

"好好，您——您等一下，我——我——我去给您取！"老王一边说一边往楼梯旁边他自己的房间走，陆子浮跟在他后面。

老王很快从一大串钥匙中找到陆子浮需要的那把，是一把亮晶晶的黄色钥匙。陆子浮接过钥匙，就往花园跑。他穿过大厅里喧闹的人群，穿过厅外装饰着鲜花的回廊，穿过屋外修葺一新的草坪，以及盛开着白梅和山茶花的花园，一口气跑到铁门边。

门依旧锁着，门外那个人，却已不见踪影。只不过找钥匙这一会儿工夫啊，怎么人就不见了呢？

好像丢失了心爱之物的孩子，陆子浮的心一下子空了，失了魂儿似的，把花园找了个遍，除了地上的落叶和花瓣，什么都没有。

"子浮！"有人叫他的名字。他回头，是父亲。

父亲的轮椅停在回廊，阳光照在他身上，天气并不冷，他腿上还盖着那条咖啡色的薄毯子。

"爸……"陆子浮走过去，蹲下来，双手放在父亲膝盖上，"您怎么一个人？李妈呢？"

"他们都忙去了。"父亲拍了拍他的手。

去年夏天，父亲突然中风倒下，自那以后，李妈就过来照顾他了。

"你刚才在找什么？"父亲望向他身后，花园里没有第三个人。

"哦，没有，没找什么。"陆子浮不知该怎么和他解释。

"子浮啊，你听我说，"父亲看着他的眼睛，表情突然变得很严肃，"有一件事情，我要告诉你。"

"什么事情？"陆子浮看到父亲一本正经的样子，觉得很突兀。

"您是想说，您在外面还有一个私生子吗？"他撇了撇嘴，想用恶意的玩笑打破过于拘谨的气氛。

一句玩笑话而已，父亲的表情却突然变得很奇怪，嘴角还莫名其妙地抽动着。但他很快平复了情绪："你这孩子，总是这么没大没小，都是被你妈给惯的！"他伸出手，佯装要打陆子浮。

"打我干吗？"陆子浮不满地揉着脑袋，"那到底是什么事情嘛！"

"我是说，在你三岁的时候，你妈妈曾经怀过一个孩子。"

陆子浮吓了一跳，果然是孩子的事情，"不会吧，老爸，还有这种事情？你们也瞒着我？"

"是一个女孩，"父亲并未理会他，自顾自地说着，叹了口气，"有了你之后，我一直想要一个女儿。"

陆子浮摸不着头脑了，那这个女儿又去哪儿了？

"你妈怀孕四个月的时候，在家里不小心摔倒，孩子没了。"父亲说起当年的意外，唏嘘犹在，"流产之后，你妈身体一直不好，我们就没再要孩子了……"

"所以呢？您为什么突然给我讲这些？"陆子浮还是莫名其妙，"难不成您想找别人再给您生个女儿？"

"你——"父亲像是佯怒，又像是真的生气了。

这对话变得越来越奇怪，明明是玩笑话，却颇有一种尴尬的气氛。敏感如陆子浮，早就觉察到了今天父亲的异样。或许今天是自己订婚的日子，比较特殊，父亲才会显得一反常态？他暗自想着。

"我的意思是，子浮啊，你要跟小露订婚了，一定要对小露好。"父亲话锋一转，突然扯到余露身上了。陆子浮心里咯噔一下，很不是滋味。

"我和你妈妈，我们曾经失去过一个女儿，以后小露嫁到我们陆家，就像是我得了个女儿一样，也算是圆了我的女儿梦嘛！"

面对着父亲所谓的"女儿梦"，陆子浮一时真不知该如何作答。他脑子一阵发热，突然想把一切都告诉父亲，告诉他，自己并不想订这个婚，告诉他，自己遇见了别的女人，对别的女人一见钟情了。

他看着父亲，想从他的眼睛里找到答案。好像已经很久没有这样仔细观察过父亲的脸了。他年轻的时候，曾是个挺拔英俊的男人。他想着，父亲年轻时候，是否也曾对某个美丽的女人一见钟情过？在遇到母亲之前，甚至在遇到母亲之后，他有没有对别的女人动过心？他的眼底和心中，是否也曾为某个特别的女人而跳动着火焰？

他觉得，一定有过。

既然有过，那么他一定能体会此刻自己内心的感受。陆子浮看着父亲，仿佛能从他脸上看到希望。他的嘴巴费力地动了动，刚要说话，父亲却又抢在他前面了。

"子浮啊，你对余露好，也是让余董事长放心。我虽然没有——没有养过女儿，但是我也很清楚，女儿是父亲的心头肉，余董事长愿意把女儿嫁到我们陆家，也是对我们陆家，和陆氏集团的信任啊！"

父亲的话，如同敲响了一记警钟。

陆子浮像是被人猛地扇了一记耳光，脑子嗡嗡作响。所有想说的话，终于也没有办法再说出口了。

父亲还刻意提到了余董事长。关于这桩婚姻对于陆氏集团的意义，父子俩心照不宣。陆子浮不是很清楚现在陆氏集团的情况有多糟糕，只知道，自从父亲中风倒下之后，卧床多时，又恰逢诸多市场变化，应对失策，公司的业绩和股价都下滑得很厉害。在公司最困难的时候，是余董事长伸手帮了一把。陆子浮不知道自己和余露算不算"策略婚姻"，只知道，这桩婚姻看起来近乎完美，但唯一的问题是：他不爱余露。

他不爱余露，这个事实多么简单，他早该意识到，早该拒绝。可人生就是这么荒唐，此前，他的脑子好像一直都处在昏沉的状态，而刚才，就在刚才，他突然清醒了。

他真的清醒了，却已经晚了。

"你进去准备一下吧。"今天的重头戏还没开始，可父亲看起来已经很疲惫了。

陆子浮觉得很无助，就好像他被全世界逼到了一个角落里。他想大声呼喊，却没有人会听他说什么。

他抓住父亲腿上毯子的一角，死命地，在手里拽成了一团。他知道，那毯子下面的腿，至今仍然只恢复了部分知觉。

父亲有可能这辈子都站不起来了。一想到这个，陆子浮的痛苦便加倍了：自己不能言的痛苦，加上父亲山河日下的痛苦，更有如若"背叛"父亲，将会给所有人带去的痛苦！

"进去吧，进去吧，客人们都等着呢。"父亲的声音已经远去，他把车子推向花园深处，只丢下他一个人。

陆子浮没有忘了他刚才来花园的目的，可父亲亦明明警告他，即使他找到那个想找的人，也只能忍痛割爱。因为他的人生另一半，已经被指定了。她叫余露，一个年轻漂亮的女孩，余董事长的独女，此刻，她就在这栋房子里，和所有身份显赫的宾客一起，等待着他。

"子浮，发什么呆呢！快点进来！"是东子。他站在一楼大厅门口，招手示意他进去。

在走进人声鼎沸的华屋之前，陆子浮忍不住回头看了一眼。他看到父亲一直把轮椅推到花园铁门前面，先前飘落在地上的白色花瓣，已经被他的车轮碾碎，和黑色的泥土混在一起。

走进大厅的一刻，他仿佛听见灵魂死亡的声音。他松了松领带，甚至把西装的扣子也解掉了。

迎面碰上余董事长，他满面春风，看见陆子浮，更是喜不自胜。

陆子浮深呼吸一下，努力调动了一下面部肌肉。他想，自己是笑了，因为对方笑得更厉害，几乎是合不拢嘴。

笑的同时，他还是喊了一声："爸！"

这是他人生中第一次叫另外一个男人"爸"。他发现，说出来也没有那么困难，此刻于他而言，反而有一种自虐的快感。

"好吧，"他在心里对自己说，"如果这是大家都满意的结果，那么，就这样吧！"

第 2 章 意外

订婚仪式就在家中一楼大厅内举行。正式开始的时间,是晚上六点半。

天色将晚,华灯初上。

陆子浮站在旋转楼梯的顶端,俯视着整个大厅。天花板上那盏看起来非常昂贵的吊灯,是新换的。请工人卸掉旧吊灯的那天,陆子浮刚好在家里,老王还对他感叹,说旧的那盏用了这么多年都有感情了,而且一点都没坏,该怎么处理呢?

陆子浮不知道那盏旧吊灯最后被扔到哪里去了,只看见新换的那盏三层水晶吊灯,浑身散发着华贵的气息,而它的光,未免也太亮了。不知道为何,看到那盏新灯,陆子浮马上想到的,是下午在楼上,余露换上的那条项链。他觉得,灯和项链一样,都太新,也太繁复了。而脑子里随即一闪而过的,竟是那两颗附于雪白耳垂之上的"樱桃"。

他迅速扫视整个大厅。满室华服,却没有他想找的蓝旗袍。

他对着室中虚茫的空气,叹了一口气。

旋转楼梯两边的栏杆缀满了玫瑰花,满目的红,红得刺眼。

司仪是一个油头粉面,看起来跟自己差不多年纪的男人。他告诉陆子浮,等一会儿,他要在楼梯下面静候,未婚妻会从楼梯走下来,行至他身边,他得伸出手,而她，将会挽住他的胳膊。

"看这楼梯，多梦幻啊！"司仪指着玫瑰花簇拥的旋转楼梯，兴奋地拍着手，好像订婚的不是陆子浮，而是他自己。

陆子浮本能想反对这个提议，可还没等说话，旁边的余露早已高兴地跳了起来："好好好！这个我喜欢。"

陆子浮无奈地摇了摇头，看来，她的公主瘾还没过够。

一切正如预先设计的进行着。陆子浮站在楼梯下面，和上百宾客一起，看着余露从玫瑰花丛中走下来。她的脸颊本来就打了腮红，又因激动显得更红，像玫瑰花瓣那么红。她刻意掩盖了少女的情态，务必令自己步态端庄，更像一个成熟的淑女，却还是在细微处露了馅儿——大概是鞋跟太高了吧，她走得总不是那么稳，好像随时都会跌倒。

陆子浮看着想笑。

有的时候，比如现在，他的确能从余露——他的未婚妻身上，发现可爱之处。换作任何一个男人，看着这玫瑰花一样的女孩即将成为自己的新娘，应该都会觉得自己是世界上最幸福的男人吧！

陆子浮正这么想着，余露的手已经挽上了他的胳膊。他转头看着她，对方的笑发自肺腑，脖子上的项链光彩夺目。

他突然感到对她饱含歉意，可事态的发展，已经无法挽回。

仪式按流程进行着，那个号称"全城头牌"的司仪，一直很敬业地调动着全场气氛。台下闪光灯一直响个不停，不时爆发出掌声和笑声。陆子浮恍惚有一种错觉，这不是自己的订婚仪式，而是某个明星的发布会，或是公司新产品的宣传活动现场。

终于到了仪式的尾声：切蛋糕和交换戒指。

"各位来宾，我们的蛋糕，是特别为今天的仪式设计的，全世界只有这一个。"司仪眯了眯眼睛，好像要卖什么关子。

这时候，侧门突然被推开，两个穿着白色制服的女孩，推着一个硕大的蛋糕，走了进来。所有人都在鼓掌和惊呼，司仪忙着介绍蛋糕的特别寓意，只有陆子浮，整个人都是傻的。他以为自己看错了，或是产生了幻觉，可他分明看到，门打开的时候，蛋糕后面有一片晃动的蓝色。

等他们走近的时候，陆子浮真的看清楚了——就是她，蓝旗袍和白皮鞋。她也在鼓掌，一边鼓掌，一边望着台上的他们。

陆子浮热血沸腾又如鲠在喉。他迎着她深邃的目光。有那么一秒，他们双目交会，他觉得她大概也认出他来了。

在楼上对着她招手的男孩，竟是今天订婚仪式的男主角；站在花园门外的美丽女人，和他的订婚蛋糕一起走进这个房间。这对冯慕云或许不算是个意外，但对陆子浮而言，却不啻一个荒唐的、恶意的玩笑！

陆子浮呆在那里不动，好像听到司仪一直在费劲地喊着什么，却听不清他在喊什么。

未婚妻终于忍不住，轻轻拽了拽他的胳膊。陆子浮低下头，正撞上她征询的目光。

"切蛋糕啦！"余露并不知他为何呆若木鸡，只是把一柄长形的刀递给他。

陆子浮只好听天由命。

切的时候，两个人却很不默契。他想提刀的时候，她却想切下去。陆子浮急得额头上冒了汗，余露只好宽容地笑着。他们只象征性地切了几刀而已。陆子浮看了一眼那蛋糕，是一个蓝白两色的三层蛋糕，最上面精致的钩花，是K & L的字样，Kevin & Lily，是他们英文名字的头一个字母。不巧的是，他们刚才那一刀，刚好把两个字母中间的连接符给生生切断了，蛋糕中间裂开一道大缝，像一张人的脸，正咧着嘴，不怀好意地笑。

交换戒指的时候，陆子浮已经完全不知道自己在干什么了。把"鸽子蛋"套在余露手指上的时候，又出了状况。他的手抖得厉害，明明早就试好了大小，却怎么也套不进去。他急得满头大汗，余露只能配以尴尬的笑，司仪忙着打圆场。

"看来，我们未来的新郎官儿是求妻心切啊！不着急不着急，等您把订婚戒指套到余小姐手上，这新娘您就套牢啦！"

台下一片哄笑，陆子浮简直有点气急败坏，猛一用力，戒指终于滑进余露的指节。

他松了一口气。不过是戴一枚戒指而已,他却好似用尽了所有的力气。

全场一片欢呼,宾客们举起了酒杯,那红色浓稠的杯中之物,在灯下闪光。

"等一下,等一下,还有一个重要的环节。"司仪得意地对着话筒大喊。

陆子浮心内一惊——他说的,不会是那个吧?

"这蛋糕也吃了,鸽子蛋也送了,下面,陆先生,您,可以亲吻您的未婚妻余小姐了!"司仪的声音特别兴奋。

果然!

看见陆子浮站在那里没动,司仪又补了一句:"哎哟!看来陆先生有点不好意思啊,那我来帮您问问余小姐。余小姐,请问陆先生可以亲吻他的未婚妻吗?"

台下一片哄笑,余露抬起头,羞涩地抿了抿嘴唇。

荒唐的戏剧发展到了最高潮,陆子浮有一种冲动,想拿起一把大锤,打碎所有人的美梦。

可他不能这么做。

于是,他真的朝余露走了过去。其实,他只想快点结束这一切,如果一个吻可以的话,他也愿意。他弯腰吻了她。这是他和余露的第一个吻。这只是一个象征性的吻,还没等她的嘴唇由冷转热,他就撤回了自己的嘴唇。

所谓的仪式,终于告一段落。

双方父母忙着与客人应酬。余露终于说她饿了,要去楼上房间里吃点东西,问陆子浮要不要和她一起,陆子浮当然拒绝了。

未等余露的身影在楼梯顶端消失,他就迫不及待地去寻找那抹蓝。

这次,她并没有再次从房间里消失,陆子浮一眼便看到了她。她已经走到房间另一头,窗户边上,背对着他,一个人。

陆子浮穿过人群,匆匆朝她的方向走去。有人突然冲过来,拦住他,对他说着什么。可他根本听不见对方在说什么,甚至都没看清那个人的脸。他又好像听到父亲在呼唤自己的名字,可他想,即使真是父亲在喊他的名字,此刻他也不想理会。

他像是正淌过一条喧嚣的河流,沿途路过很多张陌生的脸,衣裙和酒的颜色都荡然无存,当他终于站到离她不到三米远的地方时,灯光好像突然被提高了一个亮度,四周的声音瞬间都消失了,只剩下他内心的声音。

他突然站住了。

他看到她弯下腰去,拿起一只白色的瓷盘。

他的喉咙开始发干、发痒。

就在他犹豫的这一刻,突然,另一个男人从他面前走过,走到她面前。那男人高大的身体挡住了他的视线,他只看到从侧面露出的白色鞋尖。

陆子浮内心涌上一阵奇怪的感觉,好像吃了过期的话梅。这种感觉迅速压过刚才的紧张感。他从旁边的餐车里拿起一只酒杯,匆匆朝他们走去。当他们看到他的时候,出乎陆子浮的意料,他们都笑了。陆子浮不明白他们为什么要笑,此刻,他的心情明明是严肃而忐忑的。他拿着酒杯,望着她。笑意还留在她脸上。许是喝了酒的缘故,她的脸颊微红,更接近耳垂上那两颗"樱桃"的颜色。

"你们聊吧,我去那边。"和陆子浮差不多高的男人,冲他点了点头,转身走了。

陆子浮正在想着该怎么措辞,怎么介绍自己,她却先说话了。

她的声音很低沉,正是陆子浮喜欢的声音:"子浮!祝贺你!"

这开场白令陆子浮始料未及。她居然叫他"子浮",难道他们早就认识?可陆子浮很肯定,这个陌生的女人,他以前应该是没有见过的。

"我们以前,认——认识吗?"陆子浮费力地说出开场白。

"啊,你不记得我了?"她说那个"啊"字的时候,嘴巴特意张大了,音调也转了个弯儿,甚是婉转。

"你小的时候,我们见过一面啊!就在你们家的花园里,"她用手比了一个高度,"那个时候,你大概十几岁吧。"

十几岁的时候?在花园里?陆子浮搜肠刮肚,也想不起来自己曾在自家花园里见过一个美丽的女人。等一下!她明明说的是"你小的时候",言下之意⋯⋯

看到陆子浮满脸的惊讶,她笑了笑,"那时候,我还在你父亲的公司上班,本来是来你们家帮你父亲取点东西的,结果,在花园里碰到了你。"

她说起当年的事情，仿佛历历在目。

陆子浮觉得自己脑子不够用了。什么？当自己十几岁的时候，她已经在父亲的公司上班了？！还没有从这震惊中平复，他们的谈话却加入了新的参与者。

正是陆子浮的父亲。

"在聊什么呢？"父亲饶有兴致地问。

"啊！陆总。"她对陆子浮的父亲十分恭敬。

陆子浮想起她刚才说的，十年前，她曾在他的公司上班。

"你们已经认识了？"父亲抬头问儿子，没等回复，他又说："你慕云姐姐啊，以前在我的公司上过班，现在自己开了餐厅，事业做得红红火火的。今天，这么多客人吃的东西，还有你们的订婚蛋糕，都是出自她的餐厅，客人们都赞不绝口！你要多向她学习啊！"

信息量太大了，陆子浮脑子昏沉沉的，憋红了脸，也不知道该说什么好。

"欧总，您过奖了，我那叫什么事业啊！"父亲口中的"慕云姐姐"不好意思地摆了摆手，"这么多年不见，子浮都长成大人了。"

"是啊，都快为人夫了。你在我这里上班的时候，他不过是个小孩子嘛！"父亲笑说。

两个你一言我一语，俨然是两位长辈在关心下一代的成长。

陆子浮看着对面这位女性"长辈"，哭笑不得。她到底多大了？四十？五十？保养得太好了！皮肤洁白如月，一丝皱纹都没有。连手臂都白得发亮。

"慕云……姐姐，我看您这么年轻漂亮，比我也大不了几岁吧？"陆子浮知道自己问得唐突，他可管不了这么多了。

对方扬了扬眉毛，笑而不答。

"如果我没记错的话，你应该是七三年的吧？"倒是陆子浮父亲说话了，"子浮是八三年的，那她比你，大十岁！"

十岁……陆子浮心里一块石头落了地。他觉得，这是父亲今晚说的，最有价值的一句话。他喝了一口酒，大脑瞬间变得清晰无比。

"来，子浮，我敬你一杯酒！"慕云拿起酒杯，"好好对你的未婚妻，她很漂亮。"

陆子浮皱了一下眉头。"长辈"就是"长辈"啊,连说话都是一个语气。

父亲大笑,说是要去招呼别的客人,便离开了,只留下他们两个。

"你刚才是怎么进来的?"陆子浮指了指窗外的花园。父亲一走,他就迅速将"您"换成了"你"。他装作要去拿食物,偷偷站到她身旁。这个三十二岁的女人,她身上并没有成熟女人常有的那种香水味儿。

"你父亲帮我开的啊!"她顺手拿起盘子里的一只紫色马卡龙,白皙修长的手指,葱尖一般。

陆子浮想起来,自己刚才的确是在花园附近遇见了父亲。

"你的餐厅是叫'云'吗?"他拿起一只盘子,给她看那盘子边缘的隶书。

"嗯。"她点了点头。

云餐厅,以她的名字命名。

陆子浮就像一个人类学家,对她的一切,他都好奇,都想知道。她结婚了吗?没有结婚的话,有没有男朋友?她的云餐厅在哪里?她,会喜欢什么样的男人?刚才跟她说话的那个男人,和她又是什么关系?

他知道不能操之过急,至少现在知道了她的名字,以及她餐厅的名字,至少他不会像刚才那样,再把她弄丢了。

她一口吃下了整块紫色马卡龙。

"马卡龙很好吃。"他一本正经地说,"跟别家的不一样。"

"是吗?"她好像很高兴自家的食物得到夸奖,"你别看这小小的马卡龙,里面可是暗藏玄机哟!"

她用手指托起另一块红色小圆饼,像在介绍一颗价值连城的珠宝。

"什么玄机?"陆子浮猜她一定会说颜色的事情,却并不想戳穿她。

她果然颇为得意地笑了,然后,把那块马卡龙塞进嘴里,迅速吃掉。接着,便讲了一大串关于原料的问题。

和陆子浮想的一样,红色来自胡萝卜,绿色来自菠菜,紫色,来自紫甘蓝。所有彩色马卡龙的颜色,都来自自然的蔬果。陆子浮觉得她说话的样子,尤其是谈及自己餐厅的食物，那副兴致勃勃的样子，跟刚才站在花园外的样子大有不同。那个时候，他在楼上看着她，就好像欣赏一幅名画，只可远观；而现在，站在她身旁，听她用低沉的声音说着家常话，于他而言，她的真实感加倍了。这真实感，反而令他觉得很踏实。

很多长得好看的人声音不好听，他觉得，她是一个例外。

窗外吹来春天的风，天黑了看不清花园里的花和树，却闻得到空气里的香甜。这三月夜晚的风，带着些暖意，而她好听的声音在耳畔流动，如同一支迷人的夜曲。

"你第一次见到我的时候，我在花园里做什么？"

她介绍完马卡龙，陆子浮马上就想到新的话题，不想让两人的谈话终止。他真希望，一直这样，和她一起站在窗边，只是听她低沉的声音，讲着食物和其他的事情，他已经很满足了。

"你真的不记得了？"她歪着头问他。

十年前的事情，他当然记不清了。

"你在哭呢！"她望着窗外，慢悠悠地说。

陆子浮瞪大了眼睛。

"那是一个春天的下午，你当时就站在那棵树下面，"她指了指樱树的方向，"我走过去的时候，发现你居然一个人站在那里流泪。"

陆子浮小时候的确很爱哭，会因为各种原因流泪。父亲一直说，他被母亲惯坏了，不够硬气。他当然不记得那天是因为什么原因哭，也可能，只是看了一本书，或是被父亲训斥了几句而已。

"当时我就想啊，这孩子感情很丰富呢！你知道吗？我小时候也很爱哭。"她抿了一口酒，陆子浮看着她的眼睛，觉得那里面有一抹复杂的情愫。

他刚想说话，突然被人从后面揽住了腰。是余露，和他的母亲一起。陆子浮的第一反应是要挣脱她的手，没等他反应，她却主动松开了手。

"是冯慕云小姐吧？今天谢谢你啦，蛋糕和点心都好好吃！"她对着慕云，竖起了大拇指。

陆子浮吐了一口气，看来，他是这里最后一个知情的。

"你们认识？"他看看余露，又看看冯慕云。

"是的，余小姐和她的母亲，是我们餐厅的常客。对吧，余小姐？"

余露点点头。

慕云看到一旁陆子浮的母亲，匆匆对她点头致意。母亲看着她，似笑非笑，只淡淡地说了句："冯小姐，好久不见。"

不知怎么的，陆子浮觉得，慕云和母亲之间仿佛有种距离感，两个人一见面，彼此眼里，都有一种戒备的神色。

"子浮，我们上去吧，你余伯伯还有事情要对你们说。"母亲连同对陆子浮说话的语气，都变冷了。

陆子浮心里一紧，刚想找个理由推脱，慕云却赶在他前面，说餐厅还有事情，要先回去了。

母亲匆匆对她点头，脸上没有一丝笑意："冯小姐，快回去吧，餐厅事情要紧。"

她们俩倒好，一唱一和，坏了陆子浮的好事。

他只好眼睁睁地看着她的蓝旗袍，消失在大门外的夜色中。

第 3 章 着迷

那天晚上，宾客们许久才散尽，陆子浮上床时，已是凌晨。他的身体明明很累，却翻来覆去睡不着。起身拉开窗帘，圆月当空。

这幢白日里喧闹的房子，此刻已经陷入漆黑与静默。他屏息凝听，仿佛能听到从每个打开的窗户里传出的均匀的呼吸声。

睡不着，便平白多出了一些属于自己的时间，更确切地说，是用来想她的时间。

爱情中很多名词本来很抽象，恋爱者需要通过具体的事例来学习这些词汇，比如一见钟情。

这是陆子浮平生第一次对一个女人一见钟情。他发现，一见钟情并不只是一开始的那种心脏猛然被击中的感觉，它其实是一个变化的过程。当热情之火被点燃之后，便吞没了所有的理性，烧得心都痛了，而对方还毫不知情！他在脑子里梳理了有关冯慕云的所有线索，发现其实自己知道的事情少得可怜，甚至可以说，对于她，自己毫无所知！只有她的蓝旗袍，像是孩子故意画在布面沙发上的涂鸦，任凭他怎么努力，都无法令那颜色退掉一些。

陆子浮烦躁地在房间里走了好几圈，很想打开音响，往耳朵里灌点暴躁的音乐，又怕把爸妈给招来。只好打开台灯。罩在画板上的格子布已经蒙了灰，他太久没画了。烦躁或想哭的时候，他就会画点什么，这是陆子浮从小养成的习惯。他很少会画人物，画过的女性，更是屈指可数。记得，他给母亲画过一张，还是在她一再要求之下。念高中的时候，他给第一个女朋友画过，大学时代的那个女朋友，也有一张。

那三张画现在都在画中人手中，当时是为了被画者而作，现在，他要画这个女人，却是为了自己。她的形象像拍照一样印刻在他的脑海中，每个细节的描摹都如此逼真，如此得心应手，就好像他给她身体的每个部位都做了索引。深邃的眼神，笑的时候眼角上提，翘起的鼻子，鼻头有点肉肉的，嘴唇的宽度和厚薄都恰到好处，彰显着健康的肉感。

画了又改，改了又画，等到作品终于接近完成的时候，天都亮了。

陆子浮揉了揉发酸的眼睛，走到窗台前面。晨间的风吹起了画纸的一角，画上的女人，蓝色的裙角宛若被风吹起，纸上笔尖，自有，万种风情。

陆子浮终于觉得困了，把画板重新盖上，一头栽在床上。

陆子浮希望画上的女人能入到他的梦里来。

结果，她真的如约而来。不过并不是三十二岁，穿着蓝旗袍的她，而是十年前，在花园里遇到的她。那天下午的阳光暖意十足，陆子浮却不知因何事，站在那棵樱花树下，眼泪流个不停，又害怕被父亲撞见被骂无用。十二岁的他，只能拼命压抑自己的声音，眼泪却像在杯子口漫开来的啤酒，从脸颊上哗哗往下淌。

"是子浮吗？"身后响起一个低沉的女声。

他感到肩膀上一只手的重量，于是拼命要止住眼泪，却没来得及，被低下头的她看得清清楚楚。她比他高一个头，穿了一条白色连衣裙的大姐姐，婴儿肥还没完全消除，及肩长发黑得发亮。

"你是陆子浮吧？"她的笑容中带着忧虑，"有什么不开心的事情吗？"

"没有。"陆子浮看着她的眼睛，摇了摇头。他以为她会和别的人一样，不相信人会无缘无故地流泪。可她的眼睛明明在说着，她是真的相信他说的话。

陆子浮觉得很意外，也很迷惑。

"没关系，子浮，"她看着他，慢悠悠地说，"姐姐小时候也和你一样爱哭。没什么大不了的。就像有的人比较爱笑一样，像我们这样的人，就是眼泪比较多啊！又有什么办法呢？"她摊了摊手，一脸的无可奈何，煞是可爱。

被她这么一说，陆子浮的心情果然好了很多。

"你知道吗？爱哭还有一个好处！"她挑了下眉毛，像在卖什么了不得的关子。

"什么？"

"爱哭的人啊，眼泪流得多了，就好像眼睛被洗过很多次一样，所以，眼睛会比别人更亮。你看，你的眼睛就很亮！"她笑着指了指他的眼睛。

陆子浮看着她的眼睛，恍惚之间，好像从她眼睛里，看到了像星星一样闪着光的东西。

陆子浮只觉得眼前有什么东西在晃动，强烈的、刺眼的。他睁开眼睛，是从窗口射进来的阳光，过分明亮，仿佛在宣示着春天即将结束，夏天快要到来。可现在不才三月中吗？他从床上坐起，只觉浑身燥热得不行。在浴室冲了个澡，一出来，手机正响着。

他以为会是余露，心生不悦，拿起来一看，却是东子。

"你在干吗呢？不会还在睡觉吧？躺温柔乡里不想出来吧！"

"瞎扯什么啊！我昨晚都没睡，早上才补了个觉。"陆子浮看了一眼已经盖上的画板。

"什么？"电话那头，东子一阵夸张的贼笑，"不会吧你！"

"你想哪儿去了！"陆子浮扭了扭发酸的脖子，"我失眠了！"

"失眠？"东子一副不可思议的口吻，"那你是订婚太兴奋？还是一个人睡不着啊？"

"都不是！"陆子浮闷闷地甩出一句："你在哪儿？我去找你！"他觉得家里实在不能待了，急切地想要跑出去。

东子电话里报出的地方，竟是市中心一家五星级酒店的总统套房。陆子浮赶过去的时候，从房间里走出来一个年轻的女孩，长发挡住了脸，又似乎是有意要躲避。陆子浮连她的脸都没看清楚。

"又换了？"陆子浮记得几个星期前东子带过来吃饭的，明明是一个短头发的。这倒符合东子换女友的节奏。

"这个不算。"东子潇洒地摆了摆手，打开冰箱的门，拿出一听可乐，一屁股坐在沙发上。

"什么意思？"

"四一九，懂吗？"

陆子浮无辜地摇了摇头。他是真的不懂。

"For one night。懂了吧！一般这种的，都排不进我的女友编号！"东子得意地用手指敲着易拉罐的边缘。

"你也太乱了！"陆子浮不安地在沙发上挪了个位置，顿时觉得整个房间都充满了异样的气味，"你说你，正儿八经地交个女朋友不好吗？"

"行啦，我怎么就不正经了？我交每个女朋友都很正经。四一九也很正经。女朋友就是女朋友，四一九就是四一九，我都分得清清楚楚，你看我有多正经！"东子振振有词。有一点他倒是没说错，他虽然很花，但从不遮遮掩掩，这一点行事，倒像个"正人君子"。

"我又不像你，这么早就定了终身！我可是自由人，不需要对谁负责！"

这句话如同往陆子浮身上补了一刀，说得他哑口无言。

"怎么样？你的小娇妻呢？怎么没跟着你？你们俩啊，现在正是如胶似漆的时候吧？"

陆子浮看着他。有那么一刻，他真想把一切都告诉他。可他终归还是忍住了。他换了一个方式，对东子提了个问题。

"我说，你那么多女朋友里，有没有年纪比你大的？"

东子虽然和他一样大，爱情经验却比他丰富得多。

"有啊！"东子眯缝着眼睛，喝了口可乐："你问这个干吗？"

"好奇啊，你看我都订了终身了，还没跟比我大的谈过呢，岂不是很遗憾？"陆子浮话中有话，东子并没有在意，但这个话题倒真的勾起了他的兴趣。

"你想听真话还是假话？"东子努了努嘴巴。

"当然是真话！"

"好吧，那我说了，你可别后悔！"他一拍大腿，道，"按我说啊，你这婚订得早了点儿。你还年轻啊，大好的人生啊！有多少快乐都还没尝过，就要被婚姻给捆住了，我都替你不值！"说着竟有点义愤填膺。

"好啦，别说我了，说你自己吧。那个女朋友到底比你大几岁？你怎么跟她认识的？"陆子浮直扑重点。

"其实，这个人你也认识。"东子再一次不怀好意地笑了。

"什么？"陆子浮开始在脑子里迅速搜索他们共同认识的女性。

"就是董楠啊！"

"哪个董楠？"陆子浮的脑子一片空白。

"董楠，耀华教英语那个董楠！你不记得了？皮肤白白的，身材很好的那个。"东子说起她来，得意中竟然还带着点儿罕见的羞涩。

幸亏陆子浮这会儿没有吃东西，否则真的会震惊得把舌头给咬烂。耀华中学教英语的董老师，那个被本校男生一致推选为女神的董老师，居然和这小子交往过！

"你别瞎掰了，董楠比你大多少啊！"陆子浮怎么都无法相信，这小子竟然将魔爪伸向了英语老师！

"七岁啊！我们念高一的时候她来耀华的，那一年，我十五，她二十二！我和她交往的时候是大一那会儿，我十九，她二十六……"

看着陆子浮还是半信半疑，东子索性如数家珍："董楠，湖南岳阳人氏，身高一米六八，穿三十九码鞋，喜欢吃黑巧克力和柳橙汁，喝咖啡不放奶和糖，喜欢猫，爱看恐怖电影，尤其是——"东子狡黠地眨了一只眼睛，"睡觉之前。"

"好啦，你别说了！"陆子浮果断打断他。他实在是听不下去了。看来这事儿是真的了！王东这小子，居然背着全校男同学，钓上了美女英语老师，真是天大的奇闻！

"你不觉得这事儿有点……"陆子浮不知该用什么词儿。

"有点儿不对味儿？"

没错，陆子浮想说的就是这个。

"怎么不对味儿了？"东子耸了耸，一副无所谓的表情。

"我是说，和老师谈恋爱，她还大你七岁！"陆子浮想了想说。

"我喜欢她的时候，可没想过这些。"东子平静地说。

"什么？"他的回答过于简单，陆子浮还没反应过来。

"我是说，我喜欢董楠的时候，就当她是一个女人而已，漂亮、性感，对我有吸引力。"东子一边说，似乎还在一边憧憬着董楠的样子。

"哪里还管她是什么董老师啊！大七岁啊！喜欢就是喜欢，老子可管不了那么多！"东子"嘭"的一声，把易拉罐扔进垃圾桶里，转身便去了洗手间，那番"爱的宣言"仿佛还回荡在空气中。

陆子浮一个人坐在沙发上，看着垃圾桶里的红色易拉罐，竟发了半天呆。直到电话响起。是余露，约他吃午饭。

陆子浮刚想拒绝，她却在电话那头说：

"我们就去云餐厅吧。"

"什么？"陆子浮还以为自己听错了。

"云餐厅啊，就是冯慕云的餐厅啊，昨天——"

她话还没说完，陆子浮连声说好，握着电话的手很快便开始出汗。她只报了一遍地址，他就背下来了。等东子从洗手间出来的时候，房间里已空无一人。

餐厅坐落在市中心的一个公园里，穿过开满鲜花的林荫道，便到了餐厅的大门。陆子浮抬头，看见门楣上的"云"字，心头一热。整间餐厅以蓝色为主色调，墙壁、桌子、吊灯，选择了不同深浅的蓝色。陆子浮想起昨天她穿的旗袍，也是蓝色的。看来，他又成功捕捉到了她的一个喜好。

餐厅的设计很特别，一走进去，便是一条走廊。走廊不长，但布置得很用心。靠窗放着一排木凳，墙上挂着一列以兰花为主题的水粉画。水粉其实难画，陆子浮看了看，明暗交织、浓淡适宜，有的画只是寥寥数笔，却颇见功力。画上并无落款，陆子浮暗自琢磨，这画不会出自店主人之手吧！

关于慕云，自己又有多少不知道的事情？既是遗憾，又令他蠢蠢欲动。

他盯着那些画看了半天，直到余露跑过来叫他。

"包厢订完了。"她满脸的不高兴。

"就大厅吧！"陆子浮看了看，大厅里明明还有几张空着的桌子。

"我——"余露又习惯性地噘起嘴巴，"不好吧！"

"怎么不好？"

"我怕有记者偷拍嘛！"她一边说一边摇晃着身体。

陆子浮不由得皱起了眉头，差点想问她何出此言，却突然想起来，余露正在电视台做实习记者，晚上六点半的新闻里经常能看到她。听东子说，余露自出镜之后就很受欢迎，在网上被誉为"甜心记者"。

"拍到又怎么样？我们不是都订婚了吗？"陆子浮一边不耐烦地说着，一边走向靠窗的那张桌子。

余露自是不情愿，却也奈他不得，一坐下就戴上了大墨镜，真把自己当明星了。

这张靠窗的桌子视野甚好，能看到窗外广场上的欧式喷泉，从池底不断喷出雪白水柱，树下长椅上，一个穿褐色格子西装的老头正在看一本硬皮书，戴着彩色头盔、穿着护膝的十几岁的滑板少年，不时从画面中划过。

陆子浮把餐桌上所有的物件都拿起来仔细瞧着，不想放过任何一个细节。他很快发现印在餐纸上的，那个手写体的清秀的"云"字。他迅速拿起一张餐纸，塞进外套口袋。

余露正忙着看菜单，并未注意到陆子浮的举动。

菜单雅致的绒布封面，是陆子浮喜欢的深蓝色。菜单比一般餐厅的要薄很多，封面上还写了两个字：三月。

"你想吃什么？"余露把另一份菜单递给他。

"你认识这家餐厅的老板吧？"陆子浮明知故问。

"怎么啦？"余露从墨镜后面望着他。

"这样吧，你找她来给我们推荐一下吧，我也不知道要吃什么。"陆子浮一边说一边四处张望。

"好啊！"余露好像也很赞同这个想法，招呼服务生过来，"你们老板在吗？"

服务生笑着说:"老板这会儿不在,什么时候会在,也不知道的。"

老板没有理由一直待在餐厅,可陆子浮仍然很失望。他把菜单给了余露,让她来决定。

余露点了四道菜。菜上来之后,陆子浮才明白为什么菜单上还会印上月份。这正是这家餐厅与众不同的地方,只选用当月最新鲜的食材,每样食材都有来源地。虽然自家是卖速销食品的,可陆子浮从小时候起,父母一直限制他吃自家的产品。父亲病倒后,家里更重视食疗啊、养生啊,在这种环境下长大,他的舌头自然也比别人的更灵敏。

仅凭着自己的舌头,他便尝出这家餐厅的用心。椿、榆、荇、鲥,每道菜名的单字背后,大概都隐藏着一个故事。

清蒸鲥鱼上覆着四片红如朱唇的上好的火腿;荇菜肉羹汤是白色瓷盆中满满的绿色浓汤,荇菜滑如凝脂,肉末细腻鲜美;榆钱饭则巧妙地融合了榆钱和大米的清香,盛得满满的一碗灰色炒饭,吃起来,令人有一种奇怪的满足感。

陆子浮觉得每一样菜和饭,都如餐厅的主人一样,像一件精美的艺术品。而四样菜中,他最喜欢的一道,是香椿炒鸡蛋。那香椿鲜得如同田间新采,吃一口唇齿留香,鸡蛋也绝非俗品。他特意翻了一下菜单,在这道菜旁边,印着一个从未听说过的地名。摆盘也很精致。菜色是黄色的,放在一只浅绿色的釉瓷盘里,颜色的对比,令人赏心悦目。

陆子浮用心品尝每一道菜,从小到大,好像从未吃过这么好吃的饭菜。虽然并非冯慕云亲手所做,但对陆子浮而言,睹物思人,在云餐厅尝到的美味、桌上各种颜色的盘子、每一个室内的摆设,甚至窗外的云和树,仿佛突然都具有了新的意义。

"怎么样?好吃吧?"余露笑着问他。

"嗯。"他爽快地点了点头,"你怎么知道这家餐厅的?"

陆子浮想着自己虽然并不热衷美食,但也不至于从未听说过这家餐厅的名字。

"如此有名的云餐厅你都不知道?"余露用金属勺子敲了一下盘子。

"你看看周围吃饭的,都是什么人?"她特意压低了声音,像是在说什么秘密。

陆子浮环视整间餐厅,有几张面孔的确熟悉,但还叫不出名字。

"坐在吊灯下面,穿着红裙子的,是Joanna,她刚演了冯大刚最新的电影;你斜对面,头发梳得很光、戴着墨镜的,是《酷士》的主编,还有……"

余露说得来了劲,陆子浮听得头痛,赶紧叫她打住。他可没兴趣知道这些人都是谁,不过如此看,这间餐厅人气的确不俗。

"所以说啊,冯慕云很厉害啊!"余露撇着嘴说。

陆子浮不知道她说的"厉害"到底是褒义,还是贬义,但听她这么轻飘飘地评价慕云,他本能地不太高兴。

"厉害?什么意思?"

"就是很有手段啊!你以为经营高级餐厅有那么容易啊,得左右逢源吧,你看,她风韵犹存的样子……"

陆子浮几乎是愤怒地打断了她的话:"行了,你干吗背后说别人?"

他对她那句"风韵犹存"格外介意。美就是美,从未逝去,又何谈"犹存"?

"怎么啦!我说错什么了?"余露不满地噘起嘴。她的眼睛亮晶晶的,好像随时都会滚下泪珠来。

陆子浮带着未消的怒气看着她,这才发现,她今天其实是精心打扮过。质地精良的白色无袖蓬蓬裙,透着纯洁的少女气息。即使出来吃个饭,她也不忘戴着那枚鸽子蛋。而那吊坠式耳环,是她身上不知第几样价值不菲的珍品了。

"买单吧!"陆子浮摇了一下桌上的银色小铃。

"等一下。"余露一把按住他的手,口气突然变得冰冷,"签单吧,我妈在这里留了名字的。"

"你干吗?"陆子浮知道,她生气了。

"没什么啊!"她歪着头看着他,"这顿我请,我们家还没穷到这一步,要蹭你的饭吃!"

"你!"陆子浮无语。

而余露的下一个动作,是拿起手包,"轰"的一声,推开椅子,冲出餐厅。

陆子浮没有去追。他紧随余露离开餐厅,却只是坐在喷泉旁边的长椅上,看着她的白裙子消失在林荫道的尽头。

春日下午的阳光大好，空气是透明的，翠绿浓密的树冠和雪白的喷泉都覆着明亮的光，纤毫可见。光影流动，充满富于变化的韵律和美感。世界突然被按了静音。这既日常又特别的美景，令陆子浮获得了难得的闲适。

是啊，万物自有其序，就如这阳光下的一切，不需要人为干预，也没有那么多爱恨情仇、烦恼与忧虑，甚至不需发出任何声音，却也兀自生长、灿烂、壮丽……

陆子浮从小就是一个思虑太多的孩子。尽管他从来不需要看别人眼色生活，想要的东西也没有一样是得不到的，但奇怪的是，他从很小的时候开始，就不再因得到某样东西而感到快乐。他得到每样东西都太容易了。从小时候的积木、玩具车、足球鞋，到第一把昂贵的吉他、房子、汽车、信用卡，别的孩子拼命努力想要得到的一切，他甚至不用自己开口索要，就都拥有了。一切物品都是崭新的，还来不及变旧，新的礼物又送至眼前。到现在，连未来的妻子都像一件华丽的礼物，由父母挑选好，呈到他面前。他对这种被赠予的状态已经习以为常，原以为自己会惯性地接受这件新的"礼物"。尽管他早就明白，和这个名叫余露的女孩在一起，他与生俱来的孤独感并不能得到缓解，而他从这段关系中获得的快乐也很有限。但父亲告诉他，余露是他们能为他找到的最好的伴侣。

如果没有遇到冯慕云，也许一切会按照长辈们设计的剧本进行下去。可是现在不一样了，他，陆子浮，人生头一回，有了一样发自内心想要的东西。或许他不应该想那么多，正如东子所说，喜欢就喜欢了，还管那么多干吗！

陆子浮抬头直视头顶上方的太阳，强烈的光柱在他眼前迅速散开，随即织成五彩的光斑。他闭上眼睛，感到光线在皮肤上跳动，痒痒的，好舒服。

他睁开眼睛，那光斑还在眼前跳动，反复眨了几下眼睛，终于恢复了正常。

"子浮！"那低沉的声音是从身后传来的。

陆子浮转过头去，站在阳光下的，万万没想到，正是他此刻最想见到的那个人。冯慕云换了一条浅绿色的长裙，头发不再像昨天那样盘起，而是披散着，这种大卷发实在是太适合她了，衬出脸部美好的弧度。

陆子浮竟一时手足无措。"你——我——"他本来想解释自己为何会出现在这里。

"你来吃饭了？"她笑着，指了指身后的餐厅。

陆子浮赶紧点了点头。

"第一次吧。觉得味道怎么样？"

陆子浮刚想回答，却见旁边跑过来一个穿着红裙子、七八岁光景的女孩，跑到慕云跟前，突然站住，拉起她的手。

慕云温柔地对她笑着，还摸了摸她的头。

陆子浮怔住了："这是？"

"你好！"没等他反应过来，那女孩主动跟他打招呼，落落大方。

"这是我女儿冯宛乔。宛乔，这是陆子浮哥哥。"

女儿？

女儿！

她竟然已经有一个这么大的女儿！

世事弄人，到底还有多少事情是自己还不知道的？

陆子浮的心都凉了。

他看着这对美丽的母女，觉得浑身都失去了力气，说不出话，也不想说话。

"宛乔，你和陆子浮哥哥说说话，我去下餐厅，一会儿就来。"慕云拍拍女儿的肩膀，说完便朝餐厅走去。

宛乔听话地坐到陆子浮身边，陆子浮感觉她在观察自己。

"陆子浮哥哥，妈妈说，你昨天跟一个很漂亮的姐姐订婚了，是不是？"她看着陆子浮，一本正经地说。

陆子浮哭笑不得，转头看着她。女儿一般长得像爸爸，可她却很像妈妈，如出一辙的白皙皮肤、小巧翘起的鼻头、漂亮的嘴唇。她的爸爸是谁？难道就是昨天在订婚仪式上匆匆一面的那个男人？不对啊？冯宛乔？她女儿也姓冯，难道父母同姓？

"宛乔，你爸爸呢？怎么没见到？"他装作四下张望，心却跳得厉害。

女孩斩钉截铁地说："我没有爸爸。"

陆子浮的脸上突然恢复了生气，当然，更多的是惊讶，还夹带着一点侥幸。

宛乔却平静得出奇:"妈妈说,她和爸爸离婚了,在我很小很小的时候。所以啊,我和妈妈,还有外婆一起生活。"

她说得如此淡定,就好像没有父亲对她而言并没有太大的损失;而她,虽然成长于单亲家庭,看起来却和别的孩子没有任何不同。

此时,陆子浮的心情真不是一般的复杂。

没有爸爸是宛乔的不幸。陆子浮自知莽撞,不该故意套孩子的话。可当他从宛乔口中得知慕云仍是一个人的时候,不知有多高兴,简直就像是一个垂死之人突然又从死亡边缘活过来了!

人生的死灭和转机,原来不过是几分钟的工夫。

此刻,他的胳膊和腿好像恢复了气力,突然感到阳光强烈的暖意,本来冷得快结冰的心脏,即刻便复苏了。

"你们在聊什么呢?"慕云果然没去多久。

"陆子浮哥哥问我爸爸在哪儿,我告诉他你们离婚了。"宛乔一边说着,一边跳到慕云身边,贴在她身上。

陆子浮眼冒金星。

听到这话,慕云脸上的表情却没有任何变化,仍旧笑着,摸着女儿的头,就好像什么都没有发生。当然,她也没有继续这个关于"爸爸"的话题。

"我们去那边走走吧!"她指了指不远处的人工湖,对宛乔说。

湖上晃荡着几只褐色的小木船。

"妈妈,我想划船。"宛乔抬起头,看着她。

"好啊!"慕云一看就是那种不会拒绝孩子要求的母亲。

"那我们先走了,你再坐会儿。"她转头望着陆子浮。

"我可以和你们一起吗?"陆子浮从椅子上跳起,脱口而出。

"好啊,陆子浮哥哥!"没等慕云答话,宛乔就冲过来,热情地拉住陆子浮的手。

慕云笑着摇了摇头,算是默许了。

就这样，陆子浮和母女二人一起坐上了木船，穿上了橙色救生衣。他们分坐在船舱中间横式的长凳两侧，宛乔坐在妈妈身前。一边一支木桨。这只木船全靠两支木桨提供动力，而且须得两支桨步调一致向后划，吃水越深，动力越足。一开始船不大动，刚开始动起来，方向又不对，三人花了些时间，才找到正确的方法，而他们的小船儿，也终于朝着湖心平稳地驶去。

　　宛乔兴奋地大叫，挣脱开妈妈的手，表示要自己划桨。慕云松开手，由了她去。小姑娘很快便划得满头大汗。陆子浮觉得身旁有窸窣的声响，转头一看，慕云正打开那只放在他们中间的白色手包，从里面取出一根粉色皮筋。她纤长的手指，熟练地抓起宛乔浓密的黑发，三两下，就扎成了一个高高的马尾。她的指甲修剪得干干净净，没有涂甲油，却透着淡淡的粉色。陆子浮看得发了呆。

　　"陆子浮哥哥，你快点划啊！"小姑娘不满地冲着他喊。

　　"哦，好！"陆子浮不好意思地回过头，用力朝水深处划了一下。他感到水的力量通过木桨传到了自己的手臂上。明明是流动易失之物，可此刻，他却前所未有地感知到水的形状和重量。一切触觉，都具有一种，前所未有的真实。他真希望时间就停在这一刻，在这午后的湖面，慕云浅绿的衣衫和宛乔的红裙子在眼前浮动，耳畔有她们欢快的低语或呼喊。

　　令陆子浮迷醉的，不只是春风。

　　如果有人恰巧在岸边用相机记录下他们，那一定是，最美的画面。

第4章 错误

自那天湖上泛舟之后，陆子浮便中了一种名叫"慕云"的毒。

迷恋一个人的症状是怎样的呢？陆子浮总算是亲身体会到了。怎么形容呢？简单地说，就像发了高烧，浑身都滚烫，却并不想给自己降温。

以前仅有的那几次"恋爱"，和这一次比，简直都不能算作"恋爱"。陆子浮第一次知道，原来喜欢一个人，就是只要大脑闲着，就会想起她，睡梦中见到的是她，早上醒来第一个想到的，也是她。喜欢一个人，就像是修了一门全新的课程，一切都要从零学起，却充满探索未知的热情。无论是对异性，还是对学业，甚至对自己最喜欢的东西，比如绘画、音乐和足球，他都没有像现在这样上过心。

他知道慕云的手机号码，却并未存在自己的手机上，因为那十一个数字，他早已倒背如流。他一周要去好几次云餐厅，恨不得把那里当食堂，连服务生都认得他了。当然，三次中能有一次见到她，就很不错了。每一次，见她穿着不同颜色的裙子朝他踱来，他的心总是狂跳一气，却还拼命装作若无其事。他不知道自己伪装的水平如何，她的脸上，总是波澜不惊，略作寒暄，便离开了。

气温慢慢升高，冯慕云的裙子已经从长袖变成中袖，再是短袖，材质也越来越轻薄。陆子浮开始不满足于只在餐厅见到她，却不知道，还能有什么理由，在别的地方见到她。

直到有一天晚上，当他第N次在百度搜索栏键入她的名字，在翻过好几页不相干的内容和广告页之后，突然发现一篇新的关于云餐厅的专访，出自一本不太知名的时尚杂志，问的问题也多是关于餐厅和美食的，只是在访问的最后，突然冒出来两个关于她的个人问题：

"冯小姐平常除了经营餐厅之外，还有没有什么爱好？"

慕云的回答竟是：画画。

陆子浮想起餐厅墙上的水彩画。果然不出他所料！

而另一个问题是："冯小姐虽然经营餐厅，但是身材还这么苗条，是怎么做到的？"

陆子浮觉得这个问题毫无逻辑性，经营餐厅的难道一定都是胖子？但慕云的回答，还是引起了陆子浮的注意。

她言简意赅："我每周去三次健身房。"

这简简单单的一句话，竟让陆子浮忙了一晚上。他上网搜索了餐厅和慕云家附近的健身房，总共有四家。

第二天，陆子浮起了个大早，直奔第一家。如他所料，跑遍四家店，任凭他如何费尽口舌，客人的信息，店家是绝对不会透露的。没辙，陆子浮只好办了四张卡。从最后一家出来的时候，已是中午了。他刚上车，余露就来电话了。

"你最近在干吗？怎么老找不到人啊！"是抱怨，也带点撒娇。这是余露一贯的对白风格。陆子浮想想，的确好久没见到她了。

"我在云餐厅，你过来吧！"余露在电话里，幽幽地说。

陆子浮赶到餐厅的时候，见余露坐在他们上次坐的位置。她穿了一条黑色镂空连衣裙，长头发垂在肩头，拿起水杯的时候，银色手链闪闪发光。见到陆子浮，她整张脸都亮了起来，倒没有半点生气的样子。

"怎么又约这里吃饭？"陆子浮欲盖弥彰。

"我们电视台就在这附近啊，况且，我也有一阵子没来了。"余露喝了一口水。

陆子浮这才想起来，她实习的电视台的确离这里很近。

"陆先生，您来了！"服务生递过菜单的时候，热情地跟陆子浮打招呼。

"怎么？你常来这里？"余露瞪大了眼睛，看着他。

陆子浮愣了一下："嗯，这里的东西很好吃啊！"他没有看余露的眼睛，而是望向窗外。

"陆子浮，你看着我。"

"干什么？"陆子浮转头看了她一眼，对方竟一脸严肃。

"我有一个问题要问你。"余露一本正经。

陆子浮仍然盯着窗外，余露却一把抓住他的手。

"干吗？"陆子浮想要挣脱，却被她抓得死死的，"什么问题？问吧。"

"你看着我的眼睛。"她又说了一遍，这一次，还刻意放大了声音。

于是，陆子浮真的看向她的眼睛。他发现，她的眼睛里，有一种很复杂的神色。

"你为什么要和我订婚？"她的眼睛一眨不眨。

"什么？"陆子浮没想到余露会突然问这个。

"我问你，为什么要和我订婚？"

陆子浮不知道她想说什么，因而没有回答，只是看着她的眼睛。他的嘴巴动了动，半响，终于吐出第一个字，说出来却是："那你呢？你又为什么和我订婚？"

"因为我喜欢你啊！"余露的表情不容置疑。

明白见底，这就是余露的心。陆子浮读出她表情中的真诚，他对她的抱歉又增加了一层。他以为她会继续刚才的问题，可她没有。明明没有得到他的回答，她却兀自笑了。

"你笑什么？"陆子浮还真有点把不住她的脉。

"我跟你开玩笑呢，你还当真了！"她一扫脸上的严肃，可陆子浮还是觉得，她是在故意掩饰什么。

"对了，陆子浮，你还记得我们第一次见面的时候吗？"余露很快又找到了新的话题。

"记得啊！"陆子浮抬头看她一眼，肯定地说。怎么可能会忘记呢？不过是几个月之前的事情而已。

现在回想起来，和余露的相亲，是陆子浮人生中的一个错误。可错误一旦铸成，又很难挽回。只是在当时，他并没有意识到，那是一个错误。

他们初见是在去年九月的一个下午。双方父母热情都很高，可前一天晚上，在打给陆子浮的电话里，余露却以一种冷冰冰的语气告诉他："我现在还没打算结婚，明天见面是为了应付一下父母，我不会当真，你也别当真。"

"你怎么知道我会当真？"陆子浮毫不客气地反问她。

从初中起，就有大把的女生追在陆子浮屁股后面跑，长这么大，他从来没有主动追求过哪个女孩。前两任女朋友，也都是倒追的。余露的话只令他觉得好笑，在感情上，他还没有当过真，这次不过是奉父母之命，难道还需要她来提醒自己？没有想到的是，见面当天，余露便食言了。只见了一面，她就当真了，陆子浮始料未及。陆子浮不知道的是，那个下午，对余露来说，是终生难忘的。那个下午关于他的每一个细节，都曾反复出现在她的梦中。

他们约在一家豪华酒店一楼的咖啡厅见面。余露到的时候，陆子浮已经在了。那天，陆子浮穿得再简单不过，白T恤、牛仔裤，脚上那双耐克鞋还是旧款。那段日子他一直在校队练球，皮肤晒得黑黑的，头发也是最短的板寸。陆子浮就是那样的男孩，即使头发剪得短短的，不留一点刘海，即使穿得比基本款还基本，即使不用任何香水身上只有肥皂的味道，他仍然是光芒四射的。而他坐在那里的时候，根本没有意识到自己的光芒。

余露，就像所有遇见陆子浮的女孩一样，未能幸免于他的光芒。她坐下来的时候心扑通扑通跳个不停，整个人都有点乱了阵脚，九月的阳光比她想的要强烈得多，她的额头出汗了。

看到她，陆子浮的表情没有任何变化。"点点儿喝的吧。"他把点餐卡递给她。

"喝完咖啡，咱们俩该干吗干吗去啊！"她的咖啡一上来，他就摊牌了。

"哦，所以你的意思是，我们一起去看电影？"余露拿勺子在咖啡里搅着，看了他一眼，慢悠悠地说。

"什么意思？"陆子浮不知她葫芦里卖的什么药。

"没什么意思，想和你一起看电影啊！不可以吗？"

"你不是说咱俩都别当真吗？"

"我改变主意了！"她说得很爽快，和那些追求过陆子浮的女生一样。

那天喝完咖啡之后，陆子浮真的和她去看了场电影。

自从和上一任女朋友分手之后，他就再也没进过电影院。国产电影烂出了新高度，令他俩叹为观止。那部电影恰是讲富二代的生活，每个画面都散发着浓浓的铜臭。片中男女主角都住着豪宅、开着百万跑车、名牌傍身，讲话时候一个劲儿往外蹦英文单词。奇葩的是，男女主角本来被家里安排相亲，他们却互相看不对眼，真相揭开：男主角竟然喜欢上了自己家里从农村来的小保姆，女主角放着大把的有钱男人不要，偏要嫁给一个老实巴交的凤凰男。这情节不见得没有可能，可这编剧和导演的用意太明显，"爱可以跨越阶层"，恨不得把这句话写在每个人脸上。

余露一会儿说女主角穿得像暴发户，一会儿说这电影太不靠谱，男女主角脑子都进水了。她的吐槽如导演评论音轨一般，伴随着情节推进，不断涌出。

"对啊，是进水了。"陆子浮冷不丁冒出一句。

"你说什么？"余露扭头笑着问他。

"你不是听到了吗？"陆子浮在黑暗中，看清了她脸的轮廓。

"没听到啊，没听到，没听到。"她幼稚地把头摇个不停。

"我是说——他们脑子里都进水了！"这一次，他的声音大得整个电影院都听得到。

"你干吗啊！"后面的男人不满地冲着他们大吼。

"我——"陆子浮刚想反驳，余露迅速站起来，抓住他的手，就往外走。

陆子浮就这么被她拽着，几乎是一路小跑着从电影院冲了出去，赶在电梯门关闭之前，闪了进去。

从影院出来的时候，天色将晚。陆子浮并没打算和她共进晚餐，扭头要走，余露却再次抓住他的胳膊。

"你又要干吗？"

"我们来玩个游戏吧！"她走到他面前，看着他，表情异常严肃。

陆子浮低头，看到她散开的黑色裙摆下方，露出的粉色鞋尖。

"我们约会三天,好不好?"她的眼睛里满是期待。

"不好!"陆子浮撇开她的手,果断回答。

"为什么?"她不高兴地冲他喊着,裙摆在风中轻轻颤动。

"没有为什么,我们昨天不是都说好了吗?"他歪了歪头,看了她一眼,"你干吗不遵守约定?"

"没有为什么,"余露噘起了嘴,"因为我喜欢你!"

陆子浮什么都没说,只是看着她。他在判断她是开玩笑还是认真的。可她的眼睛分明在说:我是认真的,十二万分的——认真。

见一次面怎么就能说喜欢呢?那时候,陆子浮还不能理解。

"就三天,三天!好不好吗?你快说好啊!快说!快说!"余露抓着他的手,摇晃他的身体。

他并没有生气,只是,有点想笑。

余露比陆子浮矮一个头,需抬头才能看到他的脸。她抬起头的时候,眼睛瞪得特别大。

陆子浮低头,看着她乌黑的头发,剔透得如同白瓷一样的脸。他突然觉得心里痒痒的。

"你不回答,我就当你是默认啦!"

余露高兴地推了他一把,又蹦又跳地跑开了,陆子浮拉都拉不住,只好看着她灵巧欢快的背影,消失在暮色中。

陆子浮没有想到,余露说到做到。

第二天一大早,陆子浮刚从楼上下来,她竟然已经候在他家一楼会客室的沙发上了。她和陆子浮母亲聊得正开心,看见陆子浮下来,母亲冲他使了使眼色,陆子浮只装作没看见。

吃早饭的时候,余露俨然已是这家的人了。

"伯母,我今天可以借用子浮一天吗?"吃到一半,余露突然笑着说。

陆子浮一口粥都快喷出来了。

"啊!"陆子浮母亲闻言,顿时眉开眼笑,"当然可以啊,你们都是年轻人,一起出去玩玩吧。这儿子大了，当妈的是留不住了！"

母亲说着，拍了拍陆子浮的肩膀。

陆子浮冲着余露咬牙切齿。余露得意地咬了一大口吐司。

余露把三天都安排得满满当当。看戏打球逛街游泳，吃饭喝酒唱歌跳舞。和一般的富家女不一样，她有头脑、有趣味，会玩但不贪玩。和余露在一起，其实并不枯燥。三天时间很快就过完了，到第三天晚上，他们最后的节目，是在D市最高建筑顶部的旋转餐厅吃饭。

余露一坐下就招呼侍酒生过来，对他说了些什么，陆子浮没听清。

"给你来点好东西！"她故作神秘。

"什么东西？"陆子浮不知她又要搞什么鬼。

"等一下你就知道了！"余露拿起菜单，只花了五分钟，就把菜都点好了。

"我把你的也点好了。"她的头从硕大菜单的侧面露出来。

"你知道我吃什么不吃什么吗？"陆子浮抗议。

"和你都吃了五顿饭了，我怎么会不知道！"她转过头对侍应生说，"牛排要七分熟，熏猪脸颊肉不要浇酱汁……"

侍应生都快走了，她又想起来什么，再把对方叫回来："再上一杯冰水，要很冰很冰的那种！"

侍应生点头走开。陆子浮无语了。才三天，自己的一点喜好，已经被她掌握得分毫不差。

她得意地望着他。

他看见她刚要开口说什么。突然，那侍酒生走过来，手里空空。

"对不起，余小姐，那瓶酒不能动，我给您换一瓶好吗？"

"为什么？"余露满脸不悦，"我爸的酒，为什么我不能动？"

"因为，因为那瓶酒是余先生专门——"侍应生话没说完，一个经理模样的男人突然走过来，把他的半截话给按了回去。

"是这样的，余小姐，恕我们无理，那瓶酒今天真的不方便取出来。余先生在我们这里存了好多瓶酒，我另外给您挑瓶好的，您看可以吗？"

"什么叫不方便？吴经理，我倒是奇怪了，我爸的酒，我怎么就不方便喝了？"余露托着腮帮子，故作天真地问他。而吴经理的表情，只能用"尴尬"来形容。

　　最终，他们还是没喝上那瓶被余露称为"好东西"的酒，取而代之的，是另外一瓶红葡萄酒。据吴经理介绍，是产自同一家法国酒庄的，只是年份略有不同。余露并没有再说什么，在陆子浮看起来，她好像已经接受了这个安排。可是，从换酒开始，那顿饭的气氛就被破坏了。陆子浮一直觉得余露想要说什么话，可是直到饭吃完，她都没说。她只是一个劲儿地喝酒。那瓶红葡萄酒被她喝掉一半，面前盘子里的牛排还没怎么动。

　　"别喝了，小心喝醉了！"余露想再次拿起酒杯时，被陆子浮按了下来。

　　"怎么不让人喝？这酒多好喝啊！"她很快就半醉了。

　　陆子浮无计，只好把剩下的酒倒进自己的杯子。

　　别别扭扭地吃完这顿饭，即将离开餐厅的时候，余露本来已经和陆子浮一起走到电梯口了，却突然要他等一下。陆子浮不知道她还要干吗，看着她冲回餐厅，很快又回来了，回来的时候冲着他直傻笑，拼命按下行键。

　　"你刚才干吗去了？"陆子浮问他。

　　她把食指靠近嘴唇，对他做了一个"嘘"的手势。电梯门刚关上，她迅速按了B1。

　　"酒驾啊！"陆子浮冲她喊。转身一看，不对——车库不在B1啊！

　　余露突然回过头，举起一只手。她手里有一串银色的东西，竟是一串钥匙。陆子浮还没搞清楚状况，就和她一起下到负一层。原来，餐厅的酒庄就在这一层，占据了整整一层。

　　余露很快找到钥匙，娴熟地打开门，又过了一道屏蔽门，借着过道里的光，看到恒温酒柜里整整齐齐地放着一排排酒。

　　"你知道你爸的酒放在哪儿吗？"陆子浮看酒瓶都长得差不多。

　　"以前来过一次，大概记得吧！"余露穿梭在酒柜之间，"好像是A区，倒数，倒数第几排来着？"

　　陆子浮拿起手边的一瓶酒，辨认着上面的法文单词。他把酒瓶拿在手里转了一圈，连产品说明都看了一遍。余露不知道跑到哪里去了，过了好一会儿，陆子浮都没听到她再发出声音。陆子浮借着灯光找到了A区，又穿过了好几排酒柜，终于在最里面那排酒柜的尽头，找到了她。

她背对着他。

"找到了吗？"陆子浮问他。

她一声不响，天花板上的灯光打下来，加重了她身上的阴影。

陆子浮走到她旁边，靠着酒柜站着。又过了半晌，她仍不说话，他只好扳过她的肩膀，却看到她手里拿着一瓶酒。

"你找到了？"直觉告诉陆子浮，那瓶酒一定有什么不对。

"吴经理说得对。"她突然说话了。

"什么？"

"这瓶酒，我的确不方便喝。"她的声音听起来很无力，像是随时都会哭出来。

"酒怎么了？"陆子浮从她手里拿过那瓶酒。

他依稀看到瓶腹上贴了一只白色的标签。那标签并不大，借着天花板的灯光，还是能看清上面的字：

Reserved only for Caroline.

陆子浮并没有问她Caroline是谁。他想，她一定也不知道。

"你不带上这酒吗？"陆子浮看着她要把酒放回去。

"这是我能带的吗？你没看这上面写的吗？"她冷冷地说。

一起离开酒窖后，两人并肩坐在汽车后排，直到车子抵达余露家门口。一路无言。余露像是变了个人，所有的力气都像水窖里的水，被抽干了一样。陆子浮从车里出来，站在车门旁边，看着余露下车。门开了，她默默走了进去，连头都没有回。

陆子浮没有想到，他和余露三天的"约会"，竟然以这种方式结束的。

一连三天，余露都没跟他联系。他给她打电话，她也不接。他感觉怪怪的，说不出来是什么感觉。脑子里反复萦绕着的，竟然都是关于她的片段。乌黑的头发、黑色裙摆下的粉色鞋尖，以及，她在酒窖里沉默的背影。到第四天晚上，陆子浮实在忍不住了，开车去了余露家。

走进余家院子的时候,天已全黑,暮色深重。

在客厅,陆子浮看到余露父亲站在客厅的水晶吊灯下,一脸的忧虑。

"子浮啊,你上去看看小露,她这几天心情不太好!"他拍拍陆子浮的肩膀。

陆子浮觉得他面色中带着些许尴尬。

正巧余太太从厨房里走出来,看到陆子浮,又惊讶又高兴:"子浮啊,你来找小露?太好了,她就在二楼卧室里!你快上去吧!"

看来,余露已经跟她爸摊牌了,而她妈并不知情。

陆子浮上到二楼,余露房间的门半掩着。推开门,里面却空空的。床上、书桌旁、钢琴前面,都空空的,好像从未有人来过。

余太太明明说女儿在房间里的。

风吹起露台的浅蓝色门帘,陆子浮突然有些害怕。

"余露!余露!"他喊着她的名字,冲过去,拉起布帘。借着月光,他看到她靠着露台的栏杆,站着。

她不开灯,听到他的声音,也不答应一声。他站到她旁边,离她几十公分的地方。

"你来了。"过了好一会儿,她终于说了第一句话。

"你是不是都跟你爸说了?"陆子浮转过头问她。

余露叹了口气:"说和不说,有什么差别吗?"

"那你打算——"陆子浮话还没说完,就被余露打断了。

"那个Caroline,就是跟我爸好上的那个女人,你知道吗?"余露的声音突然变大了。她看着陆子浮,眼睛睁得大大的。

"她只比我大三岁,三岁!只比我大三岁,你知道吗?"

她不停地重复着这句话,像是一遍遍往自己心口插着刀子。说着说着,终于哭了起来。一开始是小声抽泣,后来变成了号啕大哭。眼泪憋了太久,好像都流不完了。陆子浮伸出手,扶住她的肩膀。

她一定是在月下站了太久,而她的睡裙是无袖的,这九月的夜里,凉意浸透了她的皮肤。她把头扎进他怀里。散开的头发,触到他的胳膊和手。陆子浮轻揽住她的身体,才发现她浑身都在发抖,像一只伤心的小鹿。

他闻到空气中晚桂的香气。有月色、有花香,对二十岁的她来说,这本该是一个无忧的夜晚,而此刻,她却正经历着被至亲背叛的痛苦。于是,这醇厚如酒一般的夜色,却只能,加重她悲伤的底色。

陆子浮对她的痛苦感同身受,却也无计可施。他唯一能做的,是抱着她,让她在他怀中哭泣。

她终于累了,连哭都哭不动了。陆子浮"站桩"的时间太久,后背和胳膊都有点僵了。

"陆子浮。"

她的声音很小,他却听得很清楚。

"嗯。"他回答。

他感觉到她原本垂下的手,抱住了他的腰。

"陆子浮。"

"嗯。"

"陆子浮,我想和你在一起。"她幽幽地说。

"嗯,我们现在,不就在一起吗?"陆子浮弯下腰,拨开她的头发。

"不光是现在,我想明天、后天,永远都跟你在一起,可以吗?"她抬起头看着他,眼睛红红的,

"我现在什么都没有了,除了你。"

一朝拥有,一夕尽失。

陆子浮仿佛从她的眼睛里,读到了绝望和仅存的希望。而那仅存的希望,就是他。

"天冷了,快进屋去吧。"陆子浮叹了一口气。

进屋的时候,他们的手拉在一起。

这一次,是他主动的。

"你还记得那天你在我家,对我说的话吗?"余露歪着头,问他。

"哪天？"

陆子浮明明知道，她指的正是那天晚上。

"就是你来我家找我那天啊，去年秋天时候，我爸——"说起她爸的事情，她的神色又黯然了。

"哦，我知道。"他赶忙说。

"那天在我的房间里，你对我说——"余露脸上回忆的表情，仿佛又回到了那天晚上。

"你说：余露，最糟糕的事情已经过去了，以后，会越来越好的。"

"你是这么说的，对不对？"

陆子浮点点头。

她记得一字不漏。

"那么糟糕的时候，我竟然可以熬过来。"她拍了一下手掌，"你说对了，陆子浮，最糟糕的事情已经都发生了，都过去了，我真的，什么都不怕了！"

陆子浮无言以对。

"谢谢你！"她举起酒杯，轻轻碰了陆子浮面前的杯子，然后，自己喝了一大口。

"不过，你可不要骗我哟！"她突然放下酒杯，死死盯住他的眼睛。

"什么？"陆子浮本能地想躲开她的目光。

"那天我说要永远和你在一起，你答应我了，可不要骗我哟！"说这话的时候，她虽然笑着，可笑容里，还是有一种特别的意味。

陆子浮觉得她只说对了一半。最糟糕的事情的确已经发生了、过去了，但是，她绝非一无所惧。她已经遭遇了一次背叛，又如何能经受第二次背叛？

满桌精美的饭食，可陆子浮突然一点胃口也没有了。他放下筷子，转头看着窗外。这才发现，不知道是在什么时候，公园里的玉兰和樱花，早已谢尽。绿树葱茏依旧，可少了那最美的一样，陆子浮总觉得缺了什么。

第 5 章

前夫

余露说要去电视台准备晚上的节目,他们在餐厅门口道别。

看着她的背影消失在林荫道尽头,陆子浮一屁股坐在椅子上。还是上次那张椅子,那天,他就是在这里,遇见了慕云和她的女儿。

时间从春移向初夏,午后的阳光比那日更加热烈,椅子被晒得暖暖的。陆子浮觉得牛仔裤太厚了,黏在腿上,热。他又觉得脚趾头在球鞋里蠢蠢欲动。他从钱包里掏出那四张健身卡。云餐厅附近有两家健身中心,一家向南,一家向北,离公园都是步行十五分钟的距离。

他把车子开到路口,往左看看,再往右看看,最终还是决定,去右边的那家。来健身的人不多。陆子浮把器械区和练功房逛了个遍,练功房甚至连灯都关着。如他所想,即使她真的来这里健身,这个点儿碰上她的概率也太低了!

他发泄似的,在跑步机上以十公里的速度狂跑了一个钟头,液晶屏上的卡路里数字一点点上升,几近爆表。冲了个凉,多巴胺果然起效了,他觉得周身通畅了好多。从浴室裹着浴巾出来,才发现,坏了!临时起意,干净衣服也没带,只有储物柜里那身臭烘烘的行头。他坐在软皮椅上发了会儿呆,终于一咬牙,散开浴巾,从柜子里拿出牛仔裤,套在身上。身上汗味太重,头发也还没干好,在电梯里,原本站在他旁边的中年女人,窸窸窣窣弄了半天,终于挪到他前面去了。

电梯门在一楼打开。那女人走了出去。

陆子浮刚想去按红色的下行键，眼前突然闪过一个熟悉的人影。像是彩铅画染了水渍，模糊得很，而他的眼睛还是抓住了她的轮廓。明明就是，刚才他遍寻不得的那个人。

他拼命按开门键，无奈，电梯还是直奔楼下去了！

还没等电梯落稳，陆子浮便狂按三十楼。

事隔五分钟，他再次冲进那家健身中心，在前台刷卡的时候，那女孩很惊讶地看着他："您……您又来了？"

"嗯。"陆子浮不好意思地点点头。

陆子浮冲进健身房，像刚才一样，里里外外再看一遍，仍旧什么都没找到。练功房黑着，跑步机空着，只有器械区有几个人在小声说话。

他的失望无以言表。刚转身要往回走。却听到背后有什么响声。他一回头，见到身后的一间练功房，灯突然全亮了。橘色灯光点亮了整个立体空间，像一个不切实际的梦。她已经换上了一身健身服，身后地上有一张红色的垫子。舒缓的音乐响起，他看见她对着镜子，踮脚、伸臂，几个最简单的动作，如同芭蕾舞者一般轻盈。

陆子浮的心，有一种奇怪的、甜甜痒痒的感觉。他正在考虑自己是该躲在门口偷看，还是该走过去跟她打个招呼。

突然她停住了动作，关掉音乐，拿起手机。

"你要干吗？我不想见你。"

陆子浮不知道电话那头是谁。她看起来烦躁不安，好像很想即刻挂掉电话。那一定是她不想联系的人。

她正准备挂掉电话，突然又拿了起来，"你不要去餐厅。餐厅公园附近的鑫茂大厦一楼，你去那里等我。"

陆子浮看到她关掉灯，从里面走了出来，他躲也来不及，被她撞个正着。

"陆子浮？你怎么在这里？"慕云满脸惊讶。

"我——我也在这里办了卡啊！"他装作若无其事，手插进牛仔裤口袋里。

"在这里？"慕云耸了耸肩膀，脸上的惊讶一点也没缓解，"你家离这里很远吧？"

"哦，那个……余露在电视台实习，就在这附近。"他总算勉强给自己找了个理由。

"是这样啊！"她恍然大悟。

他们离得很近。

"你……你经常来这里健身吗？"陆子浮无法遏制自己的紧张感。他分明看到，她说话的时候，一缕头发从后面滑落，落在光滑的肩膀上。他心脏的波段突然往上蹿了一拍。他好像能听到那缕头发滑落的声音。陆子浮的脸红了。幸好他站在暗处。

"嗯，有时候会过来的，"她边说边看着手机，"不好意思，子浮，我得走了，有点急事。"

陆子浮冲她点了点头。看着她从灯下消失，他又在原地站了好一会儿。

她去见什么人了？连电话都不想接的人，为什么又要去见他？

陆子浮越想，越觉得哪里有问题。他匆匆赶到一楼，在大堂里转了一圈。

穿着套裙、拎着各式精美皮包的白领穿梭在明亮的大厅里，像一条条沉默游弋的鱼。可他并没有找到，他要找的那条鱼。他觉得胸口闷得很，找不到她的时间越长，越觉得可能会出什么事情。

他茫然地走到窗边。日光在落地窗上产生耀眼的折射，他因光束而闭上的眼睛刚刚睁开，却突然在车流的缝隙，看到她的蓝白条裙子。就像刚才透过电梯裂开的几寸空隙，他同样准确地捕捉到了她的轮廓和裙子的颜色。

他冲出大堂。

隔着连绵的车河，他清楚看到，她对面站着一个男人，两个人好像在说着什么。是一个比她高不了多少、很瘦弱的男人。陆子浮看不清他的脸，却不由自主地皱起了眉头。他们不知道说了些什么，那男人看起来情绪很激动，突然拉住她的手。而他的下一个动作，竟是把她往自己怀里拽。

陆子浮看到她的裙角在发抖，像一只被抓住的鸟颤抖的翅膀。他的心脏好像被人猛地捶了一拳，捶得七荤八素，全身的血都充到了头部。他像一阵风一样冲了过去，逼得急刹车的司机摇下窗户，愤怒大骂。

慕云的包掉在地上,旁边还有她的一只白色皮鞋。

陆子浮快气疯了。他一把抓住那陌生男人的一只胳膊,高高举到他的脑后。

"啊!"那男人痛苦地大叫。

陆子浮高出他好一截,力气也比他大。

那长脸的、貌不惊人的男人,被按住胳膊,竟动弹不得。"你谁啊?放开我!"他把头扭向慕云的方向,故意喊得很大声。他的嘴唇抽动了好几下,陆子浮分明从他的眼睛里看到了恐惧。

"不许碰她!"陆子浮的声音十分庄严,像在发布一道不可违抗的命令。

慕云就在离他们几米远的地方,头发全乱了。她无言地看着他们,脸上写着不安与张皇,眼神里隐藏着痛苦,像是有太多不可与人说的秘密。

"臭小子,我说你是从哪里冒出来的?你管得着吗?她是我老婆,我怎么就不能碰了?"

陆子浮倒吸一口冷气,他的手突然失去了力气,趁着松懈这一刹那,那男人迅速挣脱开来。他愤怒地想再次扣住对方的胳膊,却被慕云伸出的手给挡住了。

"算了,子浮。"她的眼神带着乞求,声音无力得像一只瘪掉的气球。然后,转头看着那个号称是她丈夫的男人,"你快走吧!"

"慕云,我……"那男人语气突然变得和缓了,竟然还有几分讨好的意味。

"什么都别说了,快走吧。"她低下头,叹了口气,好像不愿意多看他一眼。

"慕云,你听我说,我不是故意的,我……"他又想去拉她的手,陆子浮眼冒金星,拳头发痒,若不是慕云抓着他的手,他肯定会忍不住揍他一顿。

"我求你了,别说了,快走!"她突然冲着他大喊。她的眼睛红红的,像是马上就要哭出来。

"好好好,"那男人忙不迭地冲着她摆手,"我走,我走……"

临走的时候,他回头看了陆子浮一眼,不带多少善意。

冯慕云已经捡起落在地上的包,跌落的鞋子也重新穿在了脚上。

"你没事吧?"陆子浮想扶她一下,手伸出去,却停在半空中。

"没事。"她抬头看着他,"谢谢你,子浮。"

"我的车就停在鑫茂地下,我送你回去吧。"

"不用了。我回餐厅。"她摆摆手,"那我先走了。"她的声音听起来很疲惫。

陆子浮看着她的蓝白裙子从他眼前飘过,也不知该做些什么。可他明明,是有话想问她的。他在人行道上站了好一会儿,她早已消失在这条路上。

突然,陆子浮看见对面很多行人都闪躲似的往路边商店的屋檐下跑,原本人来人往的人行道,突然就只剩他一个人了。

他一摸肩膀,湿湿的。

竟然,下雨了。

慕云到家的时候已是晚上六点半。

门一开,女儿就从房间里跑了出来,"妈妈""妈妈"地叫着,抱住她的腿。她穿着白色纱裙,像个可爱的小公主。

慕云摸着女儿的头,突然一阵心酸,还好,忍住了。

"妈妈,你今天不高兴吗?"吃饭的时候,女儿突然歪着头问她。

"没……没有啊,"她吓了一跳,"妈妈哪里不高兴了,你好好吃饭,妈妈就高兴!"说着,往女儿碗里夹了一块肉。

女儿虽然小,却比同龄孩子更敏感。慕云在灯下坐正,努力想把情绪调整到正常。母亲则将这一切看在眼里。

两个人在厨房洗碗的时候,母亲放心不下地问慕云:"小云,发生什么事了?是不是徐澍又来找你了?"

慕云放下手里的碗,点点头,叹了口气。

"不是都半年没见人了吗?还以为他不会再来找你的麻烦了。这怎么……"

母亲话没说完,听到背后的脚步声,她们的对话戛然而止。

"妈妈,"宛乔抓着慕云的手,祈求地问她,"我今天晚上可以和你一起睡吗?"

慕云觉得哪里不对劲,宛乔已经很久没有要求和妈妈一起睡觉了,她们老早就让孩子睡自己的房间,宛乔一直很听话。

这一次，慕云没有问原因，便答应了女儿的要求。

洗漱好回到房间，时间已经不早了。女儿坐在床上看书，慕云也拿起床头那本看到一半的书。

"妈妈，我要告诉你一个秘密。"她趴在床上，瞪大了眼睛，"不过，你可不许告诉别人。"

"什么秘密？你放心，我不会告诉别人。"慕云低下头，笑着，刮了刮她的鼻子。

"就是啊，我们班同学都说，我们班的王羽佳和唐明星，他们的关系很好。"

"什么叫'关系很好'？"慕云故意装作不懂。

"就是那个啊！"她面露难色，"他们说，说唐明星是王羽佳的男朋友。"

"他们是谁？"

"就是班上的同学啊！"

"那你觉得呢？"慕云反问她。

"我觉得吧，他们就是关系很好而已！"宛乔坐起身来，噘着嘴巴，理直气壮地说。

"那宛乔，妈妈问你，你有没有和你关系很好的男同学呢？"

"有啊，有……"她一口气说了好几个男孩的名字。

慕云笑了，才小学二年级，现在的孩子啊！

列举完男孩们的名字，宛乔十分郑重地来了一句总结："不过，妈妈，他们肯定都不是我以后的男朋友！"

慕云听得又好气又想笑，可还没等她开口，宛乔突然搂住她的脖子，以无比严肃的表情和语气，对她说："妈妈，其实，我长大了不想交男朋友。"

"为什么？"慕云不解。宛乔还这么小，在想什么呢？

"因为，我想和妈妈，还有外婆一起，过一辈子啊！"

听女儿这么说，慕云的心像被极细的针扎了一下，又酸又痛。她什么都没说，只是把女儿搂在怀里。女儿坚硬乌黑的头发摩擦着她的脸。慕云突然想起宛乔三个月的时候，第一次给她理胎发的情景，一晃这么多年过去了，她早不再是那个理发时候哇哇大哭的小娃娃了。

她的女儿，已经长大了。

慕云又想哭了，抬头盯着天花板上的吊灯看了好一会儿，终于止住快要滑下的泪。而宛乔，已经伏在她的肩膀上，睡着了。慕云在黑暗中睁着眼睛，越想睡，越是睡不着。总是在夜深人静时候，前尘往事，便像被海浪卷到沙滩上的贝壳和其他曾被弃之大海深处的物品，一起浮上心头，一桩桩、一件件，历历可数。她才三十二岁，很多在十年前就认识她的人，甚至说她的样子和那时候没有多大差别。对这样的赞美之词，她只是用一个笑，来回报他们的好意。

她知道，改变的，不只是容貌。有时候她甚至觉得，自己三十二岁的身体里面，住着一个跟外表全然不符的，五十岁的灵魂。

母亲常常会念叨："我们家小云啊，什么都好，就是命不好！"

当最糟糕的事情都过去之后，慕云会对母亲开玩笑："妈，你的命也没比我好多少嘛！"

母亲作势要打她，两个人打闹着，笑着。突然，她看到母亲眼里有泪。她知道，她又想起父亲来了。父亲已经离开这么多年，想起他来，她们还有一肚子的眼泪。不只因为他是她们挚爱的丈夫和父亲，也因为，他的突然离开，是她们糟糕命运的开始。

父亲是在慕云高考之前倒下的。

高三下学期的那个冬天，父亲公司的情况已经很差，他嘴上没说，但慕云有感觉。他每天都到深夜才回家，周末也都在外面跑，有好几次，她见到他在阳台上打电话，焦躁地走来走去，声音越说越大。大冬天的，他额头上冒着汗。

春天时候，有一天晚上，父亲突然很早回家，还带了一瓶红葡萄酒，他那天兴奋得脸都红了，说是公司接了个大单子。他大口吃着饭，酒也喝掉大半。慕云和母亲也都很开心。

第二天早上，父亲很早就起来了，出门比慕云还早。

她记得好清楚，那天早上，温度还未升高，父亲出门的时候，穿着藏青色夹克。

她正坐在餐桌前吃早饭，父亲本来已经走出去了，突然又把门推开。他站在门外，望着她说："小云啊，慢点吃，别着急，要不要爸爸送你去学校？"

她对他摆了摆手，"不用了，爸，我自己坐地铁去。"

然后，门就关上了。

慕云的牛奶喝到一半，突然觉得胃里怪怪的，剩下一半，她喝不下去了。她跑到阳台上，正好看到父亲的车子。

父亲明明坐在车里，却仿佛在里面待了好一会儿，才发动汽车。

她默默看着他的银灰色汽车消失在小区门口，怅然若失。

她怎么也不敢相信，父亲就那样没了。

那天中午，慕云和母亲赶到医院的时候，父亲躺在病床上，还穿着早上出门时穿的那件藏青色外套。

父亲早上对她说的话还犹在耳，而他的最后一缕鼻息已经断绝。

慕云终于明白"悲痛欲绝"这四个字的含义。她和母亲的悲痛是等量的，反应却截然不同。母亲几次哭得差点昏厥过去，而在父亲去世之后的三天里，慕云竟然没有流过一滴眼泪。她摸着父亲冰凉的手，想象他还活着，甚至怨恨他以这样无情的方式离开他们。母亲因为过于悲痛，几乎无法做除痛哭之外的任何事情。父亲走后的一切事情，只能交给慕云处理。

那几天，她觉得自己的心冰冷麻木，像一块冻在冰箱里的石头。唯有如此，她才能有精力去应付余下的许多事情。

第四天下午，在墓园安顿好父亲，又把母亲交给亲戚照顾之后，她去父亲的公司收拾东西。

没几天的工夫，这里已经人去楼空，连格子间里的旧电脑、复印机都被卖掉了，加上公司剩下的钱，才勉强还清了债务，给员工发遣散金时，剩下的钱已经不够用，是爸爸的生前好友吴叔叔帮忙，垫了些钱。

父亲的办公室还保留着他走之前的样子，窗户关着，空气里，好像还有香烟的味道。

慕云听公司里的人说，那天，父亲就是在这个房间里倒下的。突发急性脑溢血，倒下的时候，他手里的电话掉在地上。是那个突如其来的电话终结了他的生命。在电话里，本来说好要和他们签约的那家公司，突然反悔了。

慕云蹲下来，看到深红色地板上，自己的影子。她伸出手去触碰那影子，想着，父亲倒在地板上的那一刻，一定也在地板上投下了巨大的阴影。她的心脏开始咕咕地往外冒血，整张地板好像都渗着她的血。窗外阳光灿烂，可那温暖根本与她无关。

这层楼只有她一个人，听到自己惊天动地的哭声回荡在空荡的房间里，恐怖得像是世界末日。

自那天之后，慕云就落下一个毛病：常常没来由地掉眼泪。母亲说她前三天压抑得太厉害了，一哭起来就没完没了。她觉得也是。慢慢地，她发现，哭泣，具有净化情绪的作用。哭，跟笑一样，可以有无缘无故的笑，当然也可以有无缘无故的哭。只是，你笑了，别人也会觉得开心，甚至不会问你笑的原因；但是如果你无缘无故地哭了，会让别人感觉不安。

慕云不觉得无缘无故流泪是什么问题，正如那天在花园里，看到十二岁的陆子浮在树下哭泣，她问他怎么了，他说没有什么原因只是想哭而已。别人会觉得他很奇怪，可是她一点也不觉得奇怪，相反，她相信他说的话。

如果说父亲的意外离世是她的命运，那么，和徐澍的婚姻，则是一个彻头彻尾的错误。

在和徐澍结婚之前，她没有谈过恋爱。说来谁都不会相信，有时候，连母亲都替她感到遗憾。大学时候追求她的人很多，长得帅的、家里有钱的、才子、学霸、文艺青年，什么类型的都有。晚上打到宿舍的电话里，十个有八个是找她的男生。可那个时候她忙着上课、照顾母亲、打工赚钱，睡觉的时间都不够，哪还有时间谈一场恋爱。

现在回想起来，那个时候，她的生活完全被责任给绑架了，在最好的年纪，错过了爱情。

慕云的众多追求者中，大多数在被拒绝了一次或两次之后，就消失了。也有特别执着的，尽管被拒绝了十次八次，仍然在她眼前晃来晃去。徐澍就是这样的一个追求者。他长得不帅，又瘦，说话结结巴巴的，可以说是慕云的追求者中最不起眼的一个。小学课本上说：只要功夫深，铁杵磨成针。徐澍就是那个把铁杵磨成针的人。他和慕云同一级，念生物系。新生入学典礼上，慕云从礼堂里跑出来接母亲的电话，正好与迟到的他擦肩而过。一个"一见钟情"的故事就这样开始了，当然，只是徐澍的一厢情愿。

徐澍从大一追到大四，慕云从未对他说过Yes，可他对她的心意从未动摇，追求的热情反倒越来越强烈。他不只情人节送花，连中秋节、端午节这些不相干的节日，都变着花样儿送她礼物。那些东西并不贵，却饱含他的心思。

大四那年初夏的一天，慕云很晚才回宿舍，走到楼下，突然从车棚下面跳出一个黑影，小声叫着她的名字。她吓了一跳，一看又是徐澍，手里捧着一只纸盒子，说是送给她的礼物。

她一想不对啊，"今天是什么节日？"

他清了清喉咙，尴尬地说："重……重阳节。"

虽然刚打完工很疲惫，但她还是忍不住大笑起来。他在路灯下打开那只盒子，里面是一条漂亮的红色裙子。这比他之前送她的那些小礼物都要贵，慕云说不要，他却只顾着把盒子塞到她怀里，拔腿就跑。

那裙子她一直放在柜子里，忙着找工作、签约、写论文，也没空还给他。直到毕业前夕，她给他打了个电话，约在学校外面的小饭馆，一起吃顿饭。

四年了，他们头一回坐在一起吃饭。其实，这也是慕云第一次与追求他的男生一起吃饭。

坐在慕云对面，徐澍紧张得像个小学生。他的手一直抖个不停，一会儿弄洒了醋，一会儿打翻了碗，越是想好好表现，越是要砸锅。

"你不要紧张。我们都见过这么多次了。"慕云笑着安慰他。

"是啊，下一次见到你，都不知道是什么时候了！"他的眼睛竟里有亮亮的东西。

"为什么？你要离开这里吗？"慕云觉得很突然。

原来徐澍要回老家工作了。生物系本科毕业,高不成低不就,在D市很难找到满意的工作。他爸妈只有这一个儿子,也一直催他回家。

"那条裙子,你……你一定要收下……慕云,虽然我没有追到你,但是,你是我大学四年最美好的回忆。"很明显,这番话,徐澍酝酿了很久,而且,他突然变得不那么结巴了,"你一定要嫁一个好男人。一定……要幸福。"他咬了咬嘴唇,低下头,拿起酒杯,喝了好大一口啤酒。

慕云最终收下了那条裙子。夏天,她去陆氏集团上班的第一天,穿的正是那条裙子。

上班的日子很忙碌。她和母亲的生活慢慢上了轨道,只有感情,仍是一片空白。毕业了,工作了,很奇怪,以前追过她的那些男生,顿时作鸟兽散,一个也不剩。要说还有剩下的,也就只有徐澍一个。每隔一段时间,他就会给她打一个电话。他在老家做了公务员,日子也过得很平静。在电话里,徐澍的状态明显松弛了很多,聊起天来,他们就像是——普通的朋友。

好日子过了没几天,入冬的时候,母亲又生病住院了。一开始只是感冒,病了好一阵都没好。一天半夜,慕云起来喝水,却听到母亲在房间里小声呻吟。她吓坏了,冲了进去,母亲抓住她的胳膊,说胸口疼得厉害。灯下,慕云竟看到母亲额头上不停地冒着汗。她扶着母亲出门,在小区门口等了好久,才拦到出租。一进到车里,她的眼泪瞬间就下来了。母亲已经痛得话都说不出来,只能无力地靠在她的肩膀上。她抓住母亲的手。慕云知道,这一次,情况没有那么糟糕,母亲的手仍然很温暖。可她还是止不住地流泪。母亲手心的温暖,就像一束跳动的火焰,是她在这个世间仅有的东西,如果这束火焰也熄灭了,她真的不知道,该怎么继续活下去。

医生告诉她,幸亏来医院及时,母亲暂时没有生命危险,但她的心脏已经很脆弱,需要做手术,才能扫除后顾之忧。

"先住院观察一段时间,等情况好转一些,我们就安排手术。"

她没问医生那个手术需要多少钱,那必定不是一笔小数目。

母亲已经睡着,她一个人走到过道里。又冷又饿,她感到前所未有的孤独,靠在椅子上待了好久,仍然没有办法,将自己从绝望的泥沼中拉出来。

这时候电话响了，是徐澍。

"慕云，圣诞快乐！"

她这才想起来，原来今天是平安夜。尽管隔了这么远，从她的语气中，他还是觉察到了她的异常。他很担心她，问她发生了什么事。她不知道是怎么了，说着说着，竟然哭了起来。徐澍说了很多安慰的话，她却越哭越凶，一直哭到拿着电话的胳膊都酸了。她抽抽搭搭地对他道歉，说毁了他的平安夜。

"没关系，慕云，我就是心急，也帮不上你什么忙！"他说得很真切。

"徐澍，其实我真的很感谢你。你能听我说这么多，已经是帮我了。谢谢你。"

人难过无助的时候，最需要的就是倾诉。说完这一大通，慕云的情绪平复了好些。她走到窗边。在这医院大楼的第二十五层，城市的夜空，灯火璀璨。她深吸一口气，窗外的空气，寒冷，却十分清新。慕云突然有了一种新的感觉，觉得刚才快要消失的勇气又都回来了，她有了新的勇气，去承担责任，无论前路是如何的荆棘密布。

第二天，慕云下班去医院，走到门口，竟看到徐澍等在那里。他穿着厚厚的羽绒服，身后放着一只旅行箱。他站在她面前，告诉她事情没那么糟，一切都会好起来的。看着他赶了一天汽车的疲惫的脸，她真的被他这种"义举"感动了。

事后想起来，徐澍是在慕云最需要的时候，出现在了她的面前。而女人，当她们不太理智的时候，是会把感恩当成爱情的。之后的事情是那么的顺理成章。徐澍为了她，不顾父母反对，辞掉了家乡公务员的工作。他们一起东挪西借，给母亲做了手术。靠着患难中滋生的"感情"，慕云似乎觉得，他是一个可以与之一起生活的男人，尽管后来证明那不过是个错觉。第二年春天，他们结婚了。

他们没有婚礼，只在家附近的一家餐馆摆了几桌酒，邀请了慕云在D市的一些亲戚。徐澍的父母根本不同意他们的婚事，当然没有出现在酒席上。那天，徐澍喝得有点高，回家的时候，一直搂着慕云不放，说了很多诸如"娶到慕云是捡到了宝""一定会让慕云幸福"之类的酒话。慕云洗完澡回到房间，他已经躺在那里不动了。

她本来以为这个晚上就这么结束了。可他突然动了动，慢慢地，把身体挪向她。她突然有些害怕，而他身上的酒味，竟令她有些厌恶。她很想让他先去洗个澡，却忍住了。

他们都是第一次。

那种感觉与美妙相差甚远。两个人都很笨拙，她在灯下看着他白花花的皮肤和因为过瘦而突出的肋骨，很奇怪的，她心中仅有的一点欲望也变得模糊了，甚至想快点结束这一切。

一阵陌生的疼痛划过她的身体，她听到他压低声音喊了一下。身体某处涌出的暖流提醒她，一个时代已经结束了。

慕云光着身体，把头藏进灯光找不到的地方。徐澍从后面抱住她，在她耳边轻声吐出一些她根本听不清的词句。带着酒味儿的情话她有点听不下去，只觉得很累，很想睡觉。

和徐澍的婚姻生活，就这样不痛不痒地开始了。

有句话说："得到了便不懂得珍惜。"这话虽然被引用滥了，却道出了真理。徐澍就像一个矮子，踮起脚也只能够到树上的苹果，可他偏偏想要天上的月亮。想得到月亮的人很多，连他自己都觉得可能没什么机会。可他还是不停地追逐月亮，结果有一天，他的苦心有了回报，真的得到了月亮。别人都以为他会一辈子将月亮奉若至宝，可事实并非如此。他得到并占有了月亮，便生出一种很复杂的情绪，既觉得自己成功了、了不起，有时候又觉得月亮不过如此。其实，更多的时候，他害怕自己配不上月亮。

自信心不足的男人永远都摆脱不了这个性格的弱点，而两人境况的差异又加重了他的担忧。

慕云在陆氏集团发展得很好，连总裁都知道这个新来的小姑娘很有工作能力。而徐澍呢，似乎缺乏在大城市立足的能力。他不停地更换工作，高不成低不就，每份工作都做不长。

有一次吃饭时候，慕云提出可以帮他介绍一份推销保健品的工作，结果他竟勃然大怒，说"我堂堂名牌大学生物系毕业，怎么能去干销售，你觉得你丈夫就只能卖卖瓶瓶罐罐吗"。慕云气得说不出来话。从那以后，她便刻意避免跟他讨论工作问题，那几乎成为他们话题的禁区。

慕云发现自己怀孕的时候，徐澍刚好在一家国内知名的制药集团找到了工作。那天晚上，他兴冲冲地拿着新印的名片给她看，上面写着"销售经理"。他觉得这个头衔很有面子，慕云并没有戳破他：其实所有的底层销售员都叫"销售经理"。他转了一大圈，终于还是去做销售了。慕云告诉他自己怀孕了，他也表现得高兴，但并没有狂喜。那天晚上，他喝了点酒，说是为了孩子，也为了新工作。

慕云妊娠期反应很大，前三个月几乎吃不下什么东西。母亲过来照顾她，可她又怕累着母亲；而徐澍，天天忙着在外面跑，根本见不到人。有几次他半夜才回来，满身酒气。第二天，慕云给他洗衬衣的时候，闻到衣服上的香水味，熏得她直想吐。

她问这是怎么回事，他说只是应酬，还叫妻子别大惊小怪。可慕云明显觉得他的眼神闪烁了一下，那个微小的几乎看不到的反应，透露了隐藏的讯息。

那天是周末，下午他又出去了，留下慕云一个人在屋子里。她一直呆坐到天黑，孩子的重量压迫着她。坐的时间太长了，她的尾椎开始发痛。天黑了，她没有开灯，剩菜剩饭都在冰箱里，也不想拿出来热一下。她觉得自己正一个人滑向深渊，连半根救命稻草都抓不到。

后来，徐澍回家的时间越来越晚，在家里的时间越来越少，身上的香水味越来越浓。

慕云的肚子一天天变大，上班变得很吃力。最令她伤心的是，对腹中的孩子，徐澍也表现得很冷淡。到了春天，宛乔在慕云腹中已经八个月了。一天，她刚下班，突然接到一个陌生的电话。电话那头的女人，说在她公司附近的咖啡馆等她，要跟她聊聊徐澍的事情。

慕云知道这一天总会到来。她以为几个月的心理准备，足以令她接受这个事实。可未想到，当那女人坐到她对面时，她还是伤心得无法自已。

抢走老公的女人，丰满、俗艳，裙子很短，妆化得很浓。

"嗯，果然是美人。"对方上下打量着慕云，突然冒出一句。

慕云的手指一直拼命摩擦着木桌子的边缘，想到徐澍会对这个女人如何描述自己，便悲从中生，被羞辱的感觉像火一样炙烤着她的心脏。

"你知道吗，有一次徐澍喝多了，搂着我说，'冯慕云那个女人啊，真的以为自己是公主，瞧不起我。她嘴上没说，她就是觉得嫁给我是委屈她了，觉得我配不上她'。说着说着，竟然哭了起来。"那女人突然大笑起来，笑的幅度特别大，耳朵上的吊坠耳环抖个不停，而她夸张的声音，整个咖啡馆都听得见，"我当时就想啊，是什么样的老婆啊，把丈夫折磨成这样。我倒想见见了……"

如果那女人是想用这样的话和这样的笑来帮徐澍"报复"她，那她真的做到了。

"报复"完，那女人扬长而去，只留下慕云一个人。她突然觉得肚子上像被人插了一刀，一阵接着一阵尖锐的疼痛，迅速从腰部传递到肚脐。

糟糕！

她用尽所有力气呼救，眼泪伴着剧痛涌出。

急救车上，她一边不停地流泪，一边近乎疯狂地对肚子里的孩子说话。医生表情严峻地提醒她要保持体力，她则哭着抓住他的胳膊，祈求他一定要保住她的孩子。

慕云最终还是保住了宛乔。

宛乔，她的女儿，一个可怜的早产儿。

她记得和母亲一起去看躺在恒温箱里的宛乔，她看起来是那么小、那么瘦。

慕云和母亲抱头痛哭。

这恒温箱里的小东西，一生下来就没有爸爸，这也是，她的命运。

慕云还在家里坐月子，就收到徐澍快递过来的离婚协议书。尽管后来徐澍一再辩解那并不是他的本意，而是被那个女人给逼的。但慕云根本不想听他事后的说辞，白纸黑字的协议书，那才是唯一的真实。

母亲气得差点心脏病复发，而慕云呢，她的心早就死了，对这个男人，也不再抱任何念想。

慕云庆幸自己还拥有母亲和女儿。即使是为了她们，她也要好好活下去。而尽管已经历了这么多复杂甚至肮脏的人生剧情，她却还不到二十五岁。有时候她会想，上帝让她这么早失去父亲，这么早结婚生子，这么早就遭遇男人的背叛，回头想想，这一切竟像是被刻意安排好的，让她在尚年轻的时候犯错，并承受恶果。恰恰，这也给了她改错和重来的时间，不是吗？

不到一岁的女儿、不到二十五岁的母亲、不到五十岁的外婆，于是，三个甘愿领受命运安排的女人，就这样，生活在了一起。

一开始并不容易，后来慕云承贵人帮忙，开了这间餐厅，生意越做越好。女儿一天天长大，母亲的病情也很稳定，她们也开始，把苦过成了甜。而如今，在三十有二的年头，除了前夫偶尔的纠缠，慕云的生活还算顺利。如果硬要说她还缺少了什么，那或许就是爱情。

爱情是什么味道，她已经太久没有尝到。或许，爱情于她而言，是一种从未尝过的味道。

生活庸常忙碌，这令她常常产生一种错觉，就是她不再需要爱情，对她而言，爱情不是心灵的必需品。是的，在真正的爱情还没有到来之前，她也只能这么想。

第 6 章

秘密

慕云在餐厅服务生应聘名单中,看到了陆子浮的名字。

她皱起眉头。那日在健身房"偶遇"他,尔后,在路边被徐澍纠缠,他又突然出现,还帮了她。她知道自己不该多想,可她隐隐有些不安,总觉得这男孩看自己的眼神,怪怪的。

她很快做了一个决定:拿起钢笔,划去他的名字。人事部的小周很不解,专门拿着面试名单过来找他。

"云姐,这个陆子浮履历这么好,为什么您把他的名字划掉了?"小周把陆子浮的履历表递给慕云。

"对啊,条件这么好,偏要来应聘服务生?你觉得,他能干得长吗?"她看都没看一眼,就把简历还给了她。

小周吐着舌头出去了。接着,慕云就接到了电话,是陆总。

接电话的时候,她就觉得哪里不对,莫不会是跟陆子浮也有关系?

果然!

陆总开门见山:"慕云啊,子浮跟我说他要去你的餐厅应聘,怎么样?我儿子还不错吧?"

慕云纳闷,莫非这小子早料到她会划去他的名字,所以拿老爸来压她?

她清了清嗓子，考虑该怎么措辞。

"陆总，子浮来我们这里做服务生，不是屈才了吗？他将来可是要继承陆氏集团大业的。"

"是啊，你说得对。不过他想从基层做起，这个想法我倒是很支持的。"

慕云想着，陆子浮这小子，还不知道在父亲面前怎么一番花言巧语呢！她还是想拒绝。

"陆总，我不是不想让他来上班。子浮的简历我们都看了，就是觉得我们这里庙太小，怕是给他提供的空间也不够啊！我觉得吧，您不如直接安排他去陆氏集团下面的哪个部门工作，那不是更好吗？也都是基层工作。"

话说到这份上，原以为陆子浮父亲会就范了，谁知他竟说："慕云，我跟你想的一样，可是陆子浮说他还是想从餐厅做起。你们餐厅虽然没有陆氏规模这么大，但是麻雀虽小，五脏俱全，服务和经营上的东西，反而看得更全面一些，让他试试，也不错。你说呢？慕云，就算帮你陆伯伯这个忙吧，好不好？"

陆总都这么说了，慕云没有理由再拒绝。她挂掉电话，拨通了小周的分机。老板这么快就改主意了，小周很惊讶。而且，这一次，连面试都不用，直接录取了。

"我就说嘛，云姐，这样的人才啊，您肯定不会错过的！"小周殷勤地把简历递给她签字，笑得跟加工资一样开心。

慕云看了一眼简历，普通的证件照而已，头发剪得短短的，不加修饰的男孩，依然帅得令人不能直视。

"我说小周啊，你这么想让他来这里上班？难不成——"慕云玩笑还没开完，小周就不好意思地捂着脸出去了。

就这样，陆子浮走了个后门，成了慕云的下属。

员工培训的时候，陆子浮一直想找机会单独跟慕云说话。尽管现在两人照面的机会比以前多得多，但令他苦恼的是，他们之间的距离反而更远了。慕云似乎有意要与陆子浮保持距离。他越向她靠近，她躲得越远。好不容易一次，她主动找他说话，他高兴得跟什么似的，却是她冷冷的一句："子浮，姐姐给你一个建议好不好？"

距离感不仅没有消除,她还特意强调了陆子浮最讨厌的"姐弟"之别。他的直觉告诉他,她是故意这么措辞的。

"什么?"他的不高兴写在脸上。

"从明天起,你坐地铁来上班吧!"

"啊?为什么?"陆子浮真的不明白,她为何提出这种要求。

"那我问你,你想不想跟其他同事搞好关系?"她的语气循循善诱。

"想啊,可这跟开车上班有什么关系?"

慕云示意他小点声音,"你们这批进来的年轻人,大家工作上还要互相照应的,其他人都挤地铁、公交来上班,就你一个人,每天开车来上班,还是这么贵的车。你觉得别人会怎么想?"

"怎么想?"陆子浮歪着头,故意装作不懂。

"他们会觉得,你不是成心想来这里上班的,他们会觉得,你就是公子哥儿,来这里体验体验生活。"

她说得一本正经,陆子浮却笑了。

"慕云姐姐,不是他们这么想,是你这么想吧?"陆子浮故意把"姐姐"二字说得特别大声。

"我吗?我——没有啊!"她慌忙辩解的样子,如少女一般可爱。

陆子浮盯着她的眼睛,一字一句地说:"慕云姐姐,我听你的,明天就坐地铁过来。还有,我来这里工作,真的不是你想的那样,什么公子哥来体验生活。我……我真的是,真的是……想认真做好这份工作的。"

陆子浮来这里的目的,还有更重要的那一半,没有说给她听。尽管没有说出来,却已经在心里默念了一遍。

他突然这么郑重其事,令慕云颇为诧异。她怔了好几秒,不好意思地笑了。

"我比在学校念书还用功呢,真的!菜单我都背得滚瓜烂熟了,服务手册上的流程,我每天晚上都在家里演示呢?"见慕云要去倒咖啡,他又"恬不知耻"地跟在她屁股后面,硬要找点话题聊聊。

"是吗?"她俯下身倒咖啡。

"真的，不信你考我。"

慕云看了他一眼，眼睛里分别写着：不相信！

陆子浮把夏季菜单塞给她。她真的接了，随手翻开。他瞥了一眼她翻到的那页，开始滔滔不绝。陆子浮背得几乎一字不漏，慕云一口咖啡差点喷了出来。接着，又点了好几道菜名，如出一辙的准确。

"客观题太简单了，我早就倒背如流了，有没有主观题？"

"什么？"慕云之所以会这么震惊，是因为她不知道陆子浮本来就是学霸，从小记性就好。

"那我自己出题了？"陆子浮得意扬扬，"请搭配一套除了菜单推荐之外的夏季优选套餐，并说出价格？"

慕云瞪着眼睛，露出一副不可思议的表情，心里在说：这孩子，自己倒玩上了！

陆子浮自问自答、滔滔不绝。

慕云笑着拍了两下手掌："子浮啊，你这么聪明，我看你做服务生太屈才了，我可以直接让贤了！"

被她这么一说，陆子浮倒不好意思了。

"你先回去休息一下吧，明天正式上班，晚上有客人包场。"她说着，递给他一杯咖啡。

陆子浮小心地接过那只纸杯，心花怒放。无糖无奶，纯正的美式咖啡，一定正是她喜欢的口味。

Bingo！

关于她的事情，他又知道了一桩。

那天结束培训之后，他没有马上回家，而是在公园里晒了会儿太阳。夏天一日日展开，这个时间，户外温度已经很高，傻子才会在这个点儿出来晒太阳。

慕云刚才夸他聪明，可她不知道，陆子浮正是世上最聪明的傻子。

阳光像金色沙子一样，淋漓地泼洒在他的皮肤上。来日方长，他的心中，突然也注满了喜悦的阳光。这个傻子，这个被爱情俘虏的男孩，下定了决心，要像背菜单那样用功，从第一个字写起，写一本关于她的书。他坚信，写着写着，这本书里，一定会出现他的名字。

第二天，陆子浮起了个大早，赶到餐厅的时候却还是迟了。

陆子浮长这么大，坐地铁的次数五个指头数得过来。他压根儿不知道早高峰的奇景，挤了好几次才算上去。

本来员工不需要那么早去餐厅的。可是，今天有特别任务。昨天陆子浮已听说，今天晚上有人花大价钱包下了整间餐厅，说是要举办一个特别的仪式。

早上一去，慕云就给大家开了个短会。陆子浮发现坐在她身边的是一个陌生的中年男人，很精明的样子，手上戴了一块很贵的表。

陆子浮心里一紧，忙问坐在他旁边的小周那男人是谁。

小周告诉他，是红菱集团的老板，李东胜。

红菱？他想起来了，那是全国首屈一指的服饰集团。

"今天晚上的仪式，就是李总专门为他妻子办的。今天是他们结婚二十周年。"

陆子浮吐了一口气，一颗悬着的心终于放下了。

"这李总真是爱妻如命。就今天晚上这顿饭吧，菜单是提前订好的，所有流程也都要经过彩排。每个环节他都要过问，菜单改了又改。有钱又贴心，真是模范丈夫啊！"小周小声对陆子浮说。

陆子浮冲着她点头，突然听到慕云在叫自己的名字。

"陆子浮，你和老王一起，去平川路市场买鱼。具体情况老王都清楚，你跟着他就行了。"

"好嘞！"陆子浮回应得太殷勤，把大家都给逗笑了。

所有人都笑了，只有老王，依旧绷着脸，一点笑容都没有。

老王是一个古怪的厨子。陆子浮颇有点摸不透他的脾气。不知道他多大年纪，取下厨师帽的时候，头发也白了大半。他从云餐厅开业就在这里，是专门做鱼的师傅。据说，老王对鱼这种生物的了解，全国且不说，至少在D市的厨师里面，没有几个能比得过他的，他烹鱼的手艺，更是不在话下。

老王手艺虽好，却有一个缺点，当然，也可以说是优点，就是除了冯老板的话，其他人的话，他通通不听。餐厅里的人曾开玩笑说，就是厨房里着火了，让老王去灭把火，除非冯老板下令，否则他连动都不会动一下的。

外边日头很大，陆子浮拦好了出租车，老王理都不理，径直往公车站走。陆子浮赶在他后面，在车门关闭之前上了车。平川路市场在远离市区的地方，他们换了两次车，车上的人越来越少，到最后，只剩下他们两个。最后换上的那趟车竟然没有空调，大热的天儿，他俩和司机在闷罐车里洗桑拿。只见老王从随身带的布包里透出一把蒲扇，慢悠悠地摇啊摇。原来他早有准备，陆子浮无奈地摇了摇头。

陆子浮一直费劲地没话找话，一开始老王还会回答"嗯"或"哈"，后来，他干脆不搭理了。等两个人跋山涉水抵达鱼市的时候，饭点儿都过了。他们顾不上吃饭，直接去找那家鱼铺。看到老王，鱼铺老板赶紧出来。他们本以为拿到鱼就完事儿了，没想到却被告知：他们来晚了，鱼已经被出价更高、也更着急的买家包圆了。

老王暴跳如雷，可生气也没用，当务之急是找到鱼。这鱼每日产量极少，他们跑了市场里仅有的几家，不是已经被拿光，就是不够新鲜。老王脸上现出少有的慌张。他给慕云打电话，说是眼下只有一个办法，也是不得已的办法——用另外一种鱼代替这种鱼。

"我能保证把味道做得一模一样，客人绝对尝不出来。"

不出陆子浮所料，这个建议当即被慕云否决。老王跟个小孩一样，急得直跳脚，口口声声说要是这次搞砸了，他就没脸见冯老板了，还说不回餐厅了，直接辞职云云。陆子浮又好气又好笑，心想，这老王平常看着挺大将之风、临危不乱的，今儿个竟自乱阵脚了。

陆子浮看看表，时间所剩不多。

市场是开放式的，没有围墙，带着腥味的海风从远处吹过来。从市场大门往海那边看去，依稀能看见远处海上的小岛。

去哪里找鱼呢？

陆子浮没有想到，慕云出给自己的第一道"考题"，竟是去寻这种一天产量不超过二十条的鱼。他只恨自己素来不讲究吃喝，想在这么短的时间找到这种鱼，还真没什么门路。

陆子浮正看着茫茫大海发愁呢，没想到"门路"自己找上门来了。电话响了——是东子。他在电话那头，又是好一通胡扯。

"我现在忙着呢，没空跟你瞎扯！"陆子浮嚷嚷着要挂掉电话。

"哎！我说你小子到底在忙什么啊？神龙见首不见尾的！"

陆子浮刚想挂电话，脑子里突然闪过一道光。

"对了，跟你说点正事儿！你小子不是经常出海吃海鲜吗？你认不认识平川路市场这边的渔民？能搞到最好、最新鲜的货的那种？"

"我说你还真找对人了！怎么？你不是不爱吃海鲜吗？是你们家露露要吃？"

"是啊，余露想吃！"陆子浮没时间跟他磨蹭，随口撒了个谎，"我把市场跑遍了都没找到，你别废话了，赶紧告诉我哪家有？"

"我说，你们家余露还真识货啊！这鱼可不好找，一天的产量也就十来条吧，现在都过了午市了，估计老早就被买光了。"

"你的意思是这鱼今天就找不到了？"

"你找我不就找对了？"

东子又乱七八糟扯了一大堆，最后还是告诉陆子浮一个地址，说这个地方整个D市都没几个人知道，不是看着陆子浮的面儿，他万万不会透露给别人。陆子浮一打听那地儿，在海岸线的另一头，离鱼市还有一个多小时车程，根本打不到车。陆子浮见门口那家鱼摊有一台蓝色摩托车，钥匙挂在上面，想都没想就跑过去坐了上去，把另外一顶安全帽扔给老王。

老王接住帽子，一脸茫然。

"你要干吗？"

陆子浮回头，从铺子里跑出来一个穿着深蓝色吊带衫、扎着长马尾、身材高挑的年轻女孩。在与陆子浮对视的那一秒，她脸上本来的惊慌和不满，立马像被按了清空键一样消失无踪，取而代之的，是复杂的笑意。她把头靠在门框上，看着他，却丝毫没有要阻拦的意思。

"这车我买了，多少钱？"陆子浮一翻钱包，现金只有一千块。他把钱全掏了出来，"够吗？"

女孩什么都不说，只是歪着头看着他，笑着。

"有笔吗？给我支笔！"

她果真递给他一支笔。陆子浮抽出一张红色钞票，在上面写了餐厅的地址。"你来这里找我，回头我把剩下的钱给你。"

陆子浮回头招呼老王赶紧上车。老王犹豫了一下，还是就范了。

那女孩仍旧站在门框边上，手里拿着写了他名字和电话的钞票，看着这古怪的一老一少，骑着她家的摩托车，消失在沿海公路的尽头。

东子介绍的地方，果然不是普通地儿。他们一直走到公路尽头，在门牌号几乎快要消失的地方，真的见到了东子描述的那幢深褐色木屋。屋里屋外都没人，院子里的水池中，游动着好几条各种颜色的鱼。

"你看！还真有！"老王低头看着鱼池，突然兴奋地跳了起来，"还真给我们找到了！太好了！太好了！"

老王那架势，恨不得立马扎进鱼池，把那条鱼给捞起来。

"你们在干吗？想偷我的鱼？"来者一声怒喝。

他俩回头一看，站在身后的，是一个皮肤黝黑、身材魁梧，穿着黑色长筒胶鞋的老人。

陆子浮赶紧冲上去，表示要买鱼："出多少钱都愿意。"

老头把他从上到下打量了一遍，舌头在嘴巴里动了动："不卖！我留给我女儿吃的。"

陆子浮跳到他面前，伸出两根手指："我给这个数，你卖不卖？"

"两千？哼！你给我两万我都不卖！"他点了根烟，一脸的不屑。

"求您了，您就卖给我们吧，今天餐厅有急用。您女儿哪天吃这鱼都可以嘛，我们没这鱼可就做不成生意了！"

"你们做不成生意？"老头抬起头，看着陆子浮，"你们做不成生意，关我屁事！"说罢，他撇开陆子浮，坐到院里的躺椅上，闭上眼睛，索性假寐起来了。陆子浮正无计可施，却听见老王在院子那头招呼他。

"小子，你去外面转一圈。我来搞定他！"他拍拍胸脯，一副成竹在胸的样子，

"你找到了鱼,已经立了大功,剩下的事,就交给我吧!"

陆子浮满腹狐疑地走出院子,去了海滩上。他并没走出太远,只是蹲在海滩边,看了会儿海。

他听到老王在喊自己的名字,一回头,老王站在门边,得意地冲着他笑,手里还拧着一只塑料水箱,里面正是那条鱼,还活着呢。

"你可真行啊,给了他多少钱啊?"陆子浮往院子里瞧着,那老头又不见了。

老王举起那只水箱,很严肃地看着陆子浮:"我说不要钱,你相信吗?"

"不信。"陆子浮真不信。

"不信也得信,别废话了,赶紧上车。"老王抱着水箱,灵巧地爬上了摩托车。

两人一路疾驰,终于赶在傍晚时分回到了餐厅。

陆子浮远远便看到等在餐厅后门外的慕云。他故意把车开到她面前,停下,摘掉头盔。他头发上全是汗,白T恤也湿透了。

"这摩托车哪里来的?"她往后躲了一下,一脸惊诧。

"我的啊!"陆子浮拍了拍车座,把头盔放了上去,"准确地说,是我买的。"

"什么?你出去这一会儿就买了台摩托车?"

"那我问你,不买这车,我怎么送鱼回来?"陆子浮两只手插在牛仔裤口袋里,看着她。

慕云还是满脸狐疑。

"冯老板,您别说他了,今儿个陆子浮可是立了大功了!"老王抱着鱼箱从旁边走过,"你们聊着,我这就进去做鱼去了!"

"哎!等一下。"陆子浮跑了过去,"请问王大厨,我可以观摩一下你做鱼的现场吗?"

老王有一个单独的小厨房,一般人进不去,更不用说观摩做鱼了。听到陆子浮的请求,他眯缝着眼,"那得看冯老板允不允许了!"

"可以啊,不过,你们俩得先换上干净的衣服和帽子。工作服我今早让拿去洗了,你们去老周那里取新的那套。"慕云笑着说。

"好嘞!这做鱼讲究的是个新鲜,您放心,我们肯定弄得干干净净,再下刀!"

大厨拍拍胸脯，带着他的"小跟班"，快步从后门走进餐厅。

大厨做鱼的程序很独特。下刀前，还要烧一炷香，那香还很长。他小心捧着，转上一圈，东南西北，每个方向停一停，嘴里头念念有词。看着他那副神神道道的样子，陆子浮好不容易才憋住了笑。

"干我们这行啊，杀生是迫不得已、生计所迫。我这烧香啊，就是赎罪，你小子懂吗？"大厨瞥了他一眼。

"懂！懂！"陆子浮连连点头，跟在大厨屁股后头，看着他把鱼从水箱里取出。陆子浮凑上去道："我说王叔啊，我有件事特别好奇……"

"你肯定是好奇我怎么把鱼弄到手的吧？"他抬起头，斜了他一眼。

"您就别卖关子了，到底是怎么搞定那怪老头的啊？"

"他的胶鞋啊！"他忙着弄鱼，嘴里吐出来五个字。

"什么？胶鞋？"陆子浮使劲回忆，也想不起来怪老头的胶鞋是什么样的。

"他的胶鞋，比你年纪还大。是七六年D市解放橡胶厂转产之前生产的最后一批胶鞋。只生产了五十双。那一批鞋子，底部有特殊的设计，跟别的解放厂的鞋都不一样。解放的鞋子每一只，都印着一颗红五星，以前都印在鞋底上，唯独这一批，印在脚后跟上。"

"等等！您怎么知道得这么清楚？"

"因为我家里也有一双一模一样的啊！"他放下菜刀，眯着眼睛，看着陆子浮，"用你们年轻人的时髦话，这鞋叫'限量版'，你们买那个球鞋，什么耐——耐——"

"耐克。"

"对对，耐克鞋，不也有限量版吗？你们这些花了大价钱买了限量版的小年轻，不也喜欢在网上晒晒自己的收藏，互相交流一下嘛！"

"我可没这个爱好！"

"我就是打个比方。你看，我和老李有一模一样的鞋子，这鞋子全世界只有五十双，他还在脚上穿了这么多年，你说，这是不是缘分？"

"您别说，您就是靠这双胶鞋套近乎，就把鱼给搞到手了？那我可不信！"陆子浮靠在灶台上,双手叉腰。

"你赶紧给我让开,让开!别弄脏了台面。"老王夸张地拿布把陆子浮靠过的台面擦了又擦。

"我说你这小屁孩儿,你懂什么啊,这限量版胶鞋,就是我们俩关系的开门砖,通关密码,你懂吗?你看你,不知道那胶鞋的来历,人家连理都懒得理你。你有钱?有钱人家不卖,那你能咋办?"

陆子浮摸摸下巴,点点头,"有点意思啊,那你后来还跟他聊什么了?"

"我就瞎聊啊。聊八〇年的咸潮、八六年的台风、九五年的禁渔……这两个有缘人啊,一旦聊开了,讲什么不都是共同语言!"王大厨一边滔滔不绝,一边展示他"庖丁解鱼"的绝活儿。

"王叔啊,您真厉害!佩服佩服!"陆子浮对着他,竖起了大拇指。

陆子浮嘴里说佩服,不只为他套近乎这本事。这不,只不过三两下的工夫,这鱼已经被他解剖得一清二楚,肉和内脏,红白分明,整整齐齐,在案板上码堆。灯下,透明的鱼肉和覆在上面的金属色鱼皮,幽幽地发着光,还未入锅,却初具美感。

拥有限量版解放牌胶鞋的王大厨,最终做出了一盘世界上独一无二的鱼。负责上这道菜的正是陆子浮,当他打开盘子上的不锈钢罩子时,坐在餐桌两端的两个人,同时发出了惊呼。

"这鱼做得也太漂亮了,我都不忍心下筷子了!"说这话的是坐在李老板对面的女人,看起来不到五十岁,保养得很好,气质温柔。

她正是今天晚上的女主角。

整间餐厅装饰一新,窗台和桌子上摆满了红玫瑰,桌布挑了她喜欢的颜色,连洗手间的纸巾和洗手液都换成了她常用的牌子。

上罢几道主菜,李老板眼神示意,整间餐厅突然黑了下来,片刻后,餐厅深处的一角突然亮起,那束黑暗中唯一的光,从钢琴的琴盖上滑过,落在黑白琴键,和弹琴人的手指上。

钢琴前面的女孩穿着黑色连衣裙,脖子前面有一片迷人的空白,她的侧脸,是一幅美丽的剪影。从她的指缝流出的旋律和她的人一样美。那是李斯特的《爱之梦》,

耳熟能详的曲子，却不减其魅力。

　　一曲奏罢，钢琴和女孩一起隐没在黑暗中，灯光重新照亮房间正中的二人餐桌。女人捂着嘴巴，惊呼着，原来就在她用心聆听琴声的时候，丈夫已经悄悄在她面前放上了一件价值连城的礼物。那钻石项链美得令人窒息，没有女人见到那样的礼物会不动心。它明明经过工匠悉心的雕琢，却显得浑然天成；它明明是用大量金钱换来的，却散发着至纯至真的光芒。钻石项链折射出夺目的华彩，那女人眼里亦跳动着亮晶晶的东西。

　　不止她，在场的其他女人都被感动得一塌糊涂。

　　冯慕云大概是现场唯一清醒的女人。当其他女人都在忙着羡慕嫉妒恨的时候，她站在他们身后，小声说："成了，高潮之后就是尾声了，准备收拾了！"

　　说得没错。戏剧和感动的高潮之后，钻石项链被戴在女主人光洁的脖颈；随后，男主人在女主人耳边轻语，并招来司机；再然后，他们手挽手，在大家艳羡的注目礼中，走出了餐厅。

　　大家努力了一个半小时，终于令餐厅恢复了原样。玫瑰花不见了，桌布换回了原来的颜色。一切如常，而刚才那一幕，宛如一场，从未存在过的幻梦。

　　累了一天，终于打烊了。陆子浮和慕云是最后离开的两个。

　　"子浮，今天辛苦了。"

　　陆子浮在黑暗中捕捉到她的笑。夜色温柔，她的笑更温柔。他瞬间觉得，今天再累，都值得了。

　　"那你怎么感谢我？"对于她，陆子浮不会错过任何一个索要"回报"的机会。

　　"我给你发工资啊！"她停下脚步，瞪了他一眼。

　　"我有一个小小的要求，你可以载我去地铁站吗？今天骑车太累了，我实在走不动了。"他跟在她屁股后面。慕云面前，陆子浮的脸皮从来都是很厚的。

　　她不说话，只埋头往停车场走。

　　他站在原地，看着她走远，被拒绝的心，灰突突的。

　　"愣着干吗？走啊！"她回头看着他，晃了晃手里的车钥匙。

　　他高兴地跳了起来。

"你还能跳这么高？刚才不是说累得走都走不动了吗？"

"啊，我——我——真累啊！我真的累。"陆子浮弯下腰，捶了捶膝盖。车子缓缓驶出地下车库，陆子浮坐在副驾驶座。

"你……你喜欢钻石吗？"陆子浮想到刚才那串闪闪发光的项链，那也是今天晚上所有道具中最昂贵的一件。

"干吗问这个？"她依然看着前面。

"李总送了这么贵的项链给他老婆，他一定很爱她吧！"陆子浮一边说，一边用手敲着车窗。

"希望是的。"她若有所思。

"什么意思？什么叫希望是的？"陆子浮觉得她好像知道什么。

"我的意思是，除了说明他有钱，送钻石项链也许不能代表什么，你说呢？"慕云突然说了很多话，好像有心事。

"我不明白你的意思。"她把车靠边停住，地铁站到了，可陆子浮并不打算下去。

"就像你小时候哭，也许并不代表你很难过。李东胜送妻子项链，也许并不代表他很爱她，或者说，并不只爱她一个。"慕云仰起头，叹了口气。

"你是说李东胜在外面还有别人？你是怎么知道？"

慕云示意他赶紧下车，可他就是赖在车上不走，非要问清楚不可。

"我亲眼看到的啊！两年前，我和家人在马代度假，刚好碰见了。他和一个年轻女孩一起，马代那么多岛，我们居然在同一个岛上，你说巧不巧？这事儿，全国都没几个人知道。"尽管觉得这些话讲给他并不合适，可她还是说了，"他一直暗示我让我别对其他人讲。结果你看，我到底是靠不住的！"

这秘密保守了两年，说出来她竟然觉得轻松了好多。

"那个李东胜，你一定很讨厌他吧？"陆子浮愣了半天，终于说出一句话来。

被他说出了心里一直藏着的那句话，慕云突然觉得很难过。

"是啊，很讨厌。但是，我更同情他的妻子。"慕云看着车窗外，心乱如麻。被丈夫背叛的感觉是怎样的，她再清楚不过了。当然，她知道，身边的这个男孩，肯定无法理解她这种复杂的感受。他不仅不知道她过去那些事情，而且，他还太小，他，还是个孩子。

慕云后悔对他讲了这些话。在她的印象中，陆子浮虽然长在大富之家，却是一个心智单纯的孩子。

陆子浮什么都没再问，便下了车。他一直站在路边，看着慕云的车消失在马路尽头。

陆子浮并没有下去坐地铁，他沿着人行道，漫无目的地走着。余露父亲也好，李东胜也好，都是他人的秘密，却也在自己的心上留下了阴影。

夜风清冷，而马路旁边的咖啡馆里，每张桌子边，昏暗的光线下，都坐着熟悉或陌生的男女。迎面走过来的男女，或十指紧扣，或低声耳语，笑意盈盈。

月色皎洁，空气里有爱情的气味。

而陆子浮知道，每一段爱情，在其光鲜的外表之下，都是甘苦自知，而月之暗面，也总有着不可告人的秘密。

第 7 章

十一

陆子浮知道,在餐厅工作,迟早会遇到余露,只是没想到会这么快。

那天午市,他刚穿好工作服,只见慕云笑盈盈地朝他走来。他心里一热,整了整领结。

她说的却是:"陆子浮,你去看看谁来了?"

他往过道一站,余露正坐在靠窗的位子,朝他挥着手。仿佛是心里突然奏响了一个低音琴键,茫然不知所措。

"听说你专门去平川路市场找鱼,还是买给我吃的,鱼呢?我怎么没吃到?"

陆子浮以为余露会问他为什么在这里工作,没想到她问的竟是这个。

"我就是随口一说,那天着急找鱼呢,懒得跟东子解释!"陆子浮抓了抓头发。

"陆子浮,那我问你,我们是什么关系?"余露抬起头,紧紧盯着他的眼睛,突然变得异常严肃。

"你干吗突然问这个?"陆子浮试图用笑来化解尴尬。

余露突然抓住他的手,"陆子浮,我是你的未婚妻,我们之间不应该有秘密,对不对?"

秘密?!

陆子浮吓了一跳,想挣脱开她的手,却被抓得死死的。正不知该怎么办才好,余露却突然神经质地笑了:"你到这里工作,也不跟我说一声,太不够意思了你!"

原来她说的秘密,就是这个!

"我说你发什么疯啊!"陆子浮的手腕一阵酸痛。

"好啦,不逗你了。菜单拿来!"

她伸出一只手,他递了菜单给她。

"我要吃鱼,"她很快合上菜单,"就是那天你骗东子说买给我吃的那种鱼!"

"行啦,我的姑奶奶,我这会儿上哪给你找那鱼去?"陆子浮把手按在菜单上,"点点儿别的吧,下回,下回一定给你补上!"

余露看着陆子浮的背影走远,脸上的笑容消失了。窗外阳光灿烂,午餐端上来的时候,她的未婚夫面带微笑。每一样食物都是那么精致,可她突然没了胃口。不知道怎么的,心情也一下子变得很糟糕。

余露看见陆子浮在餐厅里走来走去,不时从自己身边走过。他离自己这么近,却又这么远。这房间里的空调大概是开得太足了,暑热都被挡在门外,凉意一点点从脚下升起。余露正不知该如何抵挡这慢慢升腾的冰冷,手包里的电话突然响了。

是石轶。

她把手机拿到耳边,仿佛能感受到电话那头如火的温度。

"小露,怎么样?你们晚上能来吗?"

她瞥见包里的两张球票,才想起来,刚才完全忘了这茬事。

"等我问一下子浮,再打给你吧!"她挂掉了电话。

石轶邀请他们看的球赛是晚上七点半的,余露本来以为陆子浮肯定会有空,可他的回答却正好相反。

"我去不了了,餐厅有个同事请假,我得替他。"

他的理由太正当、太充分了,不容置疑,也没有留给她任何改变的余地。她并没有特别的失望,只是奇怪,为何陆子浮突然对这份工作这么重视。看着他忙里忙外的样子,就好像他很愿意一天到晚都待在这里,连最喜欢的球赛都可以放弃。

她打电话告诉石轶自己去不了了,对方的声音听起来非常失望。她勉强吃完饭,离开餐厅的时候,陆子浮还在忙。

"你晚上也不去吗?"陆子浮问她。

"你都不去,我去干吗?"她反问他。难道他觉得她会一个人去看一场足球比赛?他大概忘了,她这辈子看过的大部分球赛,无论是在电视机前,还是在球场里,都是和他一起的。

如果不是因为他,她又怎么会认识石轶!

石轶是余露极为短暂的体育记者生涯里采访过的唯一的球星。

刚进电视台实习的时候,老记者让实习生每人选一条自己最想跑的线,余露毫不犹豫地选了体育口,而且主动要求跑足球线。其实,她之前对足球一无所知,选这条线,完全是因为陆子浮。

她接到的第一个采访任务,便是去机场接机,采访初到D市的石轶。

石轶是这个国家炙手可热的球星,司职前锋,刚刚以创纪录的身价,从一支联赛冠军球队转会到D市的球队。D市素来有浓厚的足球氛围,但近几年球队成绩一直不好,石轶的到来,令球迷信心大增。

到了机场,余露才领教到石轶的人气。接机的球迷把机场挤得像超市。飞机落地前两个小时,他们已经开始造势,穿着石轶的十一号球衣,齐声喊着他的名字:

"石轶、十一、石轶、十一……"

余露听得头都昏了,不知道他们到底是在叫他的名字,还是球衣号码。她想起之前做功课的时候,看过一则报纸上的采访:石轶说,他从小到大,只穿过十一号球衣,之所以会选择十一号,就是因为此号码与他的名字谐音。

"十一、十一……"

粉丝的声音太大了。余露本来想要在脑子里复习一遍等下要问的问题,却根本没有办法集中精力。

人群中突然传出惊呼声,余露还愣在原地,却被摄像大哥猛地从后面推了一把。她看到媒体区的话筒都被高举着,移向同一个地方,于是她也拼命朝那个方向挤。等她终于挤到黄色安全线前面,脑子已是一片空白。

余露的胸卡都被挤掉了，头发也乱成了一团。她刚想整理一下头发，却听到人群中爆发出更大的呼声。女生们惊叫着，喊着十一号的名字。

通道尽头的屏蔽门开启，今天晚上的男主角，真的从里面走了出来。

石轶那天戴了一顶黑色棒球帽，帽檐压得很低，皮肤是健康的小麦色，本人比照片帅很多。他在媒体区停留的时间只有短短几分钟，而想采访到他的媒体却有十几家。余露发现自己不仅想不起来该问什么，甚至很有可能连话筒都没办法递到他嘴边。

"石轶，石轶，看过来！看过来！我们是××体育！"

"石轶，这里，这里，我们是××报！"

媒体区的所有记者都举着话筒狂喊，大球星却只走到面熟的人和话筒前面，简单回答了几个问题，对着大家挥挥手，便要离开。眼看着人生第一个采访就要泡汤，余露急得只想跳墙。看着明星的背影即将远去，她却无计可施，话筒握在手心里，攥出了汗。

"余露，你赶紧上啊，他都要走了！"

摄像大叔一催，余露更不知道该怎么办才好。她的腿开始发抖，不听使唤。她耳朵里回响着"赶紧上，赶紧上"。事后，大叔说他的"赶紧上"三个字，绝不是怂恿她冲过安全线，把话筒递到石轶嘴边。至少余露当时是这么理解的。她像是被逼到悬崖边缘，没有退路。摄像大叔在身后举着摄像机，怒气冲冲地看着她，而她连边儿都还没摸到的采访对象，此刻马上就要消失在这个她等了三个小时的地方。

余露足足等了石轶三个小时，他却连正眼都没瞧她一眼。她越想越气，那股子大小姐脾气一上来，谁都拦不住。她冲上去的时候，敏捷得像一只兔子，等保安上来按住她的时候，她拿着话筒的那只手已经伸了出去，够到了石轶的胳膊。

石轶惊讶地回过头的时候，余露的两只胳膊已经被保安抓住，几乎动弹不得。他本来有点被吓到，一看到她，他脸上的惊慌消失无踪，取而代之的是一种饶有兴味的表情。他上下打量着她，像在看一只比赛中途误闯入球场的、蠢萌蠢萌的小动物。

余露意识到被关注了，便发神经似的朝对方大喊："石轶，我是××卫视的记者，回答我几个问题吧，我都等了三个小时了！"

保安也被她激怒了。余露像只小鸡一样，被他们拎了出去。

摄像大叔赶紧冲了过来，一脸惊慌地看着她道："我说你这小姑娘，疯疯癫癫，胆子够大的！"

"不是你让我冲上去的吗？"余露坐在地上，摸着酸痛的胳膊。

大叔放下摄像机，蹲下来，语带疑惑："你干吗这么拼命啊，台里的人不都说你……"

"说我什么？"余露抬起头，看着他。

"说你爸特有钱，你来电视台就是玩玩的，根本不缺钱！"

"谁说我是玩玩的！"余露气不打一处来，爬起来，扭头就走。走了几步，看到被保安扔在地上的话筒。她走过去，把它捡了起来，那上面的卫视标记，已经不知道在纠缠中遗落于何处。摄像大叔跟在她身后，两个人一起朝停车场走去。

像是被一阵风给卷走似的，就一会儿工夫，大厅里的人，竟然已经散去了大半。快要走到门边，突然有人在后面喊："等一下，你们等一下。"

追上来一个男孩。

"你们是××卫视的吗？"他斜眼看着余露，"你……你就是刚才冲出安全线的那个女记者？"

"怎么啦？"余露觉得他胸卡上的图案似曾相识。

"你们两个跟我走吧。"男孩指指余露，又指指摄像大叔。

"为什么？"余露警惕地看看他，又看看门的位置。

"你不是要采访石轶吗？怎么？又不想采啦？不想采拉倒，那我走了！"

"哎！要采！要采的！"

转机来得这么突然，令余露喜出望外，又措手不及。

石轶和余露坐在保姆车的后排，摄像大叔举着机器坐在副驾驶位。就这样，余露平生第一个正式采访，就在这台开往球队训练基地的汽车上开始了。

余露一直对石轶说"谢谢"，后者微微摇了摇头。看到她，石轶好像很开心，递给她一瓶水，还有一张纸巾。她是跑过来的，满头大汗。她把水放在一边，掏出小纸条，看了一遍事先准备好的问题，脑子突然变得很清楚。

"先喝点水再问吧！"石轶帮她拧开矿泉水瓶，递给她，"到基地有半个小时，时间够的！"

采访进行得意外顺利，等余露问完所有的问题，车子还没开到目的地。本来机场的简单问答，竟变成一个几十分钟的专访，没有比这更令人满意的结果了。

余露正盘算着几点能回台里，剪片子的时间够不够，石轶突然发话了："你问了我这么多问题，现在该我问你了！"

"什么？"她看他的样子不像是在开玩笑。

"明天下午你有空吗？"他喝了一口水。

"啊？"他的眼睛似笑非笑，她却不知该如何作答。

"明天下午两点队里内部训练，我打过招呼，你们可以来拍！"他扬了扬眉毛，"独家新闻哟，你怎么感谢我？"

"我……我……"余露觉得车里的温度骤然升高了，热得她坐立不安。

见她没有回答，摄像大叔急了。"拍的，我们明天下午来拍！"他放下摄像机，大声说。

他们站在俱乐部大门外，看着头戴棒球帽的石轶消失在暮色中，又在门口补拍了一条片子，才打道回府。

"那个石轶，对你有意思吧！"回程的出租车上，正在机器上看回放的摄像大叔突然来了一句。

"什么啊！怎么可能？"余露举起拳头，表示抗议，"他是邀请我去拍他训练，又不是邀请我喝咖啡！"

"那你自己看看，"大叔把机器递给她，"二十分钟的采访，他的眼睛离开过你吗？"

余露看了一遍回放。当时，她正忙着绞尽脑汁提问，尽管与石轶离得那么近，却压根儿没有留意他的表情。余露记得在机场的时候，他上下打量她的眼神，多是出于对陌生人的好奇。而在刚才这段采访视频里，那好奇中又多了些温柔的味道，多了些，复杂的情愫。

她把机器还给摄像大叔,什么都没说。转过头,路过的灯划过车窗,瞬间在车窗映现的,是某个人的样子。并不是英武帅气的石轶,而是不久前,她认识,并爱上的,另一个男孩。

余露就这样认识了石轶。

有时候余露会想,如果她先认识石轶,会怎么样?

可是人生没有如果。

其实,如果不是爱上了喜欢足球的陆子浮,余露又怎么可能来跑这莫名其妙的体育口?又怎么会遇上石轶?

余露与石轶同龄。

二十岁的余露,职业生涯刚刚开始;而二十岁的石轶,已经是去年全国联赛最佳射手。

余露亲眼见证了石轶在这家新俱乐部的起起落落。有一段日子,她见石轶的时间比见陆子浮还多。

石轶前四轮都没有进球,俱乐部一胜两负一平,压力全写在脸上。余露暗暗替他着急。她不懂足球,也不知道问题出在哪儿,只看到石轶训练得比往常更卖力。她从来不问他何时进球的问题,她有一种预感:他的第一个进球,很快就会来到。第五轮是主场比赛,余露坐在场边,看完了九十分钟的比赛,计时器上显示加时三分钟的时候,她期待的那个进球仍然没有出现。零比零,这场比赛大概要终止于一个无聊的比分。只剩最后的三分钟了,球迷都喊得没了力气,而石轶还在前场奔跑,却一直没有触到球身。初冬的天气,场上别的球员都穿着长袖球衣,只有他一个人穿着短袖,无球的跑动,依旧满头大汗。

余露心里一阵发紧,比赛快要结束了,第五场零进球,第二个平局,赛后他会面临怎样的指责?

正发呆时,突然本方守门员开出一个大脚,足球从眼前划过,好像被附了什么魔法似的,本来无心的一脚,竟然直接传到了石轶脚下。他拿球转身,绕过了梦游一般的对方后卫,直面对方守门员。

全场都安静了,石轶就像一个身经百战的沙场大将,不慌不忙地用脚尖轻轻一挑,球身竟然轻巧地跳起,绕过守门员头顶,滚进了球门。在球迷的惊呼和喝彩声中,石轶脱掉球衣,疯狂地满场飞奔,积蓄了太久的压力,突然间全部释放开来。

余露的手都拍痛了。

金子一般的压哨进球!这足球比赛的戏剧性,令余露的心狂跳不已。

比赛结束之后不久,她在球员通道里见到了石轶。他换了一件好看的藏青色夹克外套,刚刚冲洗过的短发还未干。走过来的时候脚下生风,好像九十分钟的比赛并未令他有半点疲惫。

等候在那里的记者很多,和那天在机场一样,都举着话筒,喊着他的名字。余露什么都没喊,只静静地站在那里,他却唯独朝她走过来。

她冲他竖起了大拇指,"祝贺你,石轶,第一个进球!"这根本不像是采访,倒像是好朋友在聊天。

"进了本赛季第一个球,你现在心情如何?"余露终于把自己调整到"记者"状态。

"你说呢?"石轶把手撑在过道栏杆上,冲她眨了眨眼睛。

"这段切掉!"余露回头冲摄像大叔喊了一声。

幸好这采访并非现场连线。

"拜托你好好回答问题!"余露不满地冲他小声嘀咕着。

"好好好,给你一个问题的时间,快问吧!"他伸出一根手指。

"进球了,你现在最想对球迷说什么?"余露把话筒高高举起,举到他嘴边。

"感谢广大球迷对我的支持。我会好好训练,进更多的球!"

表忠心,简洁明了,但是,说了等于没说。

余露想收回话筒,却被他抢了回去。

他拿起话筒,对着镜头,无比郑重地说:"今天的进球,我不仅要献给支持我的球迷,更要献给一个特别的人。"

他一脸认真地看着余露,就好像他长这么大,从来没有这么认真过。这场景就像是在学校的足球比赛上进了球,当着全班同学的面,大喊着说要把这个球献给班上自己喜欢的女孩。

冒失的可爱!有那么一瞬,余露的心很温暖。

石轶借着电视镜头以公谋私,好像完全忘了,这可是全国联赛,而他对镜头说出的话,是要在晚间新闻里正式播出的。

采访播出之后果然炸开了锅,女球迷心都碎了。石轶出道好几年,从没有公开承认的女朋友。关于谁是那个幸运的女孩,出现了N多个荒唐的版本。但奇怪的是,连台里和俱乐部里的人都没有怀疑这个站在话筒后面的女孩,知情者,大概只有摄像大叔一个。

石轶什么都不说,慢慢地,每次别的媒体问他这个问题,他便开始打太极。余露心里对他的歉意与日俱增,于是,在他说出更明确的话之前,她采取了行动。她主动约石轶吃饭。等石轶兴高采烈地跑过去,却看到来的不只有她,还有另一个男孩。

事前,余露告诉陆子浮,要介绍他和石轶认识。陆子浮很高兴,可他并不知道余露的另一层用意。那个时候,余露已经经历了"红葡萄酒事件",两人刚刚在一起不久。

石轶眼里的失望,连陆子浮都看出来了。

刚坐下不久,点的菜都还没上来,余露就迫不及待将自己和陆子浮订婚的消息告诉石轶。其实订婚是刚刚确定下来的,连他们各自的密友都不知道。

"订婚了?"石轶故意将脸隐没在灯光照不到的地方。

他们看不清他脸上的表情。陆子浮好像隐隐听到他叹了一口气。三人之间一阵尴尬的沉默之后,石轶第一个举起了酒杯。

"祝你们幸福!"他没等他们回答,便赌气似的,一饮而尽。

事后回想起来,那天的饭局就像一出失控的戏剧,从头到尾都没找到正确的调。整个晚上,在那个餐厅的包间里,都充斥着一种奇怪的氛围。明明都是二十出头的年轻人,却像三个各怀心事的中年人,吃饭、说话,全都心不在焉。他们三个似乎都想赶紧离开这个尴尬的现场,于是,饭局草草结束。返程的车内,陆子浮和余露都没怎么说话。

事后好多天，余露都不敢与石轶联系，直到石轶主动给她打了电话。

"对不起，石轶。"她不由自主地想向他道歉。

"什么对不起？"足球男孩好像什么都没发生过。

等到再次见面，余露可以确认，他真的没事了。对一个二十岁的男孩来说，心上的那点伤，比身体上的恢复得更快。至少余露是这么认为的，或者说，至少石轶之后的表现是这么向她表明的：他很好，完全没事，已经忘记了此前的尴尬。

事情后来的发展完全超乎三人的想象：石轶不仅迅速恢复，而且还和陆子浮成了朋友。即使后来她不跑体育线了，石轶还会邀请他们一起去看他的比赛。聊起足球，他和陆子浮总是有说不完的话，而这个时候，余露会选择做一个最好的听众。

而此刻，余露一个人坐在贵宾包厢里，脑子里却不停地回放着她与石轶、陆子浮的事情。球场里不时爆出欢呼，十一号今天表现很棒，已经进了两个球，有希望表演帽子戏法。

她最终还是一个人来了，不为什么特别的原因，突然就想看石轶踢球了。

石轶是拥有数以万计女球迷的偶像人物，但对余露来说，他的想法却比陆子浮更简单、更好理解。余露在心里打过一个比方，如果说石轶是太阳，那陆子浮便是月亮。

太阳总是直接的、明白无误地存在着，只要你站在他旁边，便能感到他的光芒和温暖，没有那么多阴暗面，全是亮堂堂的光，球进了就进了，没进就没进，爱就是爱，不爱就是不爱。和石轶在一起，没有那么多顾虑、猜疑，心很踏实。

而月亮，他的迷人之处，恰是明暗交织，令人捉摸不定的特质，时而柔情、时而冰冷，时而热情，时而孤独。他的变动不安、游移不定，会令爱他的人也变得多疑、惶惑。

坐在包厢里，余露又想起了自己的这个比喻。或许这个比喻不太贴切。反正，她从未对别人说起过。同时拥有太阳和月亮，她觉得自己是一个幸运的女孩。而她选择了月亮，不是太阳。

这是她的选择，也是命运的安排。

余露正在胡思乱想呢，突然看到球场上的有一个人在朝她这个方向拼命挥手。包厢里没有别人，那么那个人一定是在朝她挥手了。他站在太阳底下的球场上，光线太强烈，离得又远，她看不清他的脸，凭着身形判断，应该是他，那个"太阳"。

余露马上抬头看了比分牌，突然发现上面的"2"已经变成"3"。只顾遐思，竟然没有注意到石轶的第三个进球！

她站到最靠近球场的位置，笑着，朝他竖起了大拇指。

余露在球场里与数万人一同见证了石轶的帽子戏法，而此时的陆子浮正在餐厅里忙碌。

楼下早就满座，楼上也满满当当，除了一个预定的包间，人一直没来。是李东胜预定的，两人位。早上陆子浮翻阅订餐记录的时候，看到那个名字，心里咯噔一下，涌出一种说不出来的滋味。一想到那天晚上他那番完美的、迷惑了所有人的表演，他颇有如鲠在喉之感。

都七点半了，那个包间还是空的。陆子浮本来以为他不来了，按照餐厅的规定，超过预定时间半小时，包间可以让给在等的客人。可李东胜偏偏踩着点儿来了，还带着老婆。他们上楼的时候，刚好在过道里碰到陆子浮，李太太还记得他，冲他点头示意，笑得得体又温柔。

陆子浮处理完手头的事情，刚好看到慕云从外面走进来。

"李东胜又来了，还带着老婆。"陆子浮跟着她走到休息区。

"所以呢？"慕云倒了一杯咖啡，抬头看着他。

"你觉得我们不该做点什么吗？我看他老婆什么都不知道，怪可怜的。"陆子浮继续跟在她身后。

"你想干吗？冲过去，跟他老婆说，你老公外面有人了？"

陆子浮摇了摇头，长叹一口气："你知道吗，我现在一看到李东胜，心里就堵得慌。你呢？你就没有这种感觉吗？"

慕云怎么会没有！可她能怎么办？单刀直入？那是孩子，而非成人解决问题的方式。

陆子浮还站在那里。

"还愣着干吗？外面事情多着呢！"慕云只好赶他走。

"那就没有别的办法吗？"他仍不甘心。

"去去去！"慕云不耐烦地冲他挥手。

慕云一个人在房间里走来走去，又看了李东胜点的菜单。他又点了那天的鱼。她心绪烦乱，在厨房区转了好几圈，无意中推开一间厨房的门，看到老王正在给一条鱼装盘。

"怎么啦？冯老板，发生了什么事情？"她的不开心写在脸上，连老王也觉察到了。

"没什么。"慕云盯着他已经装好的鱼。和上次一样，那鱼仍被做成了玫瑰花的样子。

看来，李东胜夫妇都很喜欢这个创意。不过，这次不同的是，一只硕大的白色瓷盘里，整条鱼被分成两个部分，一半红的、一半白的。

"干吗要分成两半？"慕云记得，上次他们吃的鱼，并没有做成这个样子。

"哦，这是李总指定要这么做的。"

"为什么？"是李东胜的要求，慕云不解。

"李总说，这种鱼，清蒸和红烧的他都想吃，所以让我一鱼两做。"老王摆好盘，按了一下墙上的红色小铃。

"等一下！"慕云突然想到什么，从他手里抢过盘子，"给我吧，我来送！"

她端着鱼盘，在老王惊讶的目光中，走出厨房。

慕云托着盘子走进包厢的时候，李总正和太太小声说着话。

"冯老板，还劳您亲自送菜！"看见慕云进来，李总满脸堆笑。

不知道是不是心理作用，慕云觉得自从两年前马代意外遇见之后，每次李总见到她，都特别小心翼翼。

她回敬了他一个笑容，把鱼盘放在桌上，低头时，看见李太太脖子上闪耀的项链，正是那天晚上，他在这里，当着大家的面，送给她的礼物。

李东胜以为她会离开，可她并没有。不仅没有，她还反常地站在桌子旁边，一只手托着腮帮子，盯着那条鱼，若有所思。

"冯老板，你……你还有什么事吗？"李东胜以征询的目光看着她，不知道她还要做什么。

"李老板，一鱼两吃，您的想法真好！客人一次可以吃到两种想吃的口味，以后说不定这'一鱼双吃'可以直接写进我们的菜单里。还真得多谢您，帮我们研发了一道新菜！"

慕云说得滔滔不绝，李总笑得合不拢嘴。

"不过啊，李总，"慕云话锋一转，脸上的笑容突然消失了。

没等李东胜反应过来，她又指着那条鱼，说："李总，您看这'玫瑰鱼'，一半红色、一半白色，这颜色也有点问题，太容易让人想到张爱玲的小说，就是那个《红玫瑰与白玫瑰》了。"

"《红玫瑰与白玫瑰》？"一旁的李太太终于说话了，"就是写一个男人，同时交往了两个女人，一个像白玫瑰，一个像红玫瑰？"

"对对对！李太太，就是那篇，您记性可真好！"慕云转过头，看着李太太，表情前所未有的严肃，"李太太，我们的双色玫瑰鱼，以后须在菜单里注明：一鱼可以双吃，但男人啊，一心不能二用。"

慕云看到李太太的脸突然变得僵硬了。她尽力将没说出来的含义化作眼神。凭着女人的直觉，她觉得，李太太一定已经意识到了什么。

"哈哈哈，冯老板你可真会开玩笑！按我说，这对老婆忠心的男人啊，吃一千条双色玫瑰鱼，也不会一心二用，你说是不是？"

李东胜努力想用新的玩笑来掩饰慕云的那个"玩笑"，却并没有达到目的。慕云觉得自己的义务已经尽到，是时候抽身了。从房间离开的时候，她看到李太太脸上的表情，格外的意味深长。

有时候，女人之间的心灵感应，只需一个眼神，便可意会。

"李东胜和他老婆刚才走了，饭没吃完就走了。"慕云回到办公室没多久，陆子浮就冲了进来，然后看着她，语气充满揣测："老王说你亲自端鱼给他们？你是不是……跟他老婆说了什么？"

慕云还没回答，小周突然慌慌张张地跑了进来。

"冯姐，刚才李总打电话过来了，说是要注销他的会员卡。"

"哪个李总？"陆子浮转头问她。

"还能有哪个李总？"慕云似乎早有准备。

"冯姐，李总可是我们的老客人，您要不要再打电话解释一下？我听他电话里很生气的样子。"小周走到她面前。

"不用了。他要注销就注销吧，让他把没结的单都结掉。"看小周要出去，她又在后面补了一句，"今天的不用结了，算我送他们的。"

"你跟李东胜摊牌了？他老婆什么都知道了？"陆子浮还是好奇。

"摊牌？当着客人的面揭他的伤疤，这也太不礼貌了，而且，也太不艺术了吧？"慕云往后靠在椅子上，拿起一支铅笔，在空气中划了一道弧线。

"那你怎么艺术地揭露了李东胜？快告诉我嘛！"陆子浮被她说得更好奇了。

"我什么都没说，马代的事情，我一字儿没提。我就是跟他讨论了一下玫瑰鱼的吃法，仅此而已。"慕云摊了摊手。

陆子浮还想问，她却挥着手示意他赶紧出去，"行啦行啦，小孩子别什么都想知道，我这儿还要忙着处理'后事'啦！"

从她办公室出来的时候，陆子浮脑子里还是刚才慕云拿着铅笔在空气中画线面露得色的样子。他觉得，聪明如慕云，一定是用一个聪明人的办法在不破坏餐厅礼仪和"待客之道"的前提下，巧妙地揭穿了李东胜的秘密。

他在通道的暗处，看到几步之外灯火辉煌的餐厅。忙碌了一整天，可这会儿，他的脚步突然变得轻盈起来。他整理了一下领结，快步走向那个光明之处。

第 8 章 悲怆

云餐厅二楼最里面的六号包间,是一个很特别的房间。这个房间以深蓝和黑为主色调,靠窗的角落里有一架黑色钢琴。那是一台施坦威三角钢琴,陆子浮虽然不弹琴,但也知道这琴价值不菲。一问才知道,琴并不是餐厅的,而是钢琴家何青寄放在这里的。

何青根本不用担心使用此房间的其他客人会弄坏他的琴,因为这个包间只属于他一个人。他来的时候,六号包间为他开启,不来的时候,房门紧闭,绝不对别的客人开放。何青说他第一次来到这个房间,就爱上了它。跟他说话的时候,慕云发现他开始在桌子上用手指飞快地模拟弹奏,嘴里还哼着某段旋律。

"我可以在这里弹琴吗?"他停下手指的动作,抬头问慕云,语气中竟有几分羞怯。他还很年轻,三十岁不到,说话的时候,神态仍像个少年。

"可这里没有钢琴,楼下有一台。"慕云抱歉地看着他。

"我是说,我买一台放在这个房间。我过来吃饭或者喝咖啡,或者和朋友一起来的时候,可以弹弹琴,"他的两只手握在一起,不安地互相摩擦着,以期盼的眼神看着慕云,"可以吗?"

"这个……"慕云面露难色。

从未有客人提出过这样的要求。他好像认为慕云不会同意,脸上瞬间黯淡下来,一种希望破灭的神色，"其实我就是，就是很喜欢这里，很想在这里弹琴。"他将两只手覆在脸上，从指缝间窥视慕云。

不过是一件小事，一个要求被拒绝，他的眼睛里却透着悲伤。

纯粹的悲伤，没有一点假装。

"好吧！"慕云也不知道自己在说什么，就这样糊里糊涂地答应了何青这个不太合理的要求。事后想想，当时，她大概是被何青这种艺术家的感性给迷惑了。

她想反悔也来不及了，第二天下午，何青就把钢琴送过来了，在餐厅员工惊讶的目光中，这个庞然大物被塞进了六号包间。何青甚至带来了调音师，用几个小时调好了音，然后，坐在钢琴前，弹了一支曲子。非常美的乐曲，流畅、华丽，如同滑过皮肤的华美丝绸。

一曲终了，他潇洒地站起来，转过身，向大家介绍："肖邦的第二夜曲。"

他耸耸肩膀，得意地笑着，似乎对自己刚才的演奏很满意。而站在房间里的人，也都拼命鼓起掌来。

仅仅一支夜曲的时间，何青已用他的个人魅力，令所有人相信：让他"寄存"钢琴的决定，是绝对正确的。后来慕云才知道，年轻钢琴家有"寄存"钢琴的嗜好，不止家里有两台钢琴，在好几个家以外的地方也寄存了钢琴，云餐厅只是其中一家。

她想起来，有一次何青对他说，他有一个癖好，就是在自己喜欢的地方练琴，如果那里没有钢琴，就拼命想弄一台琴，放在那里。

"自己家里不是最舒服的吗？你为什么还要跑到外面练琴？"慕云觉得奇怪，随口问了一句。

他的回答是："总是一个人在家里练琴，太孤单了。外面比较热闹。"

听他这么说，慕云便没接着往下问。

何青的故事，不只慕云听过，很多人都听过。他六岁学琴，被认为是天才级的人物，十三岁去欧洲求学，五年之后，拿到国际钢琴比赛大奖。不到三十岁，已经是这个国家少数具有国际知名度的钢琴家。

何青一年有一半时间在国内外飞来飞去，忙着巡演，却仍然保持每天练五个小时琴的习惯。来餐厅的时候，常常随身带着乐谱，如果乐谱没带在身上，他会笑着指指自己的脑袋,告诉你,那本新的乐谱,他已经烂熟于心。

至于六号房间如何成为他的专属房间,谁也讲不清楚个中原委。陆子浮问过慕云,可她否认是她同意把这个房间"赠"给何青的。总之,六号包间只属于何青,这已成为云餐厅的既定事实。当然,据餐厅的人说,何青付给餐厅的钱远超他们的预期,而他并不会每天都来这里吃饭,再加上他介绍过来的各界朋友,以及因他的到来为餐厅提升的人气,慕云的这桩"买卖",其实是很划算的。

大部分天才艺术家都具有分裂的性格,何青也不例外。如果说石轶是太阳、陆子浮是月亮,那么何青便是太阳和月亮的综合体。他明亮起来如同白昼与烈日,即使不弹琴,也永远是人群中最耀眼的那一个,浑身散发的热情像火焰一样,不仅燃烧着自己,也炙烤着身边所有的人。而一旦他情绪低落、孤独或难过的时候,浑身就像包裹着黑色沥青般的不明物质,旁人能感受到那种恐怖的灼痛,却也明白,对这个痛苦的人来说,所有安慰都是无力的。

何青经常带着一大帮朋友来这里吃饭,其中夹杂着很多年轻又著名的面孔。画家、摄影家、演员、歌手、男人、女人、异性恋、同性恋……玩到尽兴处,何青会弹琴,有人会即兴唱歌、跳舞,会把菜单上的食物点个遍,离开的时候,空酒瓶堆了一地。

很多时候,他都是一个人来。他胃口很好,对美食有自己独到的见解。一个人来的时候,他一般都会弹琴,有时候弹得入迷,满桌的菜都不动,拿起外套,推开门扬长而去。

陆子浮来这里之后,见过何青好几次。记得何青第一次见到他时,是陆子浮走进房间,给他送咖啡。他盯着陆子浮看了半天,直看得他浑身不自在。

"悲怆第二乐章。"他的眼睛仍未离开陆子浮的脸,嘴里冒出来一句。

悲怆?

"悲怆"是贝多芬的钢琴奏鸣曲,这个陆子浮知道,可"悲怆第二乐章"跟自己有什么关系?

"我是说,看到你,我想到了'悲怆第二乐章'。"他接过陆子浮手里的咖啡,走到钢琴前面坐下。

他真的开始弹了。

陆子浮站在旁边，听完了整支曲子。他对音乐没有特别的感受力，却分明觉得，那个乐章描写的是某段恋爱心曲，看到喜欢的人，那颗柔情又忐忑的心。

陆子浮越听越觉得不对劲。房间里只有他们两个人，一种微妙尴尬的气氛开始蔓延。他最终找了个借口出去了。

自那天之后，陆子浮一度故意躲着何青。可何青再未有任何奇怪的表示，他才算安心一些。

钢琴家不只用音乐来描写别人，也用音乐来说话。对何青而言，钢琴是最好的与世界沟通的方式。记得有一次闲谈时候，说到何青，慕云说："每次他来这里弹琴，不需要看他的脸，只需要听他的琴声，便可判断那天他心情如何。"

陆子浮记住了她的话。

盛夏的一天上午，陆子浮上班时，餐厅里一个客人也没有。他上到二楼，意外地听到了琴声。正是天气最热的时候，早上九点多，日光已如流瀑般倾下，树上的蝉不安地齐鸣。那琴声夹在蝉鸣中，可他依然听得很清楚。

他从过道走过，耳边回荡的曲子，是他从未听过的。一开始是沉郁的悲伤，乐段推进，突然出现一段天使般温柔美妙的旋律，宛如暗夜里的一道光。它是那么美丽而抚慰人心，却又于甜蜜中夹杂着更浓重的悲伤，因为无论是演奏者，还是听者，当他听闻这段旋律，其潜藏的预感都是：这道光势必会很短暂，很快，便会被黑暗吞没。

陆子浮走到房间门口，发现门开着。

听到背后的脚步声，琴声戛然而止。何青回过头来，看着他。

"对不起，我……"陆子浮于慌乱中抓着头发，"我打搅你弹琴了！"

"没关系。"他笑了。

陆子浮觉得他笑得很勉强。

"你继续吧，我下去了。"

陆子浮转身要走，却被他叫住。

"你现在有空吗？"他站了起来，望着他，"我想跟你说说话。"

"啊？"陆子浮不知道他要说什么，脑子里突然闪过他们第一次见面的情景。

他有点慌了神,扭头看看外面,又看看站在里面的他,出去也不是,进来也不是。

"就五分钟,可以吗?"这一次,他几乎是请求的口吻。

陆子浮只好点点头,朝他走过去,站到窗边,刻意与何青保持距离,望着窗外。

何青也转过身。

并肩站着的两个男孩,个头差不多高。

窗外的阳光比刚才纯度更高,在树、花、喷泉、长椅各处,刻画出鲜明的颜色,和深刻的阴影。

何青说有话要说,可陆子浮觉得五分钟都快用完了,对方还是只字不语,只是看着外面发呆。陆子浮紧张地清了清喉咙,正要说话,何青还是抢在了他的前面:

"你有没有喜欢过一个不能喜欢的人?"

他的问题太震撼,陆子浮半天都没回过神来。烈日隔着窗户,像猛地扣在他头上的一顶帽子。室内的空调都不太管用了,他的额头和手心开始冒汗。他不知道何青说的那个"不能喜欢的人"到底是指谁。

陆子浮的确是喜欢着一个不能喜欢的人,那么他呢?

"明明知道不能喜欢,还是要喜欢,人心就是这么奇怪吧!"何青转过头,望着陆子浮,"你说,是不是这样?"

陆子浮动了动嘴巴,想说点什么,最终,还是什么都没说。

窗外树影浮动,房间里安静得能听到冷气从出风口冒出的声音。

后来,陆子浮好像听到了何青的叹息。他转头看了一眼,钢琴家闭着眼睛,手指撑在窗户上。

陆子浮怀疑,那一声长长的叹息,其实来自自己的内心深处。

钢琴家反常地在餐厅待了一整天,疯狂练琴。这一天,陆子浮也不在状态,隐约觉得,要发生什么事情。

黄昏时候,餐厅来了个人,是一个穿着紧身白T恤和浅色牛仔裤、戴着墨镜和棒球帽、身材高大的男人。他匆匆上楼,进了六号包间。

陆子浮拿菜单进去的时候,却只有何青一个人,坐在桌子一端。他发现,最厚的窗帘也被拉上了。何青的状态也变得很奇怪,以前点菜通常都很快,要吃什么、喝什么都很明确,可今天,他读菜单就像读一份陌生的乐谱,小心翼翼,每样菜,都要先问清楚原料、调料、味道,嘴里念叨着:"他不吃大蒜……他不吃……他不吃……"

陆子浮知道,何青口中的那个"他",一定就是对面那张空椅子的主人。

何青拿着菜单的手竟在微微发抖,而他面前的桌子上放了四只喝得空空的咖啡杯。

"你还好吧?"陆子浮觉得他明显不太好。

"我……"何青放下菜单,揉了揉手指。

这时候,门突然开了,有一个人走了进来。

"陆子浮!"

"吴亚!"

陆子浮万万没想到,令何青状态全失、紧张到手抖的人,那张空椅子的主人,竟然是吴亚。吴亚更想不到,会在这里碰到陆子浮。算起来,高中毕业之后,他们就没再见过面了。他们两个,加上东子,曾经是耀华高中有名的"三剑客"。

"你怎么在这里做起服务生来了?体验生活吗?"吴亚好像站也不是,坐也不是,最终还是在那张椅子上坐下了。

其实陆子浮比他更尴尬:"哦,我认识这里的老板,所以过来上班。"

他这番解释仍然不合情理,吴亚看着他,点了点头,并没有再问。

吴亚比高中时候黑了一些。高中时他在球场上的位置是中场,与踢前锋的陆子浮配合甚佳。他们曾经是很好的搭档。

"原来你们认识!"何青脸上的表情,既惊奇又尴尬。

"所以,就不用我给你们介绍了吧!"何青先是站了起来,然后,又极不自然地坐了下去。

"哦,我们是高中同学。很久……很久没见面了。"说话的是吴亚,"怎么样?你点好菜了吗?"吴亚并没有要掩饰什么,与何青说话的态度很自然。看得出来,他们认识的时间不短。

陆子浮觉得自己没必要再待下去了，拿起点餐牌，走出了六号包间。

陆子浮在休息区，喝掉一大杯咖啡，心情总算平复一些。

人生的颠倒戏剧，真令人哭笑不得。

不过二十几岁的人生，本来不该有什么"故人重逢"的戏码。如果不是发生了那件事情，"三剑客"不会分崩离析。他和吴亚，应该还是最好的朋友。

想起那件事情，陆子浮的感觉还是怪怪的。

准确地说，高中毕业晚会结束之后发生的那件事情，是陆子浮二十二年生命中的一个怪异音符。

那天晚上，在吴亚家酒店顶层的豪华套房，他们都喝多了。陆子浮和吴亚拿着酒瓶，站在露台上。从露台上往下望去，是城市繁星般闪烁的灯火。

东子本来也在的，他突然说肚子痛，去了洗手间，很久都没回来。

露台上的风时断时续。有风的时候，意识突然清醒了几秒；风断的时候，大脑就像浸泡在啤酒里一样，昏昏沉沉的。

"子浮，我一直觉得很遗憾。"吴亚突然靠近陆子浮。

"什么？"陆子浮转过头看着他。

吴亚没说话。

"你不会还是说那个吧？"陆子浮笑着喝了一口酒。

因为父亲的坚持，吴亚念了D市另一所大学的企管系，和陆子浮不在同一所大学。"很遗憾！很遗憾！"自从拿到录取通知书，这话他一直挂在嘴上。

"我说你遗憾什么啊，都在一个城市，周末你还可以来找我踢球。"陆子浮实在不能理解，他为何如此看重这件微不足道的小事。

"可是，我还是想跟你念一所学校，每天都能见到。"吴亚说得很认真。

不知道是不是因为喝高了，借着露台的灯光，陆子浮看到吴亚的脸在晃动着向自己靠近。闻到他身上的酒味儿，陆子浮忍不住皱起了眉头。然后，突然地，吴亚的脸定在了某个地方。而此刻，陆子浮觉得自己拿着酒瓶的手指被另一只手握住，触感冰凉。他以为是自己的幻觉，低头一看，正是好哥们儿吴亚握着自己的手。直觉告诉他,这次握手和他们以前的肢体接触不一样。记得在球场上,庆祝进球的时候,他们也会握手、击掌、拥抱,可那些接触,仅代表兄弟之情。至少,陆子浮是这么理解的。

不知道是不是因为紧张,明明是夏天,吴亚的手却冷得像冰块。他的声音颤抖着,却急于要说什么话。

陆子浮惊讶得失去了所有的反应。等他要阻止对方说话时,已经晚了。吴亚还是说出了那句话——最好的哥们儿向自己表白了。陆子浮再笨,喝得再醉,也能听懂对方的意思。

这局面实在荒诞得可笑。

陆子浮突然发现,自己过去的十几年好像都白活了,因为,所有的经验都无法用来解决眼前的问题。

那天,他赶在东子回来之前,逃离了现场。除了不再见面,他不知道还有什么更好的办法。

想来,他已经四年多没和吴亚见面了。有时候他会思忖,如果那天他阻止他说出那句话,那么也许一切都不至于那么糟糕。

吴亚和何青一前一后离开餐厅的时候,又在门口遇见了陆子浮。

"你现在有时间吗?我想跟你聊聊。"吴亚对他说。

陆子浮回头看看餐厅,人已经不多。他冲着他点了点头。

吴亚去到何青身边,在他耳边说了什么。何青回头笑着对陆子浮摆了摆手,便走了。

"他先走了?"陆子浮指的是何青。

"是啊,我们不可能一起走的。"

陆子浮没明白他这话的意思,吴亚指了指喷泉前面那张长椅:"我们去那边吧!"

像那天在露台上一样,他们并肩坐在月光下。隔了四年的时光,很多事情都改变了。

"子浮，其实我一直想对你说对不起。"吴亚先说话了。

那些话好像在他心里憋了太久，没等陆子浮回应，他接着说："那天，我太冒失了，你肯定被我吓到了。是吧？"

"是啊，你小子，真的把我吓得不轻！"陆子浮笑着说。

"但是子浮，我并不后悔说了那些话。"吴亚的声音很平静，与那日的紧张甚至张皇不同，如今的他，已经是一个成熟的男子，"你知道吗，喜欢一个人是藏不住的，你越是想隐藏甚至消灭那种感情，它反而会越强烈，终有一天会露出马脚。如果你觉得这种喜欢不合适、不恰当，想要压抑它，打个比方，那就好像是用酒精来灭火，不但灭不了火，反而会越烧越旺……"

"哇！你行啊！现在怎么都一套一套的？"陆子浮看他说话的样子，就像是一个经历过无数情感历练的人。可他明明和自己同岁。

"没办法，我的情况特殊啊！我又不可能像你们这样，找个门当户对的女孩，订婚、结婚、生儿育女，顺其自然。我无论跟谁在一起，在别人眼里，都不是顺理成章的事情，所以，注定会比较坎坷吧！"他抓了抓头发，叹了口气。

"那何青呢？你们是怎么认识的？"

"何青吗？其实我认识他比认识你还早。"说起钢琴家，吴亚的语气变得很温柔，"他刚回国那会儿，国内巡演时，一直住我们家的酒店。不过那个时候，我和他只能算是认识、偶尔见面而已，连朋友都谈不上。而且高中三年，我喜欢的不都是你嘛……"

谈及旧事，吴亚如此坦然，令陆子浮的疑虑和难为情都显得多余。

"说起来，能和何青在一起，你还起了作用呢！"

"我？"陆子浮又吃了一惊。

"对啊，我对你表白之后，你不是吓跑了吗，之后你干脆就不理我了。那时候，我真的很伤心，说伤心都不够，简直就是绝望。正好同一时间何青在我们酒店租了一个套房练琴，一连待了好几个月。我自己本来也学过钢琴的，我妈看我整天在家里闷闷不乐，就让我跟他学学琴。"

"你妈？"陆子浮扑哧笑出了声，"你妈肯定不知道你们那些事儿吧？"

"当然不知道,我妈那个脾气,要是知道了,非杀了我们不可。"吴亚慢条斯理地说:"但其实最大的问题并不是我妈……你知道,我从很小就知道自己不喜欢女生了,但是,何青不是。我追他的时候,他还有女朋友呢!"

这故事听起来真可谓是曲折复杂、惊心动魄,但从吴亚嘴里说出来,却平常得很。

"他一直纠结自己是不是Gay。他经常对我说,他不是本来就喜欢男生,只是喜欢上了我而已。"吴亚又笑了,可那笑声里,却饱含着不安和苦涩。

陆子浮想起今天上午何青在房间里对他说过的话。他正想安慰吴亚几句,后者好像突然想起了什么:"对了,听说你订婚了,门当户对,很漂亮的女孩?"

"我——"这突如其来的话题,瞬间将陆子浮带回现实。

"祝福你啊,婚礼一定要邀请我!"吴亚的电话响了,他拿着手机,匆匆起身。

陆子浮知道是谁打来的,便冲他挥手,示意他快走。

吴亚的背影走远,陆子浮一个人坐在长椅上。

吴亚的故事曲折动人,听到他的故事,陆子浮不能不想到自己。他、吴亚、何青,都喜欢上了不能喜欢的人。正如何青所说,不能喜欢但偏偏喜欢了,心的力量就是这么不可抗拒。

他们三个人各自面对不同的现实,而这现实看起来,如此困难重重。钢琴家和他的听众,都很难接受他喜欢上了一个男人;吴亚那身为连锁酒店集团总裁的母亲,又如何能认可儿子是同性恋的事实?陆子浮呢,即使跑到天边,仍能感到身后那些与他有关系的人,他们的目光中饱含期待,父亲、母亲、未婚妻……可他却背弃了他们,不可救药地爱上了别人。如今,获悉吴亚和何青的故事,好像是某种命运的特殊安排,向他昭示着什么。

至少,吴、何二人已经听从内心的呼唤,做出了自己的选择;至少,他们拥有此时此刻的隐秘快乐。

"子浮,干吗呢?"

陆子浮回过头,慕云已经站在他身后,手轻轻搭在椅背上。

"何青走了吗？"她突然问。

他没有回答。

天气炎热，她又把头发盘了起来，还戴上了"樱桃"耳环，正是他第一次见她的时候，她戴的那副。

"你说，房子着火了，总不能用酒精灭吧，是不是？"他看着她，说了句没头没脑的话。

"你在说什么？什么着火不着火的？"她四处张望，好像真的在找着火点。

陆子浮笑了。那是他和吴亚的暗语，慕云当然不知道。

"你没事吧？我看你今天怪怪的，发生什么事情了？"她不安地问。

"没事，天儿实在太热了。我们进去吧！"他站起身，朝她走去。走到她身后时，陆子浮内心突然奏响了一个强烈的音符。他伸出手，轻轻靠向她的腰。

那天，她穿了一条白底绣花旗袍，即使在缺少灯光的户外，他仍然准确捕捉到了纤腰的位置。不知她是否意识到身后那只手，陆子浮觉得，她的身体往前移动了一下，好像很快向前走了一步。随后，腰线早已位移到他触及不到的地方，而他伸出的手，只好无所依傍地悬在半空。

心急的小动作，这么快就落了空。他自嘲地笑了，快步跟上她，走回餐厅。

第 9 章

肖 牧

第二天去餐厅的时候，陆子浮的心境明朗了许多。内心的声音更加明确，他认为自己需要更多的行动、更多的控制感，而不是被生活所摆布。

就在陆子浮预备好要有所行动的时候，餐厅里又出现了新人。他去得很早，走进餐厅的时候，听到里面的笑声。慕云正和一个男人面对面坐着，喝咖啡。看到他，她一点也不惊讶，反而冲他招手，示意他过去。

陆子浮走到桌子旁边，看清了那男人的脸。阳光将他的脸刻画得很清楚，陆子浮很快想起来了，正是那天在订婚仪式上，与他匆匆一面的男人。

"介绍一下，这位是肖牧，摄影师。我们餐厅菜单上那些食物的照片，都是他拍的。"

陆子浮想起菜单上那些很艺术的食物照片，原来，都是出自他手。

"肖牧，这位是……"慕云正要介绍陆子浮，起先那个一直没说话的男人突然开口了："我知道，陆子浮是吧？上次……上次见过的。"他用手在空气中画了个圈，好像又想起了什么："就是，在你的订婚典礼上。"

"嗯。"陆子浮尴尬地点点头。

"你怎么不在家好好陪娇妻，跑到这里来给慕云打工？"肖牧只用一句话，便点出了问题的核心。陆子浮一时无言以对。

"你这么说我都不好意思了,"慕云的反应比陆子浮快得多,"是这样的,子浮刚刚大学毕业,他父亲希望他过来熟悉一下餐饮业,为以后打打基础。"

"哦!从服务生做起,这个想法好!"肖牧伸出的大拇指别具喜感,除了笑纳,陆子浮不知道还能做什么。

看着慕云和肖牧聊得甚欢,似乎还要继续聊下去的样子,陆子浮只好找了个理由走开了。

说起来,肖牧与慕云的结识,纯属偶然。

那天中午,他顺道路过公园,看到绿树掩映下的云餐厅。餐厅的装修显得很有格调,令他突然有兴趣进去坐一坐。那时候,餐厅开业不久,客人也不多。本是意外的闯入,并未抱太大的希望。肖牧是那种在外面拍片子的时候可以连吃一个月的方便面,但真正讲究起来,又很难有人能满足他的味蕾。

云餐厅的菜出乎意料的别致、好吃。看得出来,这家餐厅主人是用心在经营。肖牧收起餐桌上的预定卡,蓝色艺术纸印刷,上面印着餐厅的地址和电话。从室内的布置、饭菜的味道、餐具的选择到所有的细节,都让人有一种感觉:一切的设计很有可能出自一个女人的匠心。这必定是个有心的女人。肖牧看着卡片上那个飘逸的"云"字。

"您好。"

肖牧先是看到了对方轻搭在浅蓝色餐布边缘的手指。

素手青条上!

莫名其妙地,肖牧脑子里迅速浮现这句诗。他低头默思,对方却又说话了:"请问,您现在有时间吗?"

"啊!"他一惊,抬起头来。

身着素白旗袍的女人,正站在他的面前,目光停在他脸上,笑意盈盈。

"您是我们餐厅开业以来的第十位客人。我是想问一下,您对我们的菜还满意吗?"

她说了一串话,他的耳朵却有点跟不上,像是被蒙了一层罩子。

这瞬间的短路，还是人生头一遭。就算好多年前遇到后来的妻子时，肖牧也不曾有过这种反应。

女人站在那里不再说话，笑容也僵在脸上。肖牧才发觉自己的失态。

"哦……"他猜，她便是打造这家餐厅的女主人。本能地，他想与这和素不相识的女人建立某种联系。

"菜很好，但是菜单不够好。"他说得肯定又严肃。

她的脸色微变，说明这句话在她内心产生了影响。

肖牧竟然有点小得意。离婚这么多年，如今生活里常出现的女人，只有老母和保姆而已。但与女人打交道，他从来不会生疏。即使是碰到这样一个特别的女人，阵脚明明是乱了，却也能乱得不动声色。

他打量着她，估摸着她的年纪。恢复单身后，他遇过不同年龄的女人，慢慢练就了一种本事：对自己感兴趣的女人，看几眼，也能对她的年龄猜个八九不离十。他觉得她很年轻，白玉般温润的皮肤，没有透露任何岁月的讯息，但眼睛里却有种超出年龄的哀愁，就算是在笑着，也让人感觉那笑并非发自内心。

肖牧还在瞎琢磨，她又着急了："那您给我们提提意见吧，菜单哪里做得不够好？"

他笑了。她果然中了他的计，但他并没有骗她。

"菜单上的图片拍得不够好。"他随手翻开一页，指着上面的一张食物图片。

相片还拍得真的不太好。什么光线啊、角度啊、色彩啊、曝光时间啊，信手拈来。这堂"摄影教学课"，他讲起来毫不费力。

"原来碰上专业人士了！"她一边翻菜单，一边点着头，"那您可以帮我们拍照片吗？"

这邀约也完全在肖牧意料之中。他得意地笑了："想请我吗？那可不便宜哟！"

肖牧这话没说错。遇到慕云的时候，他已经是业内知名的摄影师。

"哦，是吗？"她再次把手撑在桌面上，支撑了部分身体的重量，而她的脸上，是疑惑又若有所思的表情。

"明天下午你有时间吗？"肖牧拿起桌上的玻璃水杯，喝掉了最后的柠檬水。没等她回答，他拿出一张名片，递给她，"明天下午三点，你来这里找我。"

走出餐厅，回到驾驶座，肖牧才想起来，他还不知道她的名字呢。他只是猜想，在她的名字里，应该有一个"云"字。

本来准备去工作室的，肖牧却直接把车开回了家。儿子浩浩在二楼窗户里看到他。开门的时候，浩浩一路从楼梯上跑下，扑进父亲怀里。肖牧站在那里，怀里抱着儿子，看着从客厅窗户里露出的阳光，餐桌上的玻璃水杯和浅色餐垫干净得好像从未有人使用过。

他胸中突然升起一股奇特的暖流，就好像发生了什么事情，使得今天的生活与平日完全不同，又或者，是他的心发生了变化，令这最庸常的生活，也发出了不一样的光芒。

晚饭时，母亲一直用一种奇怪的眼光打量着他。

"你今天怎么了？"她终于说话了，仍然是那种审视中带着怀疑的目光。

"怎么啦？"他夹了一块肉，塞到嘴里："我没怎么啊！"

他不知道她指的是什么。

"怎么突然想起来回家吃晚饭了？"她语气中带着抱怨，"你算算吧，都多少天没回来吃饭了！"

原来她是生气这个，肖牧暗自好笑。和母亲过得久了，有时候，他们的感觉不像母子，倒像是共同生活了很多年的两口子。他离婚六年，从未带女人回家见过母亲。头几年，母亲还催他给浩浩找个新妈，后来索性连提都不提了。母亲知道他从不缺女人，偶尔会听到他电话那头传来女人的声音，有几次大清早去他的工作室，她甚至在门外遇见过陌生女人，匆匆补妆，遮不住前一夜留下的倦容。可这些女人，他一个都没有带回家，介绍给她和浩浩。

慢慢地，母亲开始认为，儿子只会恋爱，不会再结婚了。六年前，浩浩母亲的离去，对他的打击太大了。她看着坐在对面的，他的儿子。他刚满三十四岁，头发仍然乌黑，皮肤却比几年前黑了很多。他本来继承了她的白皙，可他一年有一半时间在外面拍照，风吹日晒，三十岁之后，晒黑了，便很难白回去。

她看着他，突然觉得心里难受得很。

肖牧看见母亲放下了手里的筷子，台灯下，她眼中依稀闪着些亮亮的东西。

"妈，您这又是怎么啦？"他笑着拿筷子在她眼前划了一下。

母亲没说话。倒是浩浩，大喊了一声："爸爸，奶奶哭了。"

他和母亲都愣住了，只见浩浩夹起一块洋葱，举到他面前："爸爸，你看，奶奶就是切这个，切着切着，就哭了。"

他一脸的认真，两个大人哭笑不得。

那天晚上，肖牧睡得比平常更早。做了很多个梦。白天见到的那个人，竟然这么快就到梦里来了。反复出现的，是她的手指、说话和笑的样子、拿着菜单的时候认真的表情……像是黑暗里的一道光。

他以摄影师的眼睛，敏捷地捕捉到了那道光。那道光美丽又温暖，也令他前所未有的心安。

肖牧其实并不想夸大慕云对他的影响，或者说，她惊人的美对他的影响。不说阅女无数，这世间各色女子，他也着实见了不少。可他还是觉察到自己的变化。

第二天，肖牧醒得比哪天都早，先送浩浩去了学校，到工作室的时候，整个园区都还在睡觉。他们约的是下午三点，结果，他三点之前的时间都泡了汤。眼看快到约定的时间，他又开始担心她不会来。昨天只给了她自己的名片，连她的电话也没留一个，现在，只能对着空荡的房间叹气。他失望又懊恼，被种种细碎的情绪困扰着，婆婆妈妈的，连自己都要笑话自己了。

他肖牧，几时曾为一个女人这样坐立不安过？心心念念，牵肠挂肚，上一次有这种"症状"，还是十多年前，在画展上看到茵曼。

茵曼，胡茵曼，他的前妻，那天画展上最美的女人，令墙上的名画都失色的女人。

他本来以为不会再遇上那样的女人了。茵曼离开之后的这些年，纵有千帆过尽，他却是那不动心的沉舟。他曾暗自将女人比作眼前陈列的画卷，过眼的多了，有几分是天然丽质、几分是匠气凿斧，一望便知。

他又有一个不太恰当的比喻：真正美丽的女人，可媲美最顶尖的艺术，就像凡·高的画、贝多芬的音乐。他固执地认为，那些金字塔尖上的艺术，不过是上帝借艺术家之手的创造，表达的是神意，绝非人意。神意的显现是概率计算不到的纯粹的偶然，与美丽女人的相遇也是。纯粹的偶然、夺人心魂的偶然……

肖牧无奈地摇了摇头，掐断了手里的烟。他走到窗户前面，把窗开得更大，让室外无味的空气，冲淡室内的烟草味道。从窗台望下去，看到一楼，那个穿着黑色皮裙的女人，进了这栋楼。除了自己，在这栋楼里，她不太可能认识别的人。

墙上的钟指向两点半，他皱起了眉头。门铃很快响了，他坐在沙发上没动。当然，他还不至于虚伪到装作不在这里。他本来已经站起来去给她开门了，电话又响了。不用接，他知道，还是她。倘若找不到他，便一分钟都等不了的，除了她，还有谁？

他从过道里朝她走过去，远远地，看到她脸上瞬间放晴的光芒。他在心里叹了口气。他打开门。如他所料，她的下一个动作是像猫一样扑进他怀里。这过于热情的"见面礼仪"是宛之的必修课，每次他都得无奈地推开她。

于宛之，这女孩的名字古典又婉约，可本人跟婉约没有半点关系。

每个见过他们的人，都以为他们的关系很不一般，至少不是外面看起来的，师傅和徒弟的关系那么简单。可他们真的只是师傅和徒弟而已。或者说，只是徒弟单恋着师傅而已。

于宛之成为他的徒弟，已经好几年了。她后来交代，一开始拜他为师就是动机不纯的。他一度想"休"了这个徒弟，可她真的很有天分。她的热情令他有意与她保持心灵以及身体上的距离，所以，他们之间真的清清白白。连他跟别的女人会有的，那种第二天就会蒸发无踪的露水情缘，或约定的短期关系，甚至只是暧昧，统统都没有。

宛之又点燃了一支烟，跷起一条腿，旁若无人。他没来得及制止她，烟雾便已升起。她的皮裙短到只能盖住大腿根。他不喜欢抽烟的女人，也不喜欢女人裙子太短。宛之不小心就占了两项。所以，他们之间真的不会有什么事。当然，她永远意识不到这一点。

"你特意收拾了吗？"她拍了拍新换的沙发罩，"怎么今天这么干净？"

"是啊，找我什么事，快说！我等下有客人。"他看了看表，迫不及待。

她脸上的表情立马变得很微妙："女人吗？"

肖牧很想告诉她，这个女人，跟之前那些女人不一样。可他又觉得没有解释的必要，她只是徒弟而已，不是吗？

"工作关系。"他淡淡地说了一句，转身走到窗前。

"我怎么觉得你今天有点不对劲？"说这话的时候，她已经走到他身后，"真的只是工作关系？你把工作室收拾得这么干净，连花都换了？"

小姑娘火眼金睛。桌上的花原来是百合，现在换成了兰花。

"我可以见见她吗？"她跳到他面前，嬉笑中带着些不易察觉的忧虑，"就一会儿，打个招呼就走！"

他当然不乐意。等了大半天的会面，眼看着就要被这只"黑猫"给搅黄了。

"行啦，有事说事，没事你赶紧走人！"说出这话他就后悔了。

她果然狡猾地笑了，从包里掏出硕大的相机。

"当然有事啦，给你看看我在新疆拍的片子。"

他双手抱头，一脸懊恼。她兴奋地跳过来，双手扶着他的肩膀，把他推到沙发上坐下。本来是不情愿的，可他很快便发现，那些相片真的拍得不错。宛之一边换新的照片给他看，一边在旁边手舞足蹈地解说。天山的雪、喀纳斯的水、乌鲁木齐的落日、当地女人的舞蹈……新疆，很多地方他都去过，浏览那些相片，如同故地重游。

宛之的艺术感觉在那些相片中展露无遗，更可贵的是，她还年轻，一直在进步。

肖牧看着那些相片，不说话。

"怎么样，不错吧？"宛之得意地又攀上了他的肩膀。

他正费力挣脱，门突然被推开了。他看了一眼墙上的钟，刚好三点。真准时。像手表一样准时的女人。

今天，她穿了另一件旗袍，水蓝色的。

准时，只可惜，完全不是在正确的时候。

"亲密"的一幕被她撞见，肖牧像弹簧一样从沙发上蹦起来。他能感觉到身后宛之的目光。

"对不起，我……我是不是来得不是时候？"慌乱中，她朝门的方向转身。

"没关系，给你介绍一下，这是我的徒弟于宛之。宛之，这位是——"

肖牧还不知道她的名字。宛之仍坐在沙发上，抬头看着他，似笑非笑中还带着些挑衅。

"哦，你好，我叫冯慕云。"她大方地向宛之伸出手，又好像想起了什么，补了一句："我是来找肖牧先生商量拍照片的事情的。"

宛之从沙发上站起，握了下她的手，又很快松开。她的眼睛，始终没离开这陌生女人的面颊。

肖牧正在想该怎么应付这个局面，宛之却大手一挥，潇洒地表态："你们聊吧，我先走了。师傅。"

她特意把"师傅"两个字说得很大声，看着肖牧，脸上带着狡猾的笑。没等肖牧反应过来，她果真如猫一般，从门口溜了出去。

房间里瞬间安静下来。肖牧站在那里，愣了一会儿，回头看，慕云已经站到窗台那里了。

"要喝点什么吗？咖啡？茶？"

"茶吧！"她回过头，看着他。

尽管是第一次来这里，她倒显得很自在，不自在的反倒是他。

"金坛雀舌？"她看着玻璃杯里的茶叶，问他。

杯中齐齐竖立着一茬绿芽儿，

"是啊，喜欢喝吗？"

"嗯，我最喜欢的绿茶。"她把杯子送到唇边，轻轻抿了一口，歪着头，好像在细品着茶叶的味道。

"虽然这茶味道淡，冲两泡水就没味儿了，但是仔细尝尝，还是好喝。而且这茶叶样子可爱。"她举起杯子，观察着杯中之物。

肖牧懊恼地发现自己被她迷了心窍了，看她喝茶的样子，竟也觉得好看得不得了。

宛之是抽烟的，慕云是喝茶的。对于肖牧而言，爱谁不爱谁，一目了然。

"我调查过你了。"她挺直了腰，一本正经。

他吓了一跳，随即又笑了，心想，我还没调查你呢，你倒先调查我了。

"原来你这么有名！我还在网上看了你拍的相片，都很棒。"慕云走过来，把茶杯放在桌子上，"我担心……担心请不起你呢！"

"那我也可以不收你的钱啊！"肖牧脱口而出，发现不对劲，但话已出口。

她抬头疑惑地看着他："为什么？"

"我……"他挠挠头，"那个，我的意思是，你可以不付给我钱，给我别的东西。"肖牧觉得自己越解释越不清楚。

"别的东西？"她眼里的神色突然变得有些异样。

尽管他的确想要的更多，但现在这个时候，他还不想令她误会。

"我的意思是，你可以给我一张你们餐厅的贵宾卡，让我在你们那里免费吃几顿饭就可以了。"

"就这样？"慕云似乎不能相信，他要的竟然只是一张卡。

"怎么样？你就这么想付给我钱啊？"他坐到沙发上，双手抱在胸前，笑着看着她。

突然，放在桌子上的手机响了，屏幕闪个不停。肖牧知道，一定是她，明明先走了，却很快后悔，很快变得不甘心。除了她，还会有谁？他本来不打算接，可电话闹个不停，简直要从桌子上跳下来。打电话的人的脾气，他不是不知道。

从慕云手里接过电话的时候，肖牧的脸上有几分尴尬。

"你眼光不错哟！"电话接通，宛之棒头就是一句没头没脑。

肖牧没接茬，她便开始大放厥词："真的是偶遇？很美嘛。冯慕云？名字也好！你怎么连人家的名字都没搞清楚？调查过没有？不会已经结婚了吧……"

肖牧听不下去了，"你有事吗？没事我挂了。"

他看到慕云拿起水杯，另一只手撑着桌子的边缘，饶有兴致地看着他。他想起宛之的话，心上掠过一层阴云。不会真的结婚了吧？便又心慌了，也不知道是今天第几次心慌，匆匆挂断了电话。

"你们餐厅几点打烊？"他站到她面前，决定更主动一些。

"很晚。怎么？"

"就这个星期吧，后天怎么样？我去给你们拍照片。"

"啊，这么快？"

"你还嫌快？"

"哦，不是不是，只是我们需要准备一下。"

她拿起手机，拨了什么人的电话，简短几句之后，放下电话，对他做了一个OK的手势。

那天晚上肖牧到餐厅的时候，刚好打烊。慕云站在门口的灯下等着他。晚上室内颇有些凉意，她肩膀上搭了一条深蓝色披肩。她随肖牧一起走进餐厅，借着室内更明亮的灯光，他看到她披肩下面，白衬衫的下摆别在浅蓝色牛仔裤里。每次见她，她都是穿裙子，这一次是例外。

当然，他总共也没见过她几次。他抱着相机，走在她身后。服务生正忙着收拾餐桌，忙碌却有序。窗户都被打开了，食物的味道散去，植物和花的气味进入室内。他看着她走到通道尽头，在拐进右边的房间之前，取下了披肩。

他快步跟上了她。

厨房里光线充足。已经有两位大厨候在那里了。一个高高瘦瘦，一个矮矮胖胖，都穿着雪白干净的工作服。旁边巨大的长形工作台上，放了好多盘各色已经出锅的菜。

"介绍一下，这位是肖牧，著名摄影师。这次麻烦他来帮我们拍照。"她转身望着肖牧："这两位是我们餐厅的主厨。让他们给你简单介绍一下每道菜的特点吧！"

她告诉肖牧，高瘦的那位是张主厨，主理肉类，矮胖的是王主厨，主理鱼类。两位主厨见到肖牧都是毕恭毕敬的样子。看得出来，他们虽然年纪比慕云大了不少，但都很信服这位老板。

那天晚上的拍摄进行得格外顺利。肖牧没有告诉慕云，以前他拍的都是大山大河、大江大海，偶尔会给杂志拍一些明星大片，拍食物，他还是第一次拍所幸这个跨度不算太大，试了几张片之后，他便渐入佳境。

厨房里安静得只听得到快门的声音。夜已深，慕云重新披上了披肩。她煮的咖啡很香，他连喝两杯。

时钟指向三点半。他放下相机，终于拍完了！

肖牧并不想回家，甚至没有半点睡意，看着满桌食物，计上心头，"你饿了吗？我们吃点东西再走吧！"

慕云没有回答。

"看起来就很好吃，扔掉了多可惜！"他自顾自在餐桌边坐下。

她却径直从旁边的门走了出去，再回来，手里拿了一瓶红酒。他刚要拿筷子去夹菜，却被她拦住。

"等一下，都凉了，我去热一下。"她拿起那盘菜，走到灶台前面。动作很熟练，看得出来，她对这个厨房了若指掌。

"你在家里也经常做饭吗？"他走到她旁边。抽油烟机上的灯泡亮着，在她脸上投下阴影，蒸锅盖子上的小孔开始冒出白色热气。

"没有，一般都是我妈做。"她头也没抬，淡淡地说。

"和我一样。"他喝了一口红酒，"你也和母亲住在一起？"

"是啊！怎么啦？"她打开锅盖，用金属夹子取出盘子。

"我也是。还有……还有我儿子。"

她抬起头，用一种疑惑的眼神看着他，没说话。

突如其来的"坦白冲动"驱使肖牧继续说下去："我几年前离婚了，前妻在美国，儿子归我，现在母亲帮我带。"

"哦。"她若有所思，用一块白色小毛巾包着盘子边缘，把盘子一个个端到桌上。

吃饭喝酒，闲聊数语，等收拾完厨房、离开餐厅的时候，天色已发白。他们在公园门口道别。慕云说要回家小睡一会儿。她家与他的工作室在不同方向。

肖牧看着她的白衬衫和牛仔裤消失在路口拐角处。

一夜未眠，他却神清气爽，甚至有力气一路小跑着到了公车站。打车太快，他宁愿在公车上，晃荡着，吹吹晨间的风。

这明明是二十多岁的男孩才会做的幼稚的事，他已经三十四了！

爱会让人年轻，这话没错。年轻是什么呢？心更热，感觉更灵敏。就比如他对这个清晨的感知。像一个二十多岁的人一样，他竟能从最普通的事物之中，发现不平凡。

在头班公车上，乘客只有三四个。街道两旁的高大密集的树，透过车窗，把浓绿的墨泼到车厢里。车子如同穿行在密林之中，向来晚起的他，很少能看到的城市清晨，原来是这么美。他把头伸出车窗。远方的天空，薄纱般的云，透出朝霞深深浅浅的红。

一切景物和气象都昭示着，这是一个好天气。

回到工作室，没等太阳大出，他就倒在沙发上睡着了。

肖牧是被一阵急迫中带着烦躁的手机铃声吵醒的。宛之的名字在屏幕上闪动。

"你在哪里？"听起来她好像已经找了他很久。

"工作室啊！"他坐起身来，揉了揉发酸的眼睛。

"快给我开门，我就在外面！"

肖牧一打开门，宛之几乎是跳进来的。

"我说你在干吗啊？我给你打了那么多个电话，你都没听到？"她说话总是这么没大没小，对师傅没有半点尊敬的。

"睡觉啊！"他打了个呵欠，脑子昏沉沉的。

"上午要给《名仕》拍片子的，你忘了？看看现在都几点了？"她把手腕上的表举到他面前。

十一点半！

完了！约好要帮《名仕》拍一组Selina的大片，他竟把这事儿忘得一干二净。

匆匆洗漱，换了衬衫和裤子，坐到车上的时候，宛之已经坐在副驾驶座上。

"Selina有没有发飙？"他想起大明星那张趾高气扬的脸。

"按照她那副德行，本来是要发飙的，搞不好都拍不成了。但因为这次是你掌镜,所以,她忍了。"她看了他一眼,一字一句,言之凿凿,"我猜她对你有好感吧,一般只能别人等她,唯独对你,是个例外。"

"别瞎扯了,这都哪跟哪儿啊!"肖牧大笑一声。

说实话,Selina这几年虽然很红,但提到她的名字,他一时竟然都想不起来她长什么样子。

"你昨天晚上去哪里鬼混了?"宛之冷不丁来了一句。

"我说你一小姑娘,说话怎么这么难听?我干正事儿!"

"鬼混也是干正事儿啊!"

"行啦,别跟我这儿装正经!我都跟你混了这么多年了,还不知道你那些破事儿?"她嘴快得跟刀子似的,没半点含糊。

肖牧手拍一下方向盘,一时无语。这小丫头精灵古怪,跟着他这几年,眼皮子底下看过的,从他这里进进出出的女人,真如过江之鲫。

"但我觉得你肯定不会喜欢Selina那种类型的女人。她太作、控制欲太强,还有很致命的一点,就是老爱穿粉红色。"她如数家珍,"你还记得Elva吗?"

"谁?"这个名字从他脑中划过,竟没有激起任何联想。

"你忘了?Elva?前年四月,你在大唐的酒会上认识的,七月就分手了。个子高高的,特爱穿粉红色的小裙子,天天往你工作室跑的!"

"哦!"肖牧终于想起来了,Pink Lady,他们私底下还给她起过这个外号。

"你跟她分手之后跟我说,爱穿粉红色的女生,表面上看起来很卡哇伊,黏人可爱,其实内心控制欲都很强,以后碰到粉红女郎一定要躲得远远的!"

肖牧吃了一惊。他转头看她一眼:"你怎么记得比我还清楚?"难不成她一直冷眼旁观,搞不好还用个小本子,给那些女人编过号?

"是你们男人忘性太大,太绝情!交往过的女生,居然一点都想不起来了!"她不由自主地提高了音量。

"你这是在控诉我吗?"他半认真半开玩笑。

"没有。"她沉默了几秒,"那些女人,你根本没有为她们动过心,又怎么会对她们有什么印象,对吧?"

她转头看着他,表情突然变得很严肃。

他愣了好一会儿,勉强接上她的话:"看来我以前实在太渣了,我得好好反省一下。"

"别啊!这不是你的问题,是那些女人的问题,怪她们都没本事让你动心嘛!"

"你!"肖牧哭笑不得。

"你笑什么?我是说真的!"宛之说着,点燃一支烟。

他无奈地摇摇头,也把车窗摇了下来。他以为宛之是在取笑他,其实她是认真的。

摄影棚在郊区,等他们赶到的时候,里面的人已经干等了他们好几个小时。

Selina正倚在沙发上休息呢,一见他到了,赶紧从沙发上跳起来,嗔怪地看着他说:"我说肖大摄影师啊,你让我等了你这么久,我的时间可是很宝贵。你说,你怎么补偿我啊?"

肖牧感觉空气里有种奇怪的味道,没准宛之说对了,她真的对自己有点什么想法。看来,得跟这个女人保持距离。爱穿粉红色的女人,正如宛之所说,是必须敬而远之的。

拍摄进行得很紧凑,不得不说,这位粉红女郎的镜头感很好。

杂志主编和大明星本人都对照片很满意。肖牧很少拍这种杂志硬照,偶尔拍几张,要价也很高。坊间评价,肖牧有一种天赋,能把大家天天见到的人,拍出不一样的味道。

收工的时候,Selina又来找他。她换上了自己的衣裙,衣服并不是粉色的,但包是。

"晚上有时间吗?一起吃饭吧!"大明星倒是蛮主动的。

肖牧刚想拒绝,她又噘着嘴说:"你别忘了,今天让我等了多久,你得给我赔罪啊!"

他脑子一转,脱口而出:"好啊,我知道有一家很棒的餐厅。"

Selina脸上开了朵花,一旁的宛之,则是一副不可思议的表情。

"宛之，一起吧！Selina，介绍一下，这是我的助手于宛之，你们俩年纪差不多吧，刚好有得聊。"

宛之嘟囔着要抱怨什么，被肖牧从背后推了一掌，她也就乖乖就范了。

肖牧完全错了。

Selina和宛之的确年龄相仿，但她们完全没得聊。两个人并肩坐在车子后排，都黑着脸，互不搭腔。车子开出没多久，肖牧就后悔了。带两个喜欢自己的年轻女孩去自己喜欢的女人的餐厅吃饭？他是脑子进水了，才会做出这么荒诞的行为吧！想挽回已经来不及了，他们抵达餐厅的时候，客人还不多。

慕云刚好在，不过隔了十几个小时，他们又见面了。看见他带着俩女孩走进来，她脸上没有露出任何惊讶的神色，并带他们去了靠窗的桌子。

"我就知道你会带我们来这里。"慕云刚离开，宛之就发话了。

"怎么？肖牧，你认识她？"Selina看着慕云的背影说。即使是在室内，她也不摘下墨镜和帽子。

"你吃个饭还要戴帽子和墨镜？"宛之对她可一点不客气，全然不把她当大明星。

"你知道什么！"Selina也不肯示弱，"被狗仔拍到怎么办？"

"拜托！你这样子更容易被拍到吧！"宛之指着她大笑，"难道你是故意等着狗仔来拍的？"

"你！"大明星生气了。

"好啦，别吵了，吃饭，吃饭！"饭还没吃，肖牧先得劝架，他无奈摇头。

宛之仿佛有种无名火，找个借口，全发在大明星身上了。大明星无缘无故成了替罪羊，实在也冤得很。所幸第一道菜很快就上来了，似乎是慕云专门嘱咐过的，菜上得比平时要快。刚才还几乎要吵架的两个女孩很快找到了共同语言。天下吃货是一家，这是真理。

餐厅的客人明显比他上次来时多了许多。

"肖牧，你是怎么找到这家餐厅的？"大明星一边说她要控制体重，一边吃得很开心。

"他啊！"宛之又习惯性地抢答了，"他是先寻到人，再寻到餐厅的。"

"什么意思？"Selina不解。

"你别听她瞎说，我就是一个偶然的机会，到这里吃了顿饭，觉得味道很好。"

"对！我跟你说啊，"宛之还是不依不饶，"我们只是觉得这里东西好吃，对吧？"

Selina点点头。

"但是肖牧啊，他不仅觉得这里东西好吃，他还……"

肖牧拍了下她的头，禁止她再说下去。

"他还什么？你把话说完啊！"Selina拿筷子敲了敲宛之面前的盘子。

宛之吐着舌头，摊了摊手。

主菜上完是甜品，两个女孩看着可爱的甜品，都兴奋得拍起手来，吃得不亦乐乎。

肖牧看看窗户外面，天全黑了。他借口去洗手间，其实是去找人。他想找慕云说一下照片的事情，当然，他其实，只是想跟她说说话而已，却遍寻不得，问了服务生，甚至闯进厨房问了大厨，谁都不知道她去了哪里。肖牧想她是先回家了，意兴阑珊，正准备也回去，却看到通道尽头的门半掩着，从外面隐约传来声音，像是有人在吵架。

他匆匆走过去，正准备推开那扇门，却听到外面的声音。他绝对不会听错，正是慕云的声音。

"这么多钱，我怎么拿得出来？"她的声音听起来很焦虑，与平日完全不同。

"你餐厅开得这么高级，还跟我说你没钱，你觉得我会相信你的话吗？"是陌生男人的声音。

"开餐厅的钱都是借的，开业都没几天，还在赔钱，我去哪里给你找钱？我求求你了，放过我和宛乔，让我们过几天安生日子，好吗？"她的语气已近乎哀求。

"不给是吧？你不给，不给我去给你把场子砸了！你看我敢不敢！"

那男人话没说完，肖牧就冲了出去。借着窗户里透出的光，他看到那男人抓着慕云的一只胳膊，他的手在发抖。肖牧比他高出许多，看不清那男人的脸，只是觉得他很瘦。

看到肖牧，对方明显吃了一惊，手却没有放开："你，你是谁？"

"我还要问你是谁呢？光天化日，你一个男人，来问一个女人要钱？"肖牧叉着腰，站到他面前。他比陌生男人高，也比他壮，气势上就压倒了对方。

"我问我老婆借钱，你管得着吗？"他声音不大，但"老婆"二字像把刀子扎在肖牧心上。

"我不是你老婆，离婚证书写得清清楚楚。徐澍，你别再自欺欺人了，好吗？"慕云的声音都嘶哑了。

肖牧搞明白一点状况了，觉得是时候采取行动了。他冲过去，要掰开那男人的手。

"我跟你说，你是慕云的前夫，是吧？"

"前夫"两个字，令他觉得像吃了苍蝇一般难受："如果你还是个男人，你就算保护不了女人，至少不要找女人的麻烦，不要伤害女人，好吗？"

他只差说，慕云这样的女人，心疼还来不及，你还这样对她？

在他的威慑之下，那猥琐的男人终于松开了手，看着慕云，还不想放弃，只是那眼神已经由威胁变为祈求："多少借我一点好吗？我实在是没办法才来找你的。两万，就两万，好吗？"看慕云不说话，他又说："那就一万，一万也行！"

肖牧快气爆了，恨不得给他一巴掌："你快给我滚！我警告你，别在这里再出现！"

他吓得要跑，慕云却突然说话了。她让他等一下。肖牧还想阻拦，她却回头进了屋里。回来的时候，她拿着一只厚信封，"算我给你的，不用还了。"

那男人如获至宝地笑了，刚想接过去，慕云的手往回一收，说："我有一个条件：你以后别来找我了，也别去找女儿，好吗？"

"好好好，听你的，听你的！"那男人以最快的速度，把装着钱的信封揣进包里。

他终于消失在暮色里。

留下的两个人在黑暗中站了好一会儿。肖牧想说点安慰的话,却不知从何说起。最后,还是慕云先说话了。

"都给你撞见了,真是不好意思啊!"她叹了口气,走到院子当中,树下的长椅上,坐下。

"没什么。"肖牧也走了过去,坐在她身旁,"我只是不明白,你为什么还是要给他钱?"

慕云告诉他,徐澍,也就是她的前夫,借了高利贷还不上,现在连家都不敢回。

"他跟我在一起的时候工作就不太顺利,现在离婚了,好像更糟糕了。"

"难道你还对他有感情?"这是肖牧此时此刻最想知道的答案。傻子都看得出来,那男人根本配不上慕云。

"没有。也许我从来就没有爱过他,但是,我却跟他结婚了,这反而是我对他最大的伤害。你说,对不对?"她很感慨,突然想对他说一些从未对别人说过的话。

"小时候做数学题,用铅笔写,算错了,检查一遍,马上就会发现,涂掉再写。可人生就不是这样,犯了错误,要过很久才知道,想要改错,都来不及了。"她说。

"你太悲观了!"肖牧的心跳得厉害,"人生当然是可以犯错的。错了还有机会再改,只是不像涂改数学题那么简单罢了!你别忘了,我也是离过婚的人,我有经验!"

这话题太沉重了,他有意要缓和一下气氛,刚想阐述一下他对于离婚的见解,就听见有人大声喊着自己的名字。

"肖牧,你在干吗呢?"宛之像猫一样窜到他们面前。

他往空气中吐了口气。他都忘了,他不是一个人来的!猫一样聪明又灵巧的女孩,怎会放他一个人在这里"谈情说爱"?

"冯小姐,你也在?"宛之的惊讶迅速变成了不悦。

"哦,于小姐,不好意思,刚才肖牧有点事情跟我说了一下。你们聊吧,我进去了。"慕云匆匆起身,迅速消失在门口。

"聊什么呢?把我们扔在餐厅。Selina都被你气跑了!"宛之在他身边坐下,又点了一根烟。

"是你把她气跑的吧!"肖牧从他手里夺过香烟,扔在地下,用皮鞋碾碎。

"你干吗!我扰了你的好事,你生气了?"宛之的声音突然变得很大。

"没有,我们走吧!我送你回去。"肖牧站了起来,头也不回地走出小院,往公园大门走去。

第10章 三角

　　后来想起来，那天晚上在云餐厅后院发生的事情，就像是这几年慕云和肖牧关系的一个缩影。

　　他们很相似。都有过婚姻，都有孩子，都遭遇过背叛和伤害。他不是没有机会和她在一起，只是有好几次，宛之都和那天晚上一样，突然不知从哪里杀出来，搅了他的好事。但是，宛之并不是他们的关系没有进展的主要原因。一开始慕云一心经营餐厅，并没有心情去爱一个人。后来餐厅步入正轨，肖牧发现他们关系中开始出现一个危险的倾向：两人越来越像老朋友，而不是恋人。

　　这样的发展令他始料未及。

　　此前，肖牧从未怀疑过自己对女性的吸引力。他一直以为，让女人爱上自己并不是一件难事，大多数时候，那些女人在见过他几次之后，便变得很主动。但慕云完全不是这样，和他在一起，她永远风轻云淡。风轻云淡固然是她气质的一部分，但在肖牧看来，这似乎是不动心的表现。

　　而现在，她身边又多了一个人——已经订了婚的陆家公子。他到这里来，究竟是为了什么？他可不相信什么实习、熟悉餐饮业的鬼话！

　　肖牧看着陆子浮忙着进进出出的身影，心里有一种很奇怪的感觉。他正这么想着呢，陆子浮突然就朝他们这边走过来了。他看他俯下身，在慕云耳边说了什么话，声音不大,餐厅的杂音竟令他听不清他在说什么。

一种本能的、妒意的慌张在肖牧身体里升起。他迅速抓起咖啡杯,灌了一大口。苦涩的液体从喉管一路滑进胃里。

陆子浮正要走开,肖牧突然放下杯子,大声对慕云说:"后天下午我的摄影展开幕,你有空过来的吧?"说着,递给慕云一张邀请函。

"嗯,你的展,我肯定要捧场啊!"慕云笑着接过淡紫色信函。

"是您的个展?我对绘画和摄影也很有兴趣,也可以邀请我吗?"陆子浮想都没想,便脱口而出。

到底是小孩,沉不住气。肖牧心想。

"好啊!不过你后天下午有空吗?不用先征求老板的同意吗?"肖牧看看他,又看看慕云。

"还真巧了,后天我刚好休息,慕云——姐,是吧!"他犹豫了一下,还是加上了"姐"字。

"你行啊,人家富家公子哥都来你这里做服务生,这规格够高的啊!"肖牧看着陆子浮走开,笑着对慕云说,"这小孩儿,你管得了他吗?"

"没什么管不了的啊!"慕云低头看着面前的水杯。

"他啊,很听话,也很聪明。"她抬起头,看着肖牧的眼睛,对他说。

听话。聪明。

肖牧看着她,似乎想从她眼睛里读出什么其他的意思,但他并未读出。

回去的路上,肖牧开着车,脑子里回放着刚才目睹的微妙场景,想从其中找到特别的线索或破绽,但一切都是那么自然和顺理成章。陆子浮那小子到底在想什么,他还不甚明了,但有一点是确凿无疑的,那就是,慕云绝不会喜欢一个比自己小十岁的男孩,更何况,这个男孩还订了婚!

明确了这一点,肖牧的心顿时明朗了许多。他突然觉得从腿到胳膊都凉飕飕的,低头一看,才发现,许是刚才太烦躁了,竟随手把冷气开到了最低。为了一个乳臭未干的臭小子,竟自乱阵脚至此。坐在车里,他独自笑着,摇了摇头。

肖牧个展开幕的那天，陆子浮早早就开车到了餐厅。他看过慕云的日程安排，知道那个时候她一定在餐厅。

他跑到她的办公室，推门进去，说要和她一起过去。慕云有些意外，她不知道，这是他"主动出击"计划的一部分。

陆子浮那天穿的是白衬衫和卡其色长裤。慕云好像还是第一次见他穿白衬衫。他是那种能把最简单的衣服穿出别样味道的人，连她，都忍不住多看了一眼。

"我还要处理一些事情，要不你先过去吧！"说不出来是因为什么原因，总之，她并不想和他一起出现在摄影展上。

"我等你。"他说得很确定。没等她回答，他就自顾自地坐到了沙发上，随手拿起旁边书架上的一本小说，看了起来。

她只好随他去。

在这夏日接近正午时分，窗帘半拉着，外面炽烈的阳光晒不进来，房间里冷气开得很足。这不大的空间里，只有他们两个人，一个多钟头的时间里，竟没有第三个人进来。慕云煮的黑咖啡，陆子浮喝到了第三杯。

他随手拿起的那本小说，是多瑞丝·莱辛的《又来了，爱情》。巧合又好笑的是，那本小说恰恰讲了一个姐弟恋，不，是忘年恋的故事。

为什么她会看这本小说？

他时不时抬头偷瞄她。慕云今天穿了一条长及脚踝、质地轻盈的淡绿色无袖连衣裙。穿成这样，应该读一本诗集或小说，可她手里捧着的却是餐厅的审计表格。

"这小说是你买的？"他扬起手中的书。

她抬起头，"是啊，怎么啦？"

"没什么。"他笑着把书放回到书架上，站起身来，走到她面前，手按在桌面上，看着她，认真地说："这条裙子很漂亮！"

"啊！"她瞪大眼睛看着他，似乎还没反应过来。

"裙子啊，很美。"他重复了一遍。

"哦，谢谢。"这突如其来的赞美夹杂着暧昧的味道，除了回答一个敷衍又含混的"谢谢"，她不知道还要说什么。

她低头看了一下手表，惊呼："已经一点了，来不及了！"

"你怎么不提醒我，过去肯定迟到了！"

看着她慌慌张张的样子，他不免失笑。他的确是看书看得出了神，忘了提醒她。此外，他对去摄影展这事儿本也不太上心，迟不迟到，也没太大关系吧。

赶到新光大厦的时候，摄影展还有十分钟就开始了。

肖牧给慕云打了好几个电话，接最后一个电话的时候，慕云说她正在电梯上，马上就到了。

商场里人很多，直升电梯都上不去，慕云和陆子浮只好改坐自动扶梯。换到最后一截扶梯的时候，远远地，肖牧已经在扶梯顶头等着了。看到一前一后站着的两人，他立马皱起了眉头。

陆子浮站在慕云身后，心里暗自发笑。慕云见到肖牧，一着急，往上走了几步。就是多走了这几步，出问题了。陆子浮分明看见那裙角的一抹浅绿色随着她的脚步飞了起来，落下的时候，恰好被卷起扶梯台阶边缘的缝隙里。慕云一声惊叫，整个人被扶梯的力量往后拽着，她往后退了一步，被陆子浮一把扶住。

肖牧站在那里，把这险境看得清清楚楚，却帮不上忙。他慌不择路，踏上旁边的下行扶梯。等他从电梯上冲下，与他们擦肩而过的时候，陆子浮正一手抱住慕云，另一只手一使劲，终于从缝隙里拽出了裙子。

肖牧随电梯走到底端的时候，他俩已经在电梯头上，五楼的地板上站稳了。慕云惊魂未定，陆子浮仍旧扶着她的肩膀。她的裙子缺了一大块，露出牙齿一样的撕口。

"怎么样？没事吧？"肖牧从电梯上匆匆跑上来，拉住她的手，把她从陆子浮怀里拉了出来。

慕云长舒一口气，转头对陆子浮说："谢谢你，子浮。还好你反应快，要不然……"

"你的裙子怎么办？"陆子浮打断了她，指指那骇人的缺口，看起来格外冷静，就好像他才是三个人中年龄最大的那一个。

"我去楼下给你买一条吧。你在这里等一下。"

肖牧说着便要下楼，却被从会场里出来的宛之叫住了："肖牧，马上就开始了，你要去哪里？"

她扭头看到慕云和陆子浮,她捂住了嘴:"你的裙子……"

"哦,我没事,"慕云向肖牧挥挥手,"你快进去吧,不要耽误了你的展览。"

"你们都进去吧,我会去帮她买裙子。"一直在旁边没说话的陆子浮,突然发话了。

"这位是?"宛之是头一次见到陆子浮,还搞不清楚状况。

"哦,我是慕云的朋友。"陆子浮大方地介绍自己。

没等宛之会过意来,他又说:"里面有休息室吗?你先带慕云进去吧,我等一下就上来。"说完就迅速下了电梯。

回来的时候,影展已经开始。陆子浮抱着装着裙子的纸盒,穿过人群,走到休息室。慕云坐在沙发上,腿上盖了一条毯子。

"给,换上吧,不合适我下去换。"陆子浮把盒子递给她。

慕云打开盒子。是一条宝蓝色连衣裙。

"哇,好漂亮,这个很贵吧?"慕云翻了一下价码牌,"回头我把钱给你。"

"算我送你的。"

歪打正着,这是陆子浮送给慕云的第一件礼物。

"那可不行,这样吧,我打在你的工资卡里。"

"行啦,你赶紧去试试吧!"陆子浮推了推她的肩膀。

裙子意外得合身。

"是不是太长了?"慕云从洗手间里走出来。那裙子和破掉的那条差不多长,款式也差不多。只是宝蓝色看起来比原来的淡绿色更夺目。

"这颜色很适合你。"陆子浮心里想说的是:你穿什么颜色都好看。

"今天太吓人了,说实话,我以后都不敢穿这么长的裙子了。"她转过头,对他说。

"没关系,以后你穿这种长裙坐电梯的时候,记得带上我就行了。我做你的保镖。"他走到她面前,看着她的眼睛,那表情认真得令她心慌。

房间里一阵尴尬的沉默。

这时候,有人推门进来了,是肖牧。

"换好了？"他走到她面前，并未对那条裙子做出任何评价，"出去看看我的作品吧！"

慕云点点头，往门外走。陆子浮跟在她后面，正想要出去，却被肖牧拉住了。

"我们聊一下吧！"他的表情很严肃。

他关上了门。

陆子浮摊了摊手，坐到沙发上。

肖牧递给他一杯咖啡。

"所以，我猜得没错？"他的开场白很突兀。

"什么？"陆子浮大概明白他指的是什么。

"你来慕云的餐厅上班，是另有目的吧？"肖牧盯着他的眼睛。

"另有目的？"陆子浮歪着头，看着他，"嗯，也可以这么说吧！"

肖牧刚想说话，却被陆子浮打断了："熟悉餐饮业什么的，都是编来骗骗我爸的，其实我来云餐厅，只是为了更接近她。怎么样，跟你猜的一模一样吧？"

陆子浮不怀好意的笑，令肖牧对他的恶感加倍了。

"你知道你在干吗吗？你已经订婚了，还要来追求一个大你十岁的女人，这样像话吗？"

陆子浮不说话。

"如果你真的喜欢慕云，就应该在事情还没有变得不可挽回之前离开她，你知道吗？"肖牧站起来，在房间里焦躁地走来走去，"再这样下去，你只会伤害她，不仅会伤害她，还会伤害你的未婚妻，还有更多的人。"

"你说的我都知道，但是我就是喜欢她，想跟她在一起，那我能怎么办？"陆子浮叹了口气，抬起头来看着他，"你不是也和我一样吗？"

"你说什么？"肖牧怀疑自己听错了。

"你也喜欢慕云，不是吗？"陆子浮喝了一口咖啡。

"你——"肖牧刚要发作，门开了。

慕云匆匆走了进来，拿着手机，表情慌张。不顾肖牧诧异的目光，她径直走到陆子浮面前，"子浮，你认识吴亚吗？"

"认识啊？问这个干吗？"陆子浮放下咖啡杯，看着她。

"我跟你说，何青刚才给我打了电话，他不太对劲，电话里一直在说吴亚的名字，又说你认识他，说着说着就挂断了。我再打过去他就不接了。"她把手机放进包里，"我不放心，我现在得去他家里一趟。"

"我跟你一起去吧！"陆子浮站起来，掏出车钥匙。

"还是我去吧!慕云，我开车带你去。"说话的是肖牧。

两个男人都主动请缨，慕云还有点搞不清楚状况。

"你这儿办展呢，能走得开吗？当然是我去了，"陆子浮挡在肖牧面前，"我认识吴亚，没准还忙得上忙。慕云你说是吧？"

肖牧还想争辩，慕云却说话了，"好吧，那子浮你和我一块去吧！肖牧，你就好好管你这摊事儿吧，真是不好意思，我们先走了。"

肖牧只好无奈地目视着他俩消失在门口。

坐进车里，慕云的第一句话便是："你们刚才在里面聊什么呢？"

"没什么，就是一些男人之间的话题。"陆子浮说得漫不经心。

慕云笑了，脸上写满了不相信："男人之间的话题？你和肖牧？"

"对啊，你不信？"他转头看着她。

"不信。"她一边摇着头，一边说。

"不信拉倒。"陆子浮撇了撇嘴。

他突然有一个想法，就是把刚才和肖牧的谈话当作一个秘密。等到他和慕云在一起的那一天，这个秘密或许才有揭晓的可能。

路上堵得很，他们花了半个多小时才赶到何青家楼下。本来好好的天，这会儿突然阴了大半，太阳躲进云层里不出来，灰色大楼的顶端，笼罩在团团阴云之中。

上楼的时候，慕云一直在拨何青的电话，还是打不通。按了半天门铃，一点动静没有。

"他会不会不在家？"陆子浮看看表，已经上来十分钟了。

"不会啊，他给我打电话的时候，还说在家里的。"慕云一遍一遍无望地按着门铃。

"怎么办？我害怕他会有事啊！电话里听起来很不好。"慕云又开始焦虑地打起电话来。

"艺术家情绪起伏很正常，电话关机也不奇怪啊！你怎么就判断他会有事？"

"直觉。"慕云开始在楼道里来回走着，"我跟何青认识不是一两天了，而且，最近有关于他的一些传闻。"

"传闻？什么传闻？"陆子浮还真没太注意，最近有什么关于钢琴家的传闻。

"没什么，都是些真真假假的八卦，你上网查查就知道了。"慕云说得轻描淡写。她又在楼道里来回走了一圈，"你说，他会不会不在这里了？在我们来这里的路上，他去了别的地方？"

"嗯，有可能。"他把耳朵贴在门上。

"那我们还愣在这里干吗？赶紧下去找吧！"慕云急着往电梯间走。

"等一下！"陆子浮冲着她招手，大喊，"快过来，你快过来！"

陆子浮指着门，示意她听。慕云把耳朵贴了上去。

"听见了吗？"陆子浮在旁边问她。后者把手指放在嘴唇上，示意他不要说话。

尽管隔音很好，但当慕云竖起耳朵仔细凝听时，还是听到房间里断断续续的钢琴声。偶尔响起的琴声太过激烈，隔着门竟也能听到。

慕云好像松了一口气，但这放下的心只持续了几秒，她又开始担心了："可是他不开门，也不接电话，该怎么办啊？我还是放心不下。"

她开始强迫症似的掰着门把手。女人着急起来总是不理智的，慕云也不例外。陆子浮摇了摇头，走过去，把她的手从门把手上拿下。

"你冷静一下，至少你现在知道了，他没自杀，也没到处跑，这不就够了吗？"陆子浮言下之意是他们可以撤了。

"不行，我还是担心他会有事！"慕云说着，又开始捶门，大呼何青的名字。

陆子浮只好站在旁边，看着她。

她发疯一样捶了半天，钢琴家还是没有任何反应。捶得累了，慕云却还是不愿离开。地板冰凉，她穿着裙子，竟也不管不顾，直接坐到了地上。

陆子浮走过去，坐到她旁边。

"要不要我去买两罐啤酒？"他说。

她笑了，抬起头对他说："你说，我们在这里等到天黑，他总会来给我们开门的吧？"

"那可不一定，说不定他打算宅一个星期不出门呢！"

陆子浮话音刚落，便听到门响。

一股强烈的冷气从打开的门里涌了出来。何青倚在门边。大热的天，他还穿着冬天才会穿的厚厚的棉睡衣。房间里到处都是空酒瓶。冷气开得太低，把他俩冻得直哆嗦。

"没东西喝了，啤酒要吗？"何青靠在冰箱门上，笑得很勉强。

陆子浮瞥见冰箱里一排啤酒罐。有一段日子不见，何青又瘦了许多。他想起刚才慕云说起的传言，难道他是受了传言的困扰，才颓废至此？

陆子浮接过何青递过来的啤酒，坐到沙发上。

沙发上堆满了脏衣服、乐谱，其实已经没有可以坐的地方。陆子浮随手抱起那堆乱七八糟的东西，从脏衣服里面掉出来什么东西，捡起来一看，是一本杂志。一本娱乐杂志。

他刚想放下，却瞟到杂志封面上的照片。开始还以为看错了，再拿起来确认的时候，却发现封面照片上的两个人，明明就是钢琴家和吴亚——公寓车库里的拥吻。傻瓜也看得出来，这是一对热恋中的人。拍到他们的狗仔大概已好几年没有拍到角度这么好、这么清晰的照片了。

著名钢琴家和富家公子哥的断背情，这八卦一定令杂志的销量翻番了。

原来，这就是慕云说的传言。

陆子浮拿起易拉罐，把杂志重新塞进脏衣服里面。

"怎么样？那照片拍得不错吧？"何青坐到他旁边。

他几乎是挨着陆子浮坐着，还穿着加厚睡衣，身上却没有什么温度。

"啊！"陆子浮心虚。

"你刚才看的杂志啊！"他从那堆衣服里抽出刚才陆子浮塞进去的那本杂志，拿到面前，十分仔细地查看着。

"这记者太偏心了，把小亚拍得很帅，可是把我拍丑了！我哪有这么胖，你看看，这脸上的肉。"他指指相片上的自己，神经质地大笑起来。

陆子浮和慕云都愣在那里，不知道该说什么好。

"你们不用安慰我了，我这不都好好的吗？琴照弹、酒照喝！"何青说着又拿起一罐啤酒，扯开拉环。

慕云冲过去，从他手里一把抢过易拉罐，重重地放在茶几上。

"别喝了何青，你看看，都喝了这么多了。"她指了指茶几下面的地板，已经被踩扁的绿色易拉罐堆成了小山，"再喝下去，你该进医院了！"

何青往后靠在沙发上，摊了摊手，一脸无所谓的样子："进医院有什么不好？我现在就想找个地方，什么都不做，躺上个把星期，最好了！"

"陆子浮，帮我个忙吧！"慕云突然站了起来，摩擦着手掌，好像有什么计划。没等陆子浮回答，她又接着说："我们来收拾一下这个猪窝吧！"

陆子浮从沙发上一跃而起，卷起衬衣的袖管，爽快地回答："好！"

两个人说着就开始收拾起来。

慕云把冷气关了，打开窗户，让新鲜的空气进来。

"等等，你们别乱动我的东西。乐谱，别碰我的乐谱！"见陆子浮拿起散落在地板上的乐谱，忍不住抱着头，大叫起来。

"行啦，不会把你的乐谱弄坏的。"慕云拿着抹布，看了他一眼，"算了，给你也安排一个任务吧！"她指了指窗边的钢琴，"你给我们伴奏吧！弹点欢快的曲子，别老是苦大仇深的！"

何青真的乖乖坐到钢琴边上。

他听了慕云的话，没再弹那些忧伤或激烈的曲子，而是即兴弹了几首充满爵士味道的不知名的曲子。他很快弹得热了起来，索性脱掉棉衣，只穿T恤和短裤。

做家务陆子浮完全是新手，在家里都是佣人做的，他连抹布都没碰过。

"我说，你是不是从来不做家务的？"慕云指着被他拖得湿漉漉的地板，无奈地摇头。

"当然不是啦！"他嘴上否认，心里却很虚，"怎么啦？哪里不对吗？我还是培训过的！"他指的是餐厅的员工培训，里面有清洁这一项。

"餐厅是地砖，这里是木地板，不一样的。"慕云笑着从他手里拿过地板拖。

"你看，这拖把的设计，一面是湿的，一面是干的。"她一边说，一边演示，"你得拖两遍，先拖湿的一面，再拖一遍干的，那样地板就不会这么湿了。太湿了很滑，而且对地板的保养也不好。"

"做家务原来这么有学问啊！"陆子浮笑着，从慕云手里接过地板拖。

"时间不早了，你们俩都饿了吧？我做点吃的吧！"慕云说着往厨房走去。

钢琴声停了，何青转过头，看着慕云的背影，坏笑。

她果然很快从厨房里出来了，两手空空。

"算了，叫外卖吧。"

何青甩给她一沓外卖单。

慕云摇了摇头，接过那叠花花绿绿的单子，翻看起来。

"你们要吃什么？"

"比萨！"何青和陆子浮异口同声。

"不会吧，这么默契！比萨有什么好的啊？不健康。"慕云皱着眉头，找出那张红色的比萨外卖单。

陆子浮觉得她这个样子，活像一个抱怨弟弟乱吃垃圾食品的姐姐。

"你们要吃什么味道的？"慕云还没等他们回答，又说，"等一下，我来猜猜。"

她倒是来了兴致。

"何青，如果我没猜错的，你应该是金枪鱼，然后，青椒多放，洋葱不要，对不对？"慕云抬头看着何青。

"姐姐，还是你了解我！"何青从琴凳上跳起，冲过去，从身后抱住慕云的肩膀。

慕云拍一下他的手，从他胳膊下面挣脱出来。

要不是知道何青不喜欢女人，陆子浮真要跟他急。

他放下拖把,一屁股坐到沙发上。

虽然他极力掩饰自己的情绪,可钢琴家还是有所察觉,他不怀好意地盯着他,嘴角有一丝不经意的笑。

"姐姐,那你再猜一下,陆公子会喜欢哪一款?"

陆子浮喝了一口啤酒。

什么陆公子?这家伙!他讨厌这个称谓!

"子浮吗?他应该会选——"慕云抬头看了陆子浮一眼,又把菜单翻了两遍,举棋不定。

陆子浮郁闷了。想一想,慕云对自己的口味还真不太了解,他们认识了有一段时间了,可是连一顿饭也没有在一起吃过。他觉得她可能会选中一款自己完全不喜欢的,他暗自打定主意,即使是那样,他也要装成很喜欢的样子。

"黑椒牛肉。"她突然大声说。

黑椒牛肉?他没有听错,她说的是黑椒牛肉。那是他最喜欢的肉食之一。

"黑椒要多放一些,牛肉嘛,最好不要太熟,子浮,我说的对不对?"慕云拿手撑着腮帮子,看着他。

"Bingo!"陆子浮举起啤酒,快乐地大喊着。

明明是慕云猜对了答案,却简直像是他自己参加电视答题比赛,中了一百万一般。他不禁又开始妄想起来。她是在什么时候了解了自己的口味呢?难道她有留心过他爱吃什么?

"姐姐,你是侦探吗?怎么谁喜欢吃什么,你都搞得清清楚楚?"何青满脸疑惑。

"你们也不想想我是干吗的,了解别人的胃,是我的天职好不好?"慕云笑着,拿起了电话。

比萨很快送来了,冒着热气。黑椒牛肉有两份。

"姐姐,原来你和陆子浮,都喜欢黑椒牛肉啊!"何青话中有话。

"你说我吗?"慕云眼皮都没抬,撕掉一块比萨,放进嘴里,"也说不上喜欢吧,只是,想尝尝味道。看看跟我们餐厅的黑椒牛肉有什么区别。"

这个理由实在太牵强，何青忍不住笑了："瞎扯吧你，这是比萨外卖，能跟你们高级餐厅比吗？"

"好啦，你少废话，赶紧吃吧！"慕云说着，喝了一口啤酒。

旁边的陆子浮一直没说话，三两口就把比萨消灭了。这黑椒牛肉可真不怎么样，比云餐厅的差远了。他突然想起来了，有一次员工午餐，吃的就是黑椒牛肉。当时他觉得很好吃，还专门去厨房加了一份。

陆子浮正在发愣呢，发现旁边的两人已经不见了。

"子浮，快过来！"慕云站在阳台的暗处，冲他招手。

阳台上，夏夜的风，驱散了溽热。在这市中心临街公寓的三十层，路面连绵的车河，灯火闪烁。市声如在眼前，却听得并不真切。

陆子浮又开了一罐啤酒。

"我说你可真能喝啊，这都第几罐了？怎么着，打算把我们家啤酒喝光啊？"何青表示抗议。

"最好给你喝光了，免得你一个人在家酗酒！"慕云笑着说。

何青把空罐扔地上，熟练地踩扁，捡起来，一挥臂，扔了出去。慕云和陆子浮同时叫了起来。那踩扁的空罐，此刻，应该已经落到了地面上。

"最好没砸到人！"慕云往下面看着。

"行啦，不过是一块铝皮，又不是菜刀！"何青活动着手指，"怎么样？你们要不要来点儿下酒的？"

"得了，哪里来的下酒菜？我又不是没检查过你的厨房！"慕云笑说。

何青冲她摆摆手，转身回到屋里，钢琴旁，在琴凳上坐下。他说的下酒菜，是肖邦的一支夜曲。

那曲子陆子浮听过。音符的变幻富于层次，这有着丝绸一般的质感的乐曲，据说最初，也是欧洲贵族们夏夜里的消遣。

走的时候，慕云还不放心何青。她简直恨不得在何青家里住着，守着他。可何青催着她走："姐姐，我弹琴弹累了啦，我要睡觉！"

"你们放心吧，明天，明天我又是一条好汉！"他拍着胸脯，对他俩说。不知道在什么时候,他已经换上了一件薄的短袖睡衣,下面却还是短裤,那样子看起来有点滑稽。

大概是啤酒喝得太多了,陆子浮肚子鼓鼓的。"我去下厕所!"他大喊一声,迅速消失在过道尽头。

房子很大,陆子浮跑错了地方,闯进了主人用的洗手间。这隐秘之处,透着独居男人的气味。两条毛巾悬在架上,干净得像是从未用过,单根牙刷孤零零地落在水杯里。洗手池上方的置物架,东西也少得可怜。除了深蓝色剃须刀,只有一个不知道装着什么的纸盒。那白色纸盒印着密密的英文,陆子浮瞥了一眼,从一长串不认识的长词汇里,却蹦出一个他认识的。他也不知道在哪里看过这个词,竟然就记住了。

是一种进口安眠药。只有在高级小区附近的药房才能买到的安眠药。

看来,钢琴家有睡眠问题。

陆子浮洗完手,本来已经走了出去,却不知道被什么样的动机驱使,又走了回去。他从架子上取下那个药盒。里面还有两板白色药丸,整整齐齐地排列着。出于一种奇怪的本能反应,他把那两板药丸从盒中抽出,塞进牛仔裤口袋里,再把空盒放回原来的地方。

回到客厅的时候,何青正在和慕云道别。

慕云背对着陆子浮站着,站在她对面的何青,看到陆子浮过来,突然扑过去,再次拥抱了慕云。

陆子浮看到钢琴家的头靠在慕云的肩膀上,而何青竟不怀好意地冲自己眨着眼睛。

"行啦,姐姐,心情不好的时候,我还可以弹琴呢!"

他松开慕云的肩膀,回头,指了指不远处的钢琴。

窗外天都黑透了,房间里只开了沙发后面墙上的壁灯,和钢琴旁边的落地灯,一束淡黄色的灯光打在黑白琴键上,看起来虽然温暖,却又很孤独。

电梯里,慕云仍是一副忧心忡忡的样子。

"怎么啦?你还不放心他?"陆子浮看着电梯一点点下降。他们离何青的楼层越来越远。

"我总觉得他还有什么想法?"慕云揉了揉自己的太阳穴。

"别瞎猜了,他只是需要时间而已。"陆子浮尽管心里也觉得怪怪的,却还是想说点什么,安慰一下慕云,"遇上这种事情,谁都不可能那么快恢复的。他跟别人不一样,刚才他不是说了吗?他还有钢琴呢!"

慕云抬起头,在脸上勉强扯出一个笑。

电梯门打开了,B一层。走到车子旁边他们才突然想起来,两个人明明都喝过酒了,只好去搭出租。

两个人在车内坐了半晌,都没说话。

"何青太可怜了。"慕云看着车窗外面。

"你是指哪个方面?"陆子浮认为"可怜"这个词太抽象了。

"我的意思是,他的那种感情,你知道的……"她顿了顿,好像很难继续说下去。

陆子浮点了点头,表示心知肚明。

"我是说,他选择的感情本来就不为世人所容,而他又是名人,那就更困难了。"慕云转头看着陆子浮,"何青真是选择了一条很艰难的路啊!"

陆子浮看着她,不知道该如何回答。

说的明明是别人的事情、何青的事情,陆子浮却觉得像在说自己。他昂起头,吐了一口气,"他爱上男人,那不是自己能选择的,是上帝的安排。"

"我爱上你,也是上帝的安排。"陆子浮看着她的眼睛,在心里说出这句话。

"难道你也觉得他喜欢男人是不对的吗?"陆子浮想着慕云比他年纪大,恐怕还不太能接受同性恋这样的事。连他自己,也是这些年来才对同性恋有了正面的理解。当初吴亚对他表白的时候,他不也吓得跑掉、再也不跟他联系了吗?

"没有没有,我不是这个意思。"慕云笑了,"我虽然比你们大很多,但也没有这么老古董吧!"

"你当然不是老古董,"陆子浮赶紧说,"我的意思是,感情本来就没有对错,有些人明明不能喜欢,还是喜欢上了,那也没有办法啊,你说是不是?"

他看着慕云。黑暗中,他捕捉到她脸的轮廓,和眼睛里的光。

慕云没说话,她大概并未意识到他在说什么。过了几秒,她突然笑了,"没想到你年纪轻轻,说起感情来还一套一套的!"

他不说话了,闷闷地,转头看着窗外。他不喜欢她刻意强调他们的年龄差,真的不喜欢。

她没那么老,而他,也没她想的那么嫩!

第11章 中毒

陆子浮洗完澡回到房间,已是晚上十点半。他在床上躺了一会儿,却怎么也睡不着。想来好笑,今天明明是去参加肖牧的摄影展,却一张相片都没看到。一天之内,发生了这么多乱七八糟的事情,他不仅送了慕云第一件礼物,居然还和她一起帮何青打扫了屋子!

慕云、肖牧、何青、吴亚、余露……好多人的名字在他脑子里打转,塞满了他的脑袋,令他头痛欲裂!他不知道自己是怎么睡着的,但的确是被慕云的电话吵醒的。

台灯还开着,他坐到椅子上,灯光刺得眼睛都睁不开。他发现桌上那本书的白色艺术纸封面上,被他用铅笔画了个女人的背影。那女人的长裙曳地,身材玲珑有致,正伏在阳台栏杆上,若有所思。一定是睡前画的。睡了一觉,竟然都不记得了。他用手摸着那本书的边缘,慕云的声音在耳边,听得清清楚楚。又有一种不真实的感觉,此前她可从来没给他打过电话。

"陆子浮,我现在在何青家门口。"慕云的声音听起来很慌张。

"什么?"陆子浮还以为自己听错了,"你怎么又去了?"

此时,距他们离开何青的家,不过四五个小时而已。

"我不放心他,睡觉之前我给他打电话,关机;座机也没人接。我又打电话给他们楼的保安,让他帮忙上来敲门,他也不开门。"

"没准他就是想一个人待会儿吧！"陆子浮觉得她想多了。

"我还是觉得不对劲。"慕云话说得越来越快，"我们在门口按了好久门铃，里面没有任何动静。我又和保安去监控室看了录像，结果看到七点多的时候，就是我们走了没多久，他下过楼的，快八点回来的时候，手里拎着一只纸袋。"

慕云顿了一下，又说："是药店的袋子。"

陆子浮听到自己心里"咯噔"响了一下。

"我马上过去。"他打开抽屉，翻出车钥匙。

"子浮，你能帮我个忙吗？"

"什么？"陆子浮推开房门，走下楼梯的时候，他特意放轻了脚步。

"你知道吴亚家住在哪里吧？"

"知道。"陆子浮知道的是吴亚高中时候的家。这么多年过去了，不晓得他搬了没有。

"你想让我去找吴亚？"陆子浮将大门关上，借着月光，走到车库。

"或者你先给吴亚打个电话？我也没有他的电话。现在门打不开，我想，他那里也许有何青家的钥匙。"

陆子浮一口答应了她，挂了电话，却发现自己也没有吴亚的电话。高中那次之后，他就从手机里删掉了吴亚的电话。只好打给东子了。如他所料，都这个点儿了，东子还在外面玩，电话那头吵得要命。等到他好不容易找到一个安静的地方，能听清陆子浮的话，陆子浮已经发动了车子。

"吴亚？怎么，你找他干吗？"

听他阴阳怪气的口气，陆子浮总觉得，他好像知道点什么。

"行啦，你快把他的电话给我，我有急事找他。"陆子浮懒得跟他啰唆。

"你等着，我马上发到你手机上。"

陆子浮正准备挂掉电话，东子又在那头喊了起来："最近吴亚出事儿了，你知道吗？"

"嗯，我知道！"陆子浮迫不及待要结束这谈话，"我挂了。"

那头东子好像还要说什么，陆子浮却急忙挂断了电话。他迅速拨了吴亚的电话，居然也关机了。除了找上门去,眼下,没有别的办法了。很奇怪,过了这么多年,吴亚家的位置,他竟还记得清清楚楚,连导航都不需要,去他家的路线图如同刻在他的大脑里。

他大概只睡了两个小时,却一点也不困。脑子里如电影剪辑般切过各色画面:数年前露台上的那一幕、云餐厅的重逢、何青家洗手间的白色药盒,还有,客厅角落里孤独的钢琴……这一切事物,无论是久远的回忆,还是几个小时之前的所见所闻,都笼罩在,一种悲伤的色调之中。

陆子浮尽力避免被这种悲伤的情绪所控制。他相信,一切都是钢琴家刻意制造的错觉,他一定还在家里,躺在床上,或坐在钢琴前面,好好的,什么事都没有。

陆子浮以最快的速度赶到吴亚家里。门口的名牌告诉他,他没有找错地方。整栋小楼都黑着,他知道自己很冒昧,却也没有别的办法了。开门的是管家,他一脸的惊慌。

"是您啊!"管家居然还认得他。

"您好,吴亚在吗?我有急事找他!"

"在……"管家刚吐出一个字,陆子浮便看到二楼一个窗户的灯亮了。

陆子浮还记得吴亚的房间在哪里,刚要上楼去,却被管家拦住了:"可是,董事长吩咐过,小亚这段时间不能外出!"

吴亚竟然被他母亲"禁足"了!

陆子浮管不了这么多了,他一边说着"对不起",一边用力冲破了管家的"防线",冲上二楼。吴亚的房门没有锁上,他推门而进。冷气太足,房间如同一个漆黑的冰窖。借着窗帘透进来的一些月光,他伸手触到门边墙上的开关。

他看到吴亚了,躺在床上,一动未动。他走过去喊他的名字,对方睁开眼睛的时候,脸上写满惊恐。

"子浮,怎么是你!"

几天没见,他瘦了很多,眼眶深陷了进去,嘴皮干干的,好像很久没喝水。床头柜子上全是烟蒂。

陆子浮确信他是被"禁足"了。

"你有何青家的钥匙吗?就是安福大厦那里的。"陆子浮看着门外,觉得马上会有人冲进来,得长话短说:"有就赶紧给我,别问我为什么。"

听到"何青"的名字,吴亚的手抖得厉害。他转身站起来,打开床边上的衣柜,从一件西装的内侧口袋里,取出一串钥匙。

"就是金色那把。"吴亚把钥匙递给陆子浮。

"何青,怎么啦?"他的表情突然变得很痛苦。

"没事,他就是找不到钥匙了,他自己不方便过来,让慕云托我来找你。"陆子浮撒了个谎。

吴亚看着他,不说话,他的表情说明,他并不相信陆子浮临时编造的谎言。

门开了,有人进来,大声说着话,有管家的声音,还有女人的声音。陆子浮赶紧把钥匙攥在手里。

"陆子浮,是你啊!这么晚来找小亚,有事情吗?"陆子浮回头,看到吴亚的母亲。

陆子浮记得高中时候,吴亚的母亲风韵犹存,很多同学都羡慕不已。可现在站在面前的这个女人老得厉害,皮肤失去了光泽,满脸掩饰不了的忧虑。吴亚的"丑闻"一定对他母亲打击很大。尽管对他母亲感到抱歉,但陆子浮还是随口撒了个谎。没等她反应过来,他就匆匆离开吴亚的房间,赶在他们追上来询问之前,消失在大门口。

他以最快的速度赶到安福大厦,按电梯的时候,发觉自己的手也在发抖。脸色苍白的慕云,见到突然从楼道里走过来的他,像是绷得太紧的情绪的弦突然松了下来。陆子浮觉得她随时都要哭出来了。

他找到那把金色的钥匙,因为紧张,开门的时候竟试了几遍。门终于开了。房间里没开灯,温度恢复到他们下午来时的寒冷。他们冲进去,按下墙上那排电灯开关。

客厅里瞬间亮如白昼,却空无一人。慕云冲进卧室,保安去了阳台,陆子浮去了洗手间。洗手间里空无一人,顶灯却开着,陆子浮走到置物架前面,那只纸盒放在原处,像是从未被动过。

"陆子浮!"

是慕云!

陆子浮冲到卧室。慕云正在打电话,她的身体抖得站都站不稳了。而何青呢,躺在床上,穿得整整齐齐,脸看起来很英俊,好像不是在睡觉,而是马上要去赴什么重要的宴会。床头柜上有散落的白色药丸和一只高脚杯,杯里只剩下一口红酒。

陆子浮过去蹲到床边,拍他的肩膀,喊他的名字,他没有任何反应。红酒瓶就在旁边,陆子浮拿起酒杯,闻了闻里面的酒。

过了五分钟,120还没来。慕云说等不及了,要自己送何青去医院。

"慕云,你别太着急,再等一下,应该马上就会过来。"陆子浮站起身来,拍拍她的肩膀,"我觉得何青不会有事。"

"你怎么知道他不会有事!现在耽误一分钟,可能就延误了治疗,何青就没命了,你知道吗?"

她的声音都嘶哑了,眼睛里全是红血丝。陆子浮从未见过她这么生气,近乎愤怒。还好这时候门铃响了,一会儿,保安就和穿着白大褂的急救医生一起进来了。他们把担架送进急救车的时候,慕云跟在后面,坚持要守在何青旁边,被医生拒绝了。两个人坐到前面。上车的时候就下着雨,车开出一会儿,雨下得越来越大,打在车窗上,车灯映在路面上,灯光扫视之处,显出大大小小深深浅浅的水涡。

慕云一直紧张地看着车内悬挂的时钟,陆子浮伸出手触了触她的肩膀,发现她浑身都在发抖。他从后面抱住她的肩膀,努力止住她的颤抖。他在她耳边说:"马上就到了,慕云。"慕云的眼睛看着前面,点了点头。

何青被送进急救室的时候,还是没有任何知觉,脸色看起来更苍白了。不一会儿,有一个高个子男医生从里面走了出来问:"病人是谁送过来的?"

没等问完,陆子浮和慕云两个一起冲了上去。

"他喝的药,你们带了吗?"医生抬起头,看着他们。

"什么?"慕云好像还不知道他在说什么。

"我带了。"陆子浮从口袋里掏出那只白色药盒,递给他。离开何青家的时候,慕云已经着急得什么都不记得了,所幸,陆子浮还是清醒的。

"是新买的一盒。"陆子浮补充。

"吃了不少啊!"医生摇晃了一下药盒:"大概吃了有多长时间,你们知道吗?"

慕云痛苦地摇摇头。陆子浮犹豫了一下。医生看他们都不知道的样子,正准备走,突然被陆子浮叫住了。

"他可能是两个多小时之前吃的。"他说。

慕云和医生都愣了。

"你说'可能',什么意思?有什么证据吗?"医生歪着头,看着陆子浮。

陆子浮抓了抓头发,皱着眉头,说:"他是用红酒喝的药。我闻了他喝过的红酒……我知道那个牌子的酒,从气味来判断,应该是开瓶不久的,大概两到三个小时。"

医生看着他,眯了一下眼睛,好像是第一次听到这样奇怪的解释。他沉默了几秒,说:"好吧,如果真的跟你说的一样,吃了不到三个小时,按照这个药的作用时间,那应该还有救!"

医生说完便走了。

"子浮……"慕云和陆子浮并肩站在急救室门外,她抬起头来问他:"刚才在何青家里,你对我说他不会有事,就是因为这个?"

"嗯!"陆子浮点点头,"那种法国酒我很熟悉,我爸爱喝。它很特别,开瓶之后暴露在空气中,每过一个小时,气味都会有改变。幸好何青杯子里盛了一口酒,我闻了一下,应该错不了的!"

"希望是吧!"慕云的焦虑似乎因他的推理而有所减轻,但她眼中的惊恐和疑虑并未去除。

已是午夜时分,医院急救室外的过道里,只剩下他们两个人。墙壁惨白、灯光惨白,两个人等待"宣判"的心,也是惨白的。急救室的门和窗隔音太好,里面一定是器械人声,轰隆作响的,外面却什么都不听到。

过道里安静得可怕。

等待的尚不知是死亡还是重生,慕云看着陆子浮的侧影,她庆幸,这一刻,还有这个男孩在自己身边。这空前的恐惧和惊慌,她可与他分担。她看到陆子浮突然走开,走向走道拐角处,那里有一台静立的红色贩卖机。硬币投进去的声音,回响在空荡的过道里。回来的时候陆子浮拿着两听罐装咖啡。

"这里只有罐装的雀巢。"他递给她一罐。

她从他手里接过那深色的铁罐,触感冰凉,刚想说谢谢,陆子浮的手机却响了。

是吴亚。

"你们在哪里?"他一上来就问,"我在何青家门口,家里都没人。"

"什么?你怎么跑出来的?"陆子浮一惊。

"别废话了!快告诉我你们在哪里?何青是不是出事了?"吴亚声音越来越大,焦虑中夹带着愤怒。

陆子浮只好告诉他医院的名字。

咖啡快喝完的时候,急救室的门终于开了。走出来一个人,还是刚才那个高个子医生。看他的表情,陆子浮就知道何青没事。一眨眼工夫,慕云已经冲进病室。陆子浮刚想进去,却听到走道里急促的脚步声,随即听到有人在叫自己的名字,他转过头,是吴亚。

他面容憔悴,全没了平日光彩照人的样儿,像是在病床上躺了多日,硬是被拉起来的人,脚上还穿着拖鞋。

病房里只有一张床,刚从死亡边上被拖回来的钢琴家,躺在床上,衬衫的扣子开着,一只胳膊挂着点滴。他的侧脸苍白,连嘴唇都是苍白的。

护士在忙着清理,病房里有一股不好闻的味道。吴亚跌撞着冲到床边。何青一见是他,立刻不顾慕云的阻拦,挣扎着从床上坐起。

没想到,吴亚冲过去就打了他一巴掌。打得很重,他眼睛里的愤怒,像火焰一般燃烧着。不止慕云和陆子浮惊呆了,连旁边的护士都停下了手里的工作,怔怔看着他们。

何青的脸上留下清晰的掌印。他先是愣了一秒,随即却笑了,笑得很是凄厉,好像这一巴掌,全在他意料之中,是他该得的。

看慕云和陆子浮都愣着没动,护士小姐觉得该自己出马了。她走过去,表情严肃地对吴亚说:"不管你们有什么过解,病人刚洗完胃,需要休息,请你出去!"

"不,别让他走!"何青急切地抓住吴亚的手。

其实，吴亚本来也没打算走。他从家里逃来这里是多么不容易，又怎么会轻易离开？吴亚并未挣脱何青的手，他俯下身子，用另一只手扶住何青的后背，把枕头放平，示意他躺下。

何青抓着吴亚的手不肯放。

"好啦，我不会走的。"

吴亚前一秒明明还怒不可遏，这一会儿却变得很温柔。他摸了摸何青零乱的黑发。他明明比何青小好几岁，这会儿，却像个大哥哥。

陆子浮毕竟是男人，看到这幕，还是有点不好意思。

慕云站起来，一副哭笑不得的表情，"行啦，你们俩等一下再互诉衷肠吧！吴亚，何青就交给你了，没问题吧！"

"没问题！慕云姐、陆子浮，谢谢你们！要不是你们，我……"

吴亚话没说完，陆子浮突然想到了什么："等一下，你爸妈找过来怎么办？"

听他这么说，何青脸上本来恢复的一点生气，很快又黯淡了。

"放心吧！他们不知道这里，就算知道了，也不会来的！"吴亚站起来，语气很确定，"他们只会把我关在家里，一旦我跑出来了，他们恰恰不敢出来找我。他们怕事情再闹大。吴家这点'家丑'，越少人知道越好，你们说，是不是？"

"你们快回去休息吧，这里有我就行！"

陆子浮看着吴亚，他的目光很坚定，好像在说，他已从这个"意外"中恢复，重新获得了生活的勇气，以及保护爱人的勇气。

慕云还犹豫着不想走，陆子浮看她已经疲惫万分，便拍拍她的肩膀，在她耳边轻身说："走吧，人家劫后重逢，也想单独在一起呢，别打搅他们了。"

慕云抬起头看着他，终于点了点头。

回去的车内，气氛微妙。雨不知道什么时候停住了，街道冷清，远处的天空已经发白。许是喝了咖啡的缘故，陆子浮的脑子还清醒得很，而旁边的慕云靠着车窗，悄然睡着了。她的眼圈留有昨日疲惫的阴影，即便睡着了，眉头则仍未完全舒展开来。

劫后余生！这原本不是他们的劫，在不到二十四个小时里，目睹这幕人生悲欢，却宛如亲历。看着身旁心力交瘁的女人，陆子浮没有别的想法，只是很简单地希望她能多睡一会儿。

他开着车,在城市的街道转了好几圈、好几次.路过同样的建筑:政府办公大楼、广场和公园。最后一次路过的时候,本来空无一人的广场上,开始有了晨练的老人和推着婴儿车的女人。

城市新的一天,在越来越充足的天光中展开。

慕云的脸慢慢在晨光中舒展开来。她白皙的面庞上,开始出现一种进入深度睡眠的安然之态。陆子浮本以为她不会很快醒过来。可当他打开车窗,让新鲜空气进来,她却突然就醒了。车子恰也开到她家附近的一条路上。她一脸不知身在何处的迷茫。陆子浮笑了。

"我睡着了?睡了多久?"她朝外面看看,惊讶天已大亮,街边店铺的卷帘门次第打开。

"没多久啊,我开个窗户,你怎么就醒了?"陆子浮清了清喉咙,"我送你回家吧!"

慕云看看表,意识到自己睡了很久,他也开了很久的车。陆子浮把车子直接开到慕云家所在的那个小区门口。

"在哪个楼?"陆子浮问她。

"二十五号楼。"慕云说完,突然发现哪里不对,"你怎么知道我住在这里?"

"我吗?"陆子浮笑了,他当然不会告诉她,他对她的"研究"是事无巨细的。

"听餐厅的人说的啊!你知道,我记性很好的。"他随口敷衍了几句,车子很快停到了慕云住的那栋楼下面。

慕云还想问什么,却恰见女儿从楼里面走了出来,穿着粉色的裙子。她赶紧从车里出去。陆子浮坐在车里,看见她抱起女儿,笑得很开心,完全不像一个劳累一晚上没睡好觉的人。

陆子浮打开车门,走了出去。

"子浮,真是谢谢你了。今天放你一天假,你回去好好睡一觉吧!"她放下女儿,对他说。

"那你呢?"陆子浮问她。

"我吗？"她好像觉得他这个问题有点奇怪，"我上午休息一下，下午再去餐厅。"

"那我也下午过去！"他说。

慕云刚想说话，宛乔却走到陆子浮面前，大声说："你是上次在公园里，跟我和妈妈一起划船的陆子浮哥哥吗？"

陆子浮蹲下来，捏了一下她的脸蛋，笑了，"是啊，还记得啊！"

慕云也笑了。小女孩噘起嘴巴，一本正经地说："陆子浮哥哥这么帅，我当然记得了！"

被这么小的女孩夸奖，陆子浮很是不好意思，站在那里，不知该怎么办才好。

"你赶紧回去吧，累坏了都！"慕云手按住车门，示意他进去。

陆子浮在车里冲他们挥手。母女俩站在门口，目送他的车，消失在楼宇旁边的弯道尽头。

"慕云！"陆子浮前脚刚走，母亲就从楼门口走了出来，她看着灰色汽车的背影，"何青没事吧？"何青是餐厅的常客，母亲早就从慕云这里知道了他的事情。

"没事了！"慕云蹲下来，正了正女儿头发上的蝴蝶结发饰。她不打算跟母亲讲太多细节。那些生生死死、惊心动魄的故事讲出来，怕是会干扰了老人家的心。

"刚才是谁送你回来的？"母亲只看到汽车，没看到里面的人。

慕云还没说话，女儿却抢在她前面，"姥姥，是陆子浮哥哥。"

"谁？"母亲对这个名字感到陌生。慕云的确从未对她提起过这个人。

"哦，陆子浮是我们餐厅的一个服务生，他刚好认识何青的一个朋友。"

尽管把陆子浮解释为一个普通的服务生，听起来有点滑稽，但慕云还是觉得这样介绍比较稳妥。女儿瞪大眼睛看着她，她冲她眨了眨眼睛，害怕她会把什么公园划船的事情捅出来。人小鬼大的女儿，也狡猾地眨了眨眼睛，什么都没说。

陆子浮回去倒头便睡，一觉睡到中午。

他是被余露的电话吵醒的。

"你这几天都在干吗？怎么找不到人？"余露一上来就问。

"没干吗。"陆子浮从床上坐起。补了好几个小时的觉,头还是昏昏沉沉的。

"我怎么听你的声音,像是刚睡醒?"

"有什么事情吗?"尽管觉得自己这种态度很不妥,但每次接到余露的电话,陆子浮总不免有些烦躁。

"没事情就不能给你打电话吗?"余露说得愤愤不平,"你下午有空吗?陪我去逛街吧!"

"没空,我要去餐厅上班。"陆子浮斩钉截铁地说。

"那晚上我去餐厅找你。"她停顿了一下,接着又补了一句:"你注意休息,别这么卖命!"说完,便挂了电话。

陆子浮把电话扔到床上,回头想一想,还是觉得,她今天的态度跟往日很不同。好几次陆子浮说要去餐厅上班而不能见她,余露都很生气,在她眼里,这份工作毫无必要,她不明白为何陆子浮要占用本来应该陪未婚妻的时间,而选择去餐厅端盘子。

可今天,当陆子浮再次以去餐厅上班为理由拒绝她时,她却出人意料的平静。他有点搞不懂她在想什么,索性不去揣测她的想法。他冲进洗手间,用冷水浇了把脸。他抬起头来,告诉镜子里的自己,得早点结束这一切。再这样拖下去,对余露而言,会是无可挽回的伤害。

从洗手间出来,陆子浮想起来,得给吴亚打个电话。电话那头吴亚的声音,平静中带着疲惫。想起几个小时之前发生的事情,真的是恍如隔世。

"你那边都好吧?何青恢复得怎么样?"陆子浮问。

"挺好的,何青刚才还喝了点水,你们放心吧!我不会再离开他了。"吴亚说话的语气听起来像是在电话那头拍着胸脯表决心呢。那口气,听起来难免肉麻,但是,又确实令人羡慕。

"你家里没事吧?"这是陆子浮最担心的。

"暂时没动静,我妈估计气坏了。"吴亚说这话的时候没笑。毕竟,这第二次的"背叛"会给他的家庭带来多大的伤害,做儿子的也很难心安。

"我先把何青安顿好,再考虑家里的事情。反正已经豁出去了,迈出这一步,以后的路反而好走了,你说是吧?"说出这样的话,倒令陆子浮佩服并羡慕他的勇气。

"不跟你说了，何青叫我了。"

"嗯，你去吧！"陆子浮说着要挂电话，吴亚却又想起了什么。他开始支支吾吾的，好像很难启齿。

陆子浮明白了。

是钱。

"你从家里跑出来是不是什么都没带？"陆子浮马上问他。

"嗯，我鞋都没穿。"

陆子浮扑哧笑了，想起今天凌晨吴亚穿着拖鞋，以及那副张皇的衰样。

"所以，你行行好，接济我点儿吧！我不想花何青的钱。"

陆子浮叹了一口气。

"卡号发给我，我先打一万，够不够？"

"够了。谢啦，哥们儿！"

吴亚雀跃着挂了电话。

陆子浮赶到餐厅的时候，是下午四点。他换好制服从更衣室出来，正好在过道里看到慕云。

她穿了条卡其色麻质七分裤，上身是白色无袖衬衣，头发盘在脑后，梳得整整齐齐。面带倦容的她，看到陆子浮，便露出明艳的笑容。

"吴亚给我打电话了。何青现在情况稳定！"陆子浮赶紧向她汇报。

她点头笑着，"昨天真的谢谢你了。"

道谢的话是平常，可陆子浮一低头，发现她说话的时候，手包一会儿在左手，一会儿又换到右手，竟透着几分不安。以前可不是这样。哪回慕云对他说话的时候，不是气定神闲，如同姐姐对小弟弟讲话。

"那你怎么谢我？"陆子浮故意死死盯着她的眼睛。

"啊！这个——"她似乎有意躲着他逼视的目光，亮片包又换了一只手。她好像突然想到了什么，眼珠子一转，抬高声音说："今天这顿饭先给你免单，以后再说！"

"哪顿饭？"陆子浮莫名其妙。

"你未婚妻来吃饭了，你不知道吗？"慕云指了指餐厅的方向，"快去给她推荐一些餐厅的新菜吧，这顿我请！"

像是一只鼓起的气球被一根针给戳了一下，陆子浮顿时泄了气，"哦，她来了。"他轻描淡写地说了一句，立即垂下了眼皮。

慕云觉察到了他情绪的变化。"那我忙去了，现在没什么客人，你还有时间，"慕云看了下表，"好好陪陪她吧！"

"你等一下！"陆子浮情急之下抓住了她的胳膊，她惊讶地回过头。

"什么时候有时间，一起去看何青吧！"以何青为借口与她接近，这有点卑鄙，可陆子浮实在也找不到别的理由了。

慕云看着他，眼神很复杂，但陆子浮至少从中读到了一丝戒备。"等他恢复一些再说吧，现在有吴亚照顾他。"她的语气听起来有些冷。她还想说什么，却听到身后有人在喊陆子浮的名字。

是余露。

余露的脚步声由远及近，慕云轻轻地把他的手从自己胳膊上拿开。陆子浮转身，刚想说话，另一只冰凉光滑的胳膊却迅速挽了上来。

"慕云姐，不好意思，这里是工作区，我不该来的嘛！"余露率先打破了尴尬，很明显，她的语气过于殷勤，殷勤得有些欲盖弥彰。

陆子浮心想，不该来你干吗还要来！

"你刚才在跟慕云姐说什么呢？"余露的手紧紧扣住陆子浮的胳膊。

他低头看到她的脸，她则努力装成若无其事的样子，可越努力，越是容易露馅。

"没说什么，就是工作上的事情，我们进去吧。"陆子浮转身往餐厅的方向走。余露仍然挽着他的胳膊，回头笑着，冲慕云挥了挥手。

慕云站在原地，看着他们的背影。余露穿了条蓝白条纹的A字裙，站在陆子浮旁边，极为合身的黑色制服使得陆子浮的身形显得更为挺拔。他们并肩走在一起的时候，看起来是那么的般配，般配得令人嫉妒。莫名地，慕云的心头涌上一点酸楚的意味。

她及时遏止了这种不正常的情绪，匆匆转身，朝自己的办公室走去。而就在她转身的刹那，陆子浮已经努力挣脱挽在自己胳膊上的那只手。

"怎么啦？你不高兴我来这里找你吗？"余露像兔子一样跳到他面前，脸上并没有不悦，而是一种奇怪的似笑非笑的表情。

"行啦！"陆子浮躲开她，走到餐桌前面，拿起一张菜单，塞给她，"看看有什么想吃的？最近出了些新菜。"

"你要是不高兴，我就什么都不想吃！"她把菜单一把拍在桌上，颓然地坐到椅子上，也不看他，只看着窗户外面。

"你从哪里看出我不高兴了？我本来就知道你要来啊！"陆子浮拍拍她的肩膀。她却一把抓住了他的手，转过头来，看着他。她眼睛里有亮亮的东西，倒令他吓了一跳。

她死死地捏着他的手，目不转睛，"陆子浮，你是不是有什么事情瞒着我？"

陆子浮觉得脑子里像小虫一样嗡嗡叫着，一时不知该如何回答。

她果然已经察觉到了什么。

虽然现在不是最合适的时间和地点，但被她这么一问，有那么一刻，他差点就要开口，把一切都告诉她了。可她突然又切换到轻松的表情，就好像刚才的疑问本来就是不存在的。不等陆子浮回答，她就自问自答："我知道你没有的，是吧？陆子浮，我们之间没有秘密，对不对？"

"余露，我……"陆子浮在对面的椅子上坐下。

他知道余露心里有事，看着她这样自相矛盾强颜欢笑，他只觉得难受。

可她并不打算继续这个话题。她迅速把菜单扔给他，"帮我推荐几道你们的新菜吧，我好久没来这里了！"

陆子浮没有反应，只是看着她。

"发什么呆啊！"她把手在他眼前挥来挥去，"赶紧的，我都饿了！"她一边说，一边用手夸张地摸着肚子。

陆子浮摇了摇头，接过菜单。他翻了翻菜单，心里的烦躁和混乱还是挥之不去，像一个越缠越大的毛线团。

"我今天十点半下班，完了我去找你吧！我们去喝一杯，如何？"陆子浮罕见地主动邀请，倒令余露措手不及。

"怎么突然要喝酒？"他们之前倒是一起喝过几次酒，但都是和朋友一起。

"我有事情要跟你说。"陆子浮拿起桌上的订餐卡和铅笔，在卡片背面写上了那家酒吧的名字。"就在丁香路上。"他把卡片递给她。那是一家爵士酒吧，几个月前，当陆子浮还没来餐厅上班的时候，曾被东子带去玩过。

"什么事情？搞得这么神秘，现在说不行吗？"她接过卡片。

"现在没空。"餐厅里客人越来越多了，陆子浮站起身来，"我忙去了，你点好菜叫我！"说完，就匆匆朝前台走去。

陆子浮一边走一边想事情，迎面跑来一个穿着红色T恤的小孩，差点撞上。他蹲下来，扶住那小孩的肩膀，笑着对他说："小朋友，慢点跑。"那男孩看起来不过八九岁的样子，红色T恤和黑色短裤却都是一眼能看出来的国际大牌。当他抬起头看着陆子浮的时候，那眼神跟一般的孩子却不太一样。陆子浮说不出来哪里不一样，就是觉得哪里不太对。他的反应也和一般小孩不同。他什么都不说，也不笑，只冷冷地看着陆子浮，目光里，有着与年龄不符的冷漠。

陆子浮脸上的笑容也消失了，取而代之的是疑惑。

"我可以走了吗？"孩子终于说话了，耸耸肩膀，好像刚才的"对话"，只是陆子浮突兀的冒犯。

陆子浮尴尬地把手从他肩膀上拿下来。那孩子迅速跑开，走到最里面的那张桌子前面坐下，像个大人一样拿起菜单，煞有介事地看了起来。陆子浮站在那里，看着那孩子，哭笑不得。

陆子浮在餐桌之间转了好几圈，帮几桌客人点了菜，回头看那孩子，还是一个人。难道他一个人来这里吃饭？陆子浮忍不住又走到他面前，刚想说话，孩子却突然抬起头，冲外面的什么人挥着手。随着他的视线望向窗外，陆子浮见一个颇有姿色的少妇牵着一个小一些的男孩，正往餐厅走来，她旁边跟着一个个子不高、年纪比她大了不少、一看就很有钱的男人。

少妇手腕上的蓝色皮包，陆子浮看着面熟。转过身，他突然想起来了，那是某大牌最新限量款，全城名媛阔太太都在抢购，陆子浮母亲也买了，有一次还很得意地拿给他看过。

窗外的三人很快走到餐厅里面，和之前那男孩会合了。

陆子浮过去帮他们点餐。

小男孩看起来四五岁的样子，长得跟那女人很像，眼睛大大的，看到陆子浮，眼睛里流露着友好又胆怯的笑意。令陆子浮暗自惊奇的是，小男孩的哥哥像个大人一样张罗着各种事情，安排弟弟和父母亲坐下，把菜单递给他们。他也不像其他孩子那样需要父母安排他吃什么。相反，他对自己在食物上的喜好非常明确："我的牛排要三分熟的，能见到血的那种，加一点盐，配点芥末酱，其他什么都不要。"

陆子浮以为自己听错了，这孩子有板有眼地阐述着他对牛排的精确要求，而这牛排配芥末酱的另类吃法，陆子浮还是第一次听说。

可即使是和家人在一起，自始至终，男孩脸上都没有任何笑意。点完餐，陆子浮特意冲他笑了一下，故意测试他的反应。可明明彼此对视，男孩却仍然吝啬给他一个笑容。真是一个奇怪的孩子！

陆子浮敲开厨房的门，把菜单递给李大厨。他是这间餐厅专门负责做肉类料理的厨师。李厨看了一眼餐单，突然来了一句："钱家大少爷又来了？"

"你认识那小孩？"陆子浮脑子里马上跳出那怪小孩的模样。这家人姓钱？陆子浮回想那小孩父母亲的样子，都是头一次见到的陌生面孔。

"是啊，来了好几次了，每次他都要吃三分熟牛排加芥末酱。"李厨转身，用图钉把餐单钉在墙上。

"你觉不觉得这小孩很奇怪？"陆子浮凑过去对他说。

"嗯，是很奇怪。"李厨往后退了一步，托着腮帮子，看着陆子浮，若有所思，"小孩子一般不爱吃这么生的牛排，还要加芥末酱，这都什么搭配啊！"

"我不是说吃的……你见过这个小孩吗？他整个人就很奇怪，说不出来哪里怪，反正……"陆子浮话没说完，李厨大手一挥，毫不客气地把他剩下的半截话给挡了回去，"别说了，我只评论客人的胃，其他的不予置评！员工培训的时候冯老板说的话，你忘了？"

在餐厅工作，不应当面或于背地里评论客人。冯老板说的话，陆子浮岂会忘记！他对李厨吐了吐舌头，便推门退了出去。

陆子浮穿过餐厅。路过窗边那张桌子的时候，他下意识地往边上看了一下。

那孩子不在，他弟弟也不在。他往窗外看去，公园的椅子都空着，喷泉孤独地往上喷着水，无人欣赏。

他走到余露跟前。她点的菜早就上来了。红酒杯喝得见了底，菜和肉却没怎么动。

"怎么，不好吃吗？"这几道菜都是陆子浮帮她点的，全是餐厅最受欢迎的新品。余露抬头看着他，笑得很勉强，"没胃口，我喝酒就好了。"

"别空着肚子喝这么多，对胃不好。"陆子浮这话本来说得很自然，说出口之后，却又觉得自己未免有点虚伪。这"关心"果然令余露很受用，她的眼睛明显亮了一下。陆子浮看见她的嘴巴动了动，想要说什么。

突然，他的后背被人猛地撞了一下。他回过头，见那怪小孩飞一般地跑到母亲跟前，满脸的惊慌。他在少妇耳边说了什么，她脸上的笑瞬间消失了，取而代之的是惊恐。她"腾"地从座位上站起，连餐巾都没来得及从面前扯下，就匆匆朝餐厅另一个方向奔出去。那孩子和他的父亲跟在后面，表情慌张，像出了什么大事。陆子浮跟在他们身后。那是洗手间的方向。

男洗手间的门大开着，里面传来孩子凄厉的哭声。

他们冲进去，看到男孩坐在地上，双手捂着头。他的指缝间，露出黑头发和被染得通红的白色纸巾。

是血。

伤口一定不小，渗出的血染红了好几张纸巾。

母亲心痛地抱着孩子大哭，脸上的妆都哭花了。那孩子的父亲也急得发狂，"钱宁，小予这是怎么回事？好好地上个厕所，怎么会把头给摔了？"

那怪孩子叫钱宁。

男孩抬头看着父亲，脸上的惊慌突然消失了，声音听起来冷静得出奇："我们上完厕所，小予说饿了，急着出去吃饭，跑了几步，这地上有水，他滑倒了，正好撞到纸巾盒的角上，就把头给撞破了。"他一边说一边演示，还用鞋尖划了划地上的水渍。

陆子浮心里一凉。

地上的确有清晰的水痕，纸巾盒刚好大约是那名叫"小予"的孩子身高的位置，不锈钢的边缘还有未被抹去的红色血迹。

陆子浮盯着那孩子的眼睛，想要确认他是否说的都是事实。可那孩子的母亲听到这番解释，迅速失去了理智。她开始抱着怀里的孩子，大哭起来。男孩的父亲闻言，脸上马上露出有钱人盛气凌人的凶狠表情，指着身后聚集的人，尤其是站在他身旁穿着餐厅制服的陆子浮，大声嚷嚷："你们都给我听好了！让我儿子摔成这样，我不会放过你们的！"他的头上直冒青筋。

陆子浮没有理会他的怒气，而是冷静地掏出口袋里的手机，拨通了120。

"我们先送孩子去医院吧！"陆子浮正在跟电话那头的医生说明情况，听到身后传来慕云的声音。他回过头的时候，她已经站到他旁边。"如果是餐厅的问题，我们会负责的。"她蹲下来，皱着眉头，看着孩子受伤的头。

"你什么意思？我儿子在你的餐厅滑倒了，不是你们餐厅的问题，难道是我们自己的问题？"孩子父亲气得发抖，"你们别想赖账，别以为我们是好欺负的！"

他拿出手机，开始对着孩子的头、地面上的水渍和带着血迹的纸巾盒拍照。现场乱作一团，孩子的哭声越来越大。120很快来了。慕云和他们一起上了车子。陆子浮本来也要跟去的，他不放心，可慕云执意不让他去。

"你就留在这里吧，晚上客人多，餐厅人手不够。"她冲他挥了挥手，关上了急救车白色的门。

陆子浮看着救护车消失在暮色中，悻悻地往回走。在餐厅门口，碰到匆匆跑出来的余露。她像是有什么急事，看到陆子浮，冲他摆了摆手。

"发生什么事情了？怎么救护车都来了？"她问他。

"没什么，有人受伤送医院了。"陆子浮并未对她解释整件事情。

"台里同事请假了，让我回去顶一下。"她一边说，一边把手机塞进黑色皮包里,"晚上还不知道能不能出来呢,我尽量吧!"

她看着陆子浮,他却没有任何反应。

"晚上啊,你不是说要去喝酒的吗?这么快就忘了!"余露面有愠色。

陆子浮尴尬地笑了。他真的忘了。明明是他发出的邀请。

"好的,没关系!"发生了这些事情,打乱了他原本的计划。现在的他,着实也没有心情再赴晚上这个约了。

"你先去忙你的吧,我也去忙了。"他挥了挥手,示意余露快走。

餐厅恢复了平静。服务生拿着菜单,托着餐盘,穿梭于桌子和桌子之间,客人们举着酒杯,在灯下说笑着,离开的那家人先前坐的那张餐桌,已经被新的客人占据。

陆子浮想来想去,总觉得这件事很蹊跷。他跑去洗手间,找到今晚值班的清洁阿姨。阿姨吓得不轻,说着说着都快哭出来了。她委屈地说,她都是按操作手册来的,坐便器、小便器、地板、洗手池,每隔一小时就清洗一次。她也不明白,为什么地上会有那么大一摊水,令客人滑倒。

陆子浮去洗手间检查了一遍,此时的地板早已擦洗干净,不留水渍,纸巾盒也被擦得干干净净。他不知道这件事情带来的麻烦会有多大,而现在在医院的慕云,又面临着怎样的情况?

陆子浮忧心忡忡、恍恍惚惚,一个晚上心不在焉,把客人点的菜都弄错了。餐厅快打烊的时候,他还是拨通了慕云的电话。她果然还在医院,声音听起来格外疲惫。

"那孩子情况怎么样了?"

"伤口很深,差一点就切到动脉了,还在医院观察。"

"那小孩父亲没有为难你吧?"陆子浮想起那男人凶狠的目光。

"还好,他也是为孩子着急,父母的心情可以理解的。"她说得有气无力,没有解释更多,但陆子浮能感觉到,这一次,她遇到的麻烦可不小。

"在哪家医院?我这边快打烊了,我去找你吧!"陆子浮看看表。

"不用了,你也累了,回去休息吧!"

"是六院吧!"六院是离餐厅最近的综合医院:"在哪个房间?"

慕云迟疑了一会儿，还是说出了病房号码。

陆子浮走之前去了洗手间。从里面出来的时候，突然发现过道转角处，墙上那只玻璃柜里，那一列白色仿古青花瓷盘。很奇怪，柜子的门没有完全合上，露着一道缝隙，像是被匆匆打开又匆匆关上的。陆子浮拉开玻璃门，借着过道的灯光，查看那四只盘子。他惊讶地发现，其他三只盘子都无甚特别，唯独最下面的那只，表面挂着水珠，淌下的水，在盘子下面的玻璃面上，也积了浅浅的一层。

看来，真的另有真相！他激动得手心都是汗。

他抬头望向天花板上方，在这餐厅过道转角处，刚好装了一个摄像头。陆子浮冲到保安室。保安大叔正准备锁门，他一把按住他的手。大叔听说是晚上那孩子摔倒的事情，立马来了劲头。

"就是洗手间出来的过道里，朝餐厅方向转角的地方，天花板上那个摄像头，七点到七点半的。"陆子浮估摸那两个孩子去洗手间，也就是在这个时间段。他们仔细看了一遍录像。

镜头之下，一目了然。

先是两个孩子进去，过了几分钟，保安大叔惊讶地叫了一声。只见屏幕上，大孩子突然从洗手间里跑了出来。没错，就是他，穿着熟悉的红色T恤。他朝两边张望着，好像在找什么东西。很快，他看到玻璃柜里的瓷盘。柜子没有上锁，谁都可以打开。之前从未有人动过柜子里的盘子，除非，有特殊需要。那孩子蹲了下来，取出最下面那只盘子，抱在面前，转身进了洗手间。他很快又出来了，放回盘子，关柜门的时候并没有扣紧，匆匆起身，往餐厅的方向跑去。

至于洗手间里发生了什么，只有那两个孩子知道。

"那孩子不是滑倒的？"保安大叔手指滑动着鼠标，回放了好几遍，不敢相信自己的眼睛。

"那现在怎么办？我跟冯老板说一下吧。"他说着便要打电话，却被陆子浮拦住了。

"我现在就去医院，跟她商量了再说吧，我们现在有了证据，但还不能证明那孩子不是滑倒的。"陆子浮站起身来，走出门外。这个"重大发现"令他激动不已，他想马上见到慕云，告诉她。

在去往医院的路上，陆子浮接到了余露的电话。他看了表，十点已过。糟糕！他又忘了晚上的"约会"。余露说给他打了好几个电话，问他为什么不接。还没等他找到合适的理由，她又说："我是想跟你说，今天晚上我去不了酒吧了，台里有突发采访任务。"

"好的，那改天吧！"陆子浮松了一口气。

"你现在在酒吧吗？"她突然问他。

"我——"陆子浮一时语塞，"那个——餐厅里——"

"所以你根本没去是吗？"余露有片刻不言，听得出来，这次她真的生气了，"我说你到底是怎么回事啊？害得我还生怕你过去扑了空，原来是我一厢情愿啊！"

"对不起，余露，我——"陆子浮话没说完，她就怒气冲冲地挂断了电话。

陆子浮并没有再给她拨过去。

当余露生气挂断电话的时候，他竟没有任何回拨过去、请求她原谅的想法。他心里想的全是快点赶到医院，见到她。

对一个人的温情，对另一个人却是绝情和残忍。

时过境迁之后，当陆子浮想起这些旧事来，发觉自己的确做了很多伤害余露的事情，而她本没有任何过错，只是被无端卷入的。只是当时他被爱情的意志统治了，旁人的体会，根本无暇顾及，心心念念的，只是那个人而已。

医院的电梯太挤，总是上不去，他竟一口气爬上了八楼。从安全楼梯出来，走到过道里，一眼便看到慕云，坐在长椅上。她的坐姿很拘谨，双手平放在膝盖上，整个人都透着一种紧张感。他没有喊她的名字，只是默默走到她身边，手放在她的肩膀上。

"你来了。"她抬头看着他，刚刚勉强凑出的一个笑，很快便在她脸上消失了。

"那孩子醒了吗？"他问她。医院里冷气太足，她肩部的骨头冰凉。他努力克制住想要揽住她的冲动。

"还没有。"慕云回头看着他，"怎么会发生这样的事情呢？子浮，要是那孩子醒不过来了，该怎么办？"她没有哭，却虚弱、无助，像一个大病不愈，身体被掏空了的人。

"慕云，那孩子肯定会醒过来的。"他蹲下来，握住她的手。她并没有挣脱，而是怔怔地看着他。她突然想起那天在何青家，当她急得手足无措的时候，也是面前这个男孩，对她说何青会没事的，结果，他真的没事。不知道为什么，这个男孩明明比自己小了十岁，却总是在她最慌乱无助的时候，令她意外地心安。

"还有，慕云，"他没有放开她的手，将自己手心里的温度一点点传递给她。"你听我说，那孩子很有可能不是在洗手间里滑倒的。"陆子浮看着她，肯定地说。

"你说什么？"她的眼睛瞪得好大。

陆子浮对她讲了监控录像的事情。

"你说那孩子的哥哥跑出来拿了盘子？他拿盘子干什么？你的意思是……"慕云好像还是没有搞清楚状况。

"地上本来没有水，那孩子的哥哥用盘子盛了水倒在地上。"陆子浮越说，越觉得自己逼近了真相，"我猜，是他哥哥把他推倒在地上，刚好撞到了纸巾盒上，撞破了头。他害怕被父母责备，故意造成滑倒的假象，又威胁他弟弟不要说出真相。"

"这不可能！那孩子才几岁，和我女儿差不多大啊，怎么会做出这样的事情？"慕云摇着头，根本不愿意相信。

"对了，我第一次看到这个孩子和这家人，就有一种很奇怪的感觉。你了解他们家的情况吗？"陆子浮想起李厨说过，他们经常来这里吃饭，或许慕云会知道点什么。

"你说钱家吗？不太了解。"

慕云皱着眉头，好像突然想到了什么，"对了，我听一个认识他们的客人说过，那两个男孩是同父异母的，哥哥的父母离婚之后，他父亲娶了比自己小很多的女人，也就是他现在的继母，然后，就生了这个小儿子。"

说着说着，她觉得哪里有什么不对了。她嘴巴长大了，惊讶地看着陆子浮，陆子浮也看着她，不说话。

这时，他们听到过道那头的脚步声，由远及近，然后，陆子浮听到什么东西重重摔在地上的声音。慕云迅速把手从他手掌里抽了出来。掉在地上的，是一只黑色话筒。

"余露!"陆子浮站起来,冲着过道里那个身影大喊。

真的是余露,那只话筒正是从她手里跌落的。这一摔,电视台的红色塑料圆形台标也碰掉了,在地上滚了一段,靠着墙边停下。

她旁边站着一个摄像大叔。

"你怎么来这里了?"陆子浮看着她胸前别着的记者证。

"我还没问你呢?你不去酒吧,来这里干吗?你们俩,这又是怎么回事?"她指着慕云,腮帮子气得鼓鼓的,满脸通红。

"余小姐,你误会了。我们餐厅有客人出了点事情,现在还在抢救,陆子浮是过来帮忙的。"慕云忙着站起来,向她解释。

余露咬着嘴唇,瞪着她,眼泪在打着转:"你不用解释了,我现在要工作,没空听你们的谎言!"

余露本来要走开的,突然转过身来,看着他们:"等一下,你刚才说你们餐厅的客人在这里抢救,难道?"她回头看看急救室的门,脸上露出疑惑又不可思议的表情。

陆子浮瞬间明白了什么,他的脑子开始嗡嗡作响,仿佛全身的血液都涌到了头部。余露拿着话筒,转身要进病房。陆子浮冲过去,抓住她的胳膊。她气呼呼地看着他,拼命要挣脱他的手。

"你到底要干什么?我现在要采访,请别妨碍我的工作!"她说得理直气壮,一旁的摄像大叔也扛着摄像机走了过来,警惕地看着陆子浮。

"你等一下,是孩子父亲给你打的电话吗?这事情没有那么简单,得搞清楚了再报道,这也是你们记者的职业道德吧!"

"你什么意思?事情都摆在这里,是你们的餐厅出了问题,客人在洗手间里滑倒,摔成重伤,现在都还没醒过来。我就是来报道事实的,有什么问题吗?"余露说得怒气冲冲。

"我都说了,这事情没有那么简单。余露,工作归工作,你别把个人感情掺杂进来,好吗?"

余露瞪大眼睛，看着陆子浮，半晌不说话。她的目光突然变得严厉，严厉中又带着无底的绝望。那眼底的绝望令陆子浮不寒而栗。余露推开陆子浮放在门把上的手，看都没看他一眼，推门进去。陆子浮紧跟在摄像大叔身后。

　　孩子的父母都在，那大孩子也在。余露走过去对他们说了几句，摄像机的红色指示灯亮了，一切架势摆好。陆子浮站在旁边，目睹事态往最糟糕的方向发展，却只能干着急。他望向门口，慕云并没有进来。而那个"肇事者"呢，站在病床旁边，不知是不是因为房间里光线太强的缘故，他的T恤看起来格外猩红，红得恐怖。

　　陆子浮盯着他看着，他也注意到有人注视自己。他只抬头看了陆子浮一眼，便迅速回避了他的目光。直觉告诉陆子浮，这孩子一定隐瞒了某个秘密。

　　而此时，一旁的"采访"正在进行，孩子的母亲先是描述儿子的伤情，说着说着便哭了起来，好半天才平复。然后，她一边抽抽搭搭，一边对着话筒，描述事发经过："大概是晚上七点多钟吧，我和孩子的父亲在餐厅里，菜还没上来，两个孩子一起去上厕所。过了不久，钱宁，就是我的大儿子，从厕所跑回来，告诉我弟弟在厕所滑倒了，头撞破了。然后，我们一起跑到男厕所，就看到小予躺在地上，已经不省人事了……"

　　她话还没说完，陆子浮突然冲到镜头前面："等一下，钱太太，您刚才说的都没错，但是，是不是还遗漏了什么？"

　　钱太太惊讶地抬起头。"肇事者"的眼睛瞪得大大的，看着陆子浮。站在对面的余露脸上写满了愤怒，孩子的父亲冲过来，作势要把陆子浮架走。陆子浮一边奋力挣脱，一边大喊："你应该问一下你的大儿子，男厕所对面玻璃柜里的瓷盘，他有没有动过，地上的水是从哪里来的？他弟弟又是怎么摔倒的？真的是踩到水滑倒的吗？"

　　"你到底在说什么？你胡说！"孩子的父母瞬间都变得歇斯底里，那父亲挥舞着拳头，砸向陆子浮，却被一只伸出来的手抓住了。

　　是余露。

　　此时，她的脸上，冷漠取代了愤怒。

　　她冷冷地看着陆子浮，"你到底是什么意思？说清楚一点！"

　　"我的意思很清楚。那孩子不是滑倒，是被他哥哥推倒的。他为了掩盖自己的过错,取了过道玻璃柜里的盘子,盛了水倒在地上,做出滑倒的假象。"

余露和摄像都被他这番解释惊呆了。孩子的父亲已经怒不可遏,整张脸都扭曲了,一副想要杀了陆子浮的样子。而那被揭穿的"肇事者",一句反驳的话都没说,站在床边,默默发抖。

"说这些话是要负责任的,你有证据吗?"余露的声音格外冷静,就像一个审问证人的法官,完全抛下了个人感情。

"有!餐厅摄像头拍下来了,那孩子从厕所里出来,取了盘子再进去,过了一会儿,又把盘子放回原处。"

房间里一阵骇人的沉默。

那孩子满脸惊恐。

"我让你瞎编,我让你诬陷我儿子!"孩子的父亲冲过来,一巴掌打在陆子浮脸上。陆子浮脸上瞬间像泼了辣椒水一般,火辣辣的。看见陆子浮被打,余露再也忍不住了。她冲过去,推开那孩子的父亲。她刚要去看陆子浮的脸,却发现他身边已经站着另外那个女人。刚才还在门外的那个女人,不知道是何时进来的,看见陆子浮被打,她眼里有掩饰不住的心疼。

"你干吗要打人!有事情你找我好了,陆子浮只是餐厅的员工,与他无关!"她下意识站到陆子浮面前,挡住他。

余露看到,陆子浮在她身后,用手勾了勾她的手指,却被她甩开了。像是被极细的针扎着心脏,尖锐的痛感迅速席卷了余露的身体。

"好啊,就算摄像头拍下钱宁出来取了盘子,就能证明水是他泼的吗?厕所里也有摄像头,拍下了全部过程吗?我跟你说,我儿子现在还在床上躺着,你们别想……"话没说完,背后突然传来孩子尖利的哭声。那声音像铁锥划过玻璃,迅速切断了室内的紧张感和混乱。

所有人不说话了,都看向床边那个突然失控的孩子。

"是我干的!是我干的!"他一边哭,一边转过身来,指着继母狂喊,"都是你,是你赶走了妈妈,我恨你!"

所有人都惊呆了。继母的脸因痛苦而惊恐而急速扭曲,孩子的父亲跳起来,冲到他面前，摇晃着他的肩膀，发狂似的大喊："钱宁，你在说什么？你是不是被吓傻了？你别被他们吓到了，有爸爸在，别怕，别怕……"

他颤抖着将孩子抱在怀里。

那孩子哭得肆无忌惮、惊天动地。这反而让陆子浮觉得，他还是一个孩子。他突然能够理解这孩子了，他的怪异、孤独和暴力，事出有因。他可怜这孩子，可一切都晚了。

这个原本看起来完好无损，甚至可以说是幸福的家庭，瞬间像地震中的房子一样坍塌了，他们这才发现，这房子的根基原本就是不稳固的。

他们、陆子浮、慕云和余露，在一旁目睹这场亲情的"浩劫"，那骇人的余波，也辐射到他们每一个人的身心。他们都站在原地不动，脸上的表情好像全部凝固了，而时间，也好像停在了原地。

观人如观己。

陷于破灭和混乱的，不只这一家人。

第12章

云南

钱家的事情，结束得比预想中要简单得多。

第二天，钱予醒了，恢复得很好。钱家人再未对餐厅提出任何要求，一家人也再未在餐厅里出现。余露采到的那段片子，当然也没有在电视上播出。

陆子浮没有想到会以这种方式，让余露知晓他们关系的真相。出于一种伤害别人之后又于心不忍的"好人之心"，那几天陆子浮一直想找余露谈一谈，可她一直不给他机会。

不止余露躲着他，令他更为苦恼的是，慕云也有意疏远他。逢他上班的时候她总是不在。他觉得她是故意的。他什么时候会出现在餐厅里，她再清楚不过了。好不容易撞上一次，他跑去找她说话，她冷得像一座冰山，连看都不看他一眼。电话必然是不接的，有一天早上，他真急了，不管不顾，直接冲到她家楼下。

近八点的时候，她果然从楼里面出来了，牵着女儿的手。看到他，她满脸惊讶，焦虑无措，全无平日的镇定。那天。她穿白色的A字连衣裙，那副慌张模样，令陆子浮想起大学里在女生宿舍门口被男生围追堵截的女孩。

宛乔见到他，倒是高兴得很，拉着他的手，热情地喊着"陆子浮哥哥""陆子浮哥哥"。他们好长时间没见面了，她仍然清楚记得他的名字。

"你来这里干什么？"她摆出一副质问的架势。陆子浮还没来得及回答，宛乔就跳到他和妈妈中间，抬头看着他，大声说："陆子浮哥哥，你是来看我的吗？"

"对啊！"陆子浮笑着，把她抱了起来。

"陆子浮哥哥，你是不是想我了？"她又问。

他乐不可支，看看宛乔，又看看慕云，坚定地说："是啊，我想你了！"

慕云白皙的面庞上，竟然浮现出了红晕，像白色画布上抹了两道红色水粉，有一种羞涩的美。当然，那羞涩只持续了几秒，她迅速恢复了理智。她从他手里接过孩子，动作近乎生硬，仿佛是刻意要与他保持距离。

陆子浮跟在她后面，想说的话还没说。她走得飞快，逃也似的，很快走到车子旁边。陆子浮冲过去，赶在她关上车门之前，拉住了她的手。

"慕云，我有事想跟你说。"

"有事情餐厅里说吧，我现在要送孩子上学。"她的脸上，有一种强作镇定的表情。宛乔在后排冲陆子浮挥着手。

"不是餐厅的事情，是私人的事情。"他特意强调了"私人"两个字。

慕云迟疑地看了他一眼，而她的目光令陆子浮确信，她完全知道他想说什么。她垂下眼睛，声音很冷，却有些颤抖。看得出来，她是尽力在保持冷静。她不愿泄露的内心挣扎，仿佛令陆子浮觉察到了希望。如果她对他全无感觉，为什么又会挣扎呢？

而她挣扎着说出来的话，却是一番苦口婆心的说教："陆子浮，什么都不要说了。好好珍惜你所拥有的，不要做无谓的事情，好吗？"

"什么叫无谓的事情？我听不懂？你指的是什么？"陆子浮还是按住车门不放。

"你还记得钱宁吗？"

"你是说那个男孩？提他干什么？"

"你难道不觉得，那天晚上，他才是最伤心的人？陆子浮，你还年轻，你不懂得，伤害了别人，自己也不会好受。所以，不要轻易去伤害别人，尤其是爱你的人！"

"可是，如果我明明不爱她，还要装成爱她，难道不是更大的伤害？"

"你——"慕云皱着眉头，看着他，一时语塞。

"妈妈，陆子浮哥哥，你们在说什么呢？我怎么听不懂？"宛乔把小脑袋凑了过来。

"好啦，宛乔，我们该去上学了。跟陆子浮哥哥再见吧！"慕云粗暴地掰开陆子浮的手，"哐"地关上了车门，以最快的速度发动了汽车。

陆子浮站在原地，无奈地看着她的车子在视线中消失。

那一天，还有第二天，整整两天，他都没再看到慕云。她办公室的门紧锁着。陆子浮真害怕她就这么消失了，还好有云餐厅在。有餐厅在，陆子浮相信，她是不会突然消失的。

第二天晚上八点多的时候，陆子浮去厨房送单子，走到门口，突然听到王厨的声音："好的，餐厅这边没什么问题，您放心吧！"

他在打电话。

如果没弄错的话，陆子浮清楚地记得，餐厅里德高望重的王厨只对一个人说话时才会用"您"。

"您明天什么时候的飞机？要去几天？"陆子浮站在门口，脚像被钉在了地板上。"飞机"二字，听得他满腹疑窦。

他冲进厨房的时候，王厨刚好挂了电话。

"你干吗？一副慌慌张张的样子！"王厨从陆子浮手里接过点菜单，不满地看着他。

"慕云要坐飞机去哪里？明天几点？"陆子浮单刀直入。

老王斜了他一眼，从鱼池里抓起一条鱼，扔到案板上，不说话。

"王叔，你就告诉我嘛！"陆子浮冲到他旁边，缠着他。

老王素来对人冷淡，但自从上次跟陆子浮一起找过鱼之后，对他一直都还算热络点儿。"我说你这么'慕云''慕云'的，是什么意思啊？'慕云'也是你叫的吗？"老王把菜刀插在案板上，转过头来，挑衅地看着他。

"好好，我错了，我错了。是冯老板、冯老板。那你告诉我，冯老板明天是不是要坐飞机去什么地方？"

"你一个小员工把自己的事情做好就行了，打听老板的事情干吗？她去哪里、做什么，跟你有什么关系？"

"当然有关系了！"

"你倒是说说，有什么关系？"

"你真想知道？"陆子浮按住他的手。

老王再次放下菜刀，摘下口罩，一脸疑惑地看着他。

"那你说吧，你这么火急火燎地找她，想干吗？"

"告诉她，我喜欢她，我要跟她在一起！"

"你！"老王脸上露出奇怪的表情，就好像陆子浮是在说一个笑话，还是一个冷笑话。

"你不相信吗？是真的，我喜欢她，喜欢得快要发疯了！"

说得老王耸着肩膀，抖了个激灵，"我说你小子别在这儿肉麻了，赶紧给我出去！"他重新戴上口罩，又开始剁鱼了。

陆子浮急了，跑过去又是拉又是拽，无论怎么央求，老王都不为所动。陆子浮仰天长叹，闷闷地站在那里，不说话了。

"愣着干吗，赶紧出去啊！"老王指着门的方向。

"难道你就没有喜欢过一个女人吗？"陆子浮看着他说。这并非质问，至少语气比质问要虚弱得多。

老王依然在埋头做鱼，几句话的工夫，那条刚才还在池子里游弋的鱼，已经被他分解成大大小小的鱼块。

"你年轻时候，没有过吗？肯定有的吧！"陆子浮仍旧一个人站在那里，对着旁边的老王，喋喋不休，"喜欢到发狂，这辈子非她不娶，越是见不到她，她越是躲着你，你就越想见她。男人一辈子总会遇到这么一个女人的，不是吗？"

陆子浮看到，老王拿着刀略微停顿了一下。他的眼睛抬了起来，没有看陆子浮，嘴巴似乎在口罩里动了动，只是动了动，却什么都没说。案板上猩红的鱼块，七零八落地躺在那里，好像在等待他的处置。于是，他很快又恢复了切鱼的动作。

陆子浮无奈摇头，冲他挥了挥手，把手插在裤子口袋里，往门口走去。

"如果你明天上午十点半有空的话……"陆子浮刚要推门出去，突然听到后面老王的声音响起。

他迅速转身，看着老王。

老王再次摘下了口罩，从嘴里吐出七个字："十点半，泸沽湖。"

谜底揭晓，陆子浮欣喜若狂，冲过去想要拥抱他，却被老王伸手阻止。

从餐厅出来，电话突然响了，是石轶。他问陆子浮现在是否有空，要见个面。陆子浮刚想拒绝，石轶突然说："余露现在跟我在一起，她喝多了。"

陆子浮赶到的时候，在那间酒吧最里面的包厢，余露已经喝得不省人事，侧卧在沙发上。几日不见，她的身形越发瘦削。陆子浮走过去，在她身边蹲下。她好像睡着了，闭着眼睛，脸上尤有泪痕。而他们面前的长条茶几上，堆满了各色酒瓶。

"你怎么让她喝这么多？"陆子浮劈头就问。

"这话应该我问你吧？"石轶抬头看着陆子浮，眼睛里有杀气。

陆子浮坐下，不说话。

石轶喝了一口酒，形容憔悴，似乎痛苦一点不比余露小。

"你小子，是身在福中不知福啊！"石轶长叹一口气，"小露这么好的女孩，好好心疼都来不及，怎么舍得这么伤害她？如果你不爱她，为什么要跟她订婚？你可以早点告诉她，那样对她的伤害会小一些。你考虑过她的感受吗？"石轶的声音越来越大，手捏成了拳头。

"其实我早就想跟她解释，可是一直没有机会……"陆子浮越辩解，越发觉自己的虚伪。

"什么叫没有机会？那我问你，你是什么时候认识那个女人的？难道是在你和小露订婚之前？"

"不是。"

"那是什么时候？"陆子浮的回答并未减轻石轶的愤怒。

"我……"陆子浮动了动嘴唇，还是没有说出口。认识慕云竟然是在和余露的订婚仪式上，这样的事情说出来，不知道他们会是怎样的反应，对余露而言，又是否会是在伤口上撒盐？

陆子浮想了想，还是没说。

"那你打算怎么办？"石轶沉默了半晌，才说话。

"你对那个女人是什么样的感情？你，爱她吗？"

对石轶的问题，陆子浮当然有明确的答案。那答案在他心中早已呼喊了千万遍，可此刻，面前喝醉的女孩，正是他那烈火般炙热的感情的受害者。就算是伪善作祟吧，在她面前说出自己深爱着另外一个女人，这样的事情，陆子浮断然是做不出来的。

石轶又灌了一大口黑啤。陆子浮隐约有种感觉，他的愤怒并非仅仅出于朋友间的关心，而是包含了更多的含义。

"那小露呢？你为什么要和他订婚？"他抓着玻璃酒瓶的手在微微颤抖，"陆子浮，我问你，小露，余露，你爱过她吗？你爱过这个女孩吗？"他指着躺在床上的女孩，大声说。

"我……"陆子浮再次语塞。

真相总是这么残酷，比刀子还锋利。

陆子浮看到躺在沙发上的女孩突然开始抽动着肩膀，他站起来，想要朝她走过去，却被石轶一把拦住。

"你别走，给我说清楚！你到底有没有爱过余露？"他简直像一头发怒的狮子。

他愤怒的呼号被女人的哭声打断了。余露哭得惊天动地，把两个男人都吓到了。石轶慌忙走到她面前，蹲下来，握住她的手。他想要帮她擦去眼泪，却被她推开。陆子浮站在那里不知所措，道歉或是解释，似乎只会增加她的痛苦。他不爱她，他爱的是别的女人，这个压倒性的事实，足以令所有的道歉和解释统统失效。

于是，两个男人只好等待她的哭声止息。

"哭出来就好了，哭出来就好了。"石轶慌张地握紧她的手，像在安慰她，也像在自我安慰。陆子浮见多了石轶在球场上叱咤风云的样子，却是头一次看到他在一个女孩面前，变得如此温柔。

余露的哭声戛然而止，只见她捂着胸口，脸上露出痛苦的表情。"我——我想吐！"她说着便起身，跟跟跄跄往外跑，石轶匆匆跟了出去。门在陆子浮眼前关上，他傻傻站在室内。

过了一会儿，石轶一个人回来了。

"余露呢？"

"她要回去，我送她。"

"我去送吧！你不是喝了酒吗？"

"我们打车回去。"石轶拿起沙发上的女士皮包，冷冷看了陆子浮一眼，"余露说她不想见你。"

如果余露的意思如此明确，那陆子浮还能再说什么？

石轶拿着包冲出酒吧的时候，一时间寻不到余露。他急得手心出汗，像没头苍蝇一样，在酒吧门口乱窜。突然听到身后有人在叫自己的名字，回过头，突然看到余露坐在黑暗中的台阶上，双手抱着膝盖。

"别坐地上，冷，小心着凉！"他走过去，蹲下来，伸出手，要拉她起来。

好半天，她才勉强站起身来。"我们回去吧！"她的声音虚弱无力，像是一个被抽空了灵魂的人。

石轶抓住她的手，不顾她的反抗，把她死死抱在怀里。她的脸靠在他宽厚温暖的肩膀上，不知怎么的，她又想哭了。石轶抱住她不肯放，从酒吧里进出的人早已认出大球星，有人掏出手机，对着他们拍起来。

这可是现成的大八卦，估计过不了几分钟，社交媒体上就要开始疯传十一号的最新绯闻了。

"有人在拍呢！你别这样！"余露试着推开他，他却抱得更紧。

"我爱你，小露。"当着这么多人的面，他在她耳边，说了这句情话。

余露没有回答，却也没有再试图挣脱。她只是觉得好累，喝了太多的酒，腿都软绵绵的，连挣扎的力气都没有了。石轶把她抱得这么紧，好像担心一松开手，就会失去她。她仿佛读懂了他身体的语言，而他的怀抱是如此安全，暖暖的，令她又想哭了。她的头发盖住了眼睛，别人都没看到，眼泪还是不争气地流了下来。

失去了月亮，却拥有了太阳。

她不知道，自己算不算是个幸运的女孩。

此时，从酒吧里出来的陆子浮，在门口亲眼见证了这一幕。

他看到石轶在围观者的喝彩声中，揽着余露的肩膀，消失在视线之中。尽管这说起来很荒诞，石轶明明是承担了疗伤者的角色，而疗伤的对象正是被自己伤害的人，但他那爱的勇气，却给了陆子浮以鼓励。

刚坐到车内，陆子浮便打开车子前排的顶灯，拿出手机。明天上午十点半，D市飞泸沽湖的飞机只剩一张头等舱。用手机下单订票的时候，陆子浮的手在发抖。

他赶在打烊前，请了一周的假。他不知道慕云的云南之行计划几天，也不知道从那边回来之后，自己是否还会来这里上班。

到家的时候已经快十一点了，往常这个时候母亲已经睡了，可今天她还坐在会客室的沙发上，好像在等陆子浮回来。他知道她要问关于余露的事情，果然。

"你和小露闹别扭了吗？"

"嗯。"陆子浮想岂止闹别扭那么简单，可现在，还不是对母亲摊牌的时候。

陆子浮看着母亲。房间里温度适中，可她还披了一条很大的不合时宜的红色披肩，裹在里面的身体，显得更为瘦削。她本来就怕冷，夏天也是。而自从父亲中风之后，经历了那样忧惧不堪的生活，她的身体，也远不如从前了。

不知道母亲知道真相后会是什么反应。他不安地看着她的眼睛，看得出来，余露并未对她透露什么。

"子浮，你要对小露好一些。"母亲走过来，看着他，语重心长地说，"多亏了你余伯伯的帮忙，现在公司的情况好了很多。"

陆子浮静默着不说话，齿间泛出一种苦涩的味道。

"还有，你别在冯慕云那边做了，回来上班吧，你爸爸公司也需要你。"母亲的目光突然变得很正式，于严厉中，又透着不安。

突然提到慕云，倒令陆子浮措手不及。他去餐厅上班已经好几个月了，母亲也早知道了，可她一直都是不闻不问。

"为什么？"陆子浮自己本就隐藏了天大的秘密，而此刻，当他看着母亲犹豫的眼睛，觉得她仿佛也隐藏了什么秘密，那秘密令她彷徨不安，欲言又止。

"你去了好几个月了，即便是体验生活，也体验得差不多了，可以回来帮你父亲做事了,不是吗?"母亲说着说着,突然又笑了。可在陆子浮眼里,这个笑,颇有些欲盖弥彰的味道。

陆子浮没说话,母亲又接着说:"还有,妈妈也希望你不要跟冯慕云走得太近。那个女人——不简单!"

陆子浮大惊。难道母亲知道什么?她明显话中有话。他抓住母亲的胳膊,想刨根问底。可母亲不理他,推开他的手,说累了,要上楼休息。

"妈,我明天要去一趟云南。"他在她身后说。

"去云南干吗?"她回头看着他,一脸的惊讶。

"餐厅里有点事情。"

"在餐厅做事,还要出差?是和冯慕云一起吗?"她脱口而出。

陆子浮皱了皱眉头。这几天的麻烦已经够多了,他的脑子乱哄哄的。为了减少眼下的麻烦,他随口撒了个谎:"不是,是和其他同事,有点事情要过去。"他走过去,扶住母亲的肩膀,抱住她,嬉皮笑脸道:"妈,您赶紧休息吧,睡太晚对皮肤不好。"

母亲回过头,嗔怪地看着他。撒娇这一招很管用,她没再追问,乖乖上了楼。

陆子浮一晚上没怎么睡踏实,满脑子奇怪的梦,又生怕误了飞机,明明定好了闹钟,半夜还是起来看了好几次时间。他当然不可能迟到,而是去得太早了。在头等舱候机室枯坐了一个钟头,免费咖啡喝掉好几杯,无所事事,不看书,不玩手机,只是一边喝咖啡,一边挺直腰板,直视前方。最后,连乘客和候车室服务员看他的眼光,都有点异样。

在闸机口检票,朝飞机方向踱步之际,陆子浮看到阳光下白得发亮的机身的金属外壳,想到马上将要与慕云同乘这架飞机,去一个遥远的地方,只有他们两个人!他的脚瞬间像踩在棉花上一样,飘飘然了。明明只睡了六个小时不到,却像睡了十个小时般精神奕奕。他在停机坪上站立几秒,远处蓝色天空上的云,像小时候爱吃的棉花糖,柔软、甜蜜。

慕云从头等舱经过的时候,陆子浮紧张得快要窒息了,但他并没忘了用报纸遮住自己的脸。其实,他的遮挡完全是多此一举,她并未往这边看。他偷偷从舱门口探出头，迅速锁定她的位置。她今天穿着浅蓝色牛仔裤和干练的白色罩衫，配黑色平底鞋，极简单的装束，在人群中，却仍是那么突出。坐在她旁边的幸运儿，是一个毛发所剩不多的老男人。他的长相实在配不上这份幸运，陆子浮看着他，觉得无奈又好笑。

他找到空姐，对她说明原委。对方笑嘻嘻地点点头，表示很愿意帮他这个忙。没一会儿，空姐就跑过来，告诉陆子浮，那位先生很愿意换座位。从经济舱免费升至头等舱，这天上砸下来的馅饼，傻子才不愿意呢！

陆子浮拿着行包走过去的时候，慕云正闭目养神，而飞机，正在做起飞前的最后准备。他系好安全带、调整好椅背、拿出前面椅子背面口袋里的杂志翻了翻，甚至咳嗽了两声，侧身看慕云，她还是没睁开眼睛。莫不是睡着了？陆子浮凑近她的脸。这么近，能看清她微微上翘的鼻头和下巴优美的弧线，甚至听得到她均匀的鼻息。陆子浮的心脏开始没有章法地乱跳起来。

他正凝神端详，谁知，她突然睁开了眼睛。他吓得"啊"地叫了一声，而她，虽然没有发出声音，脸上的表情却说明受到的惊吓更大。陆子浮得意地笑了，但他还拿不准，除了惊吓，她还会有什么反应。

然而，慕云只摆了摆头，叹了口气，什么都没说，也没问，好像对一切都了然于胸。

她这反应倒是陆子浮没有料到的。可他很快便顾不上观察她了，飞机开始在跑道上滑行，随时都可能离开地面、升上天空。慕云并不知道陆子浮有轻微的"恐飞症"，连他自己，除了之前全家外出旅游，也有好段日子没坐飞机了，之前只顾接近她，根本没空考虑自己的"病"。这"病"还不至于是他的死穴，但至少是软肋。陆子浮尤其害怕刚起飞时的轻微失重感。伴随耳畔机器剧烈的轰鸣，他屏气凝神，两只手紧紧握成拳头，嘴巴张着，心好像窜到了嗓子眼儿，胃部也开始出现轻微的不适。

几分钟之后，飞机已经跃到云层之上，将市政高楼弃之脚下，他总算松了口气，握紧的拳头也松开了，挺得笔直的腰也稍微塌了下去，靠在椅背上。他转头，发现慕云正看着他，嘴角微微上扬，一个略带轻嘲的笑。

"原来你害怕坐飞机啊！"她慢悠悠地说，好像无意间发现了他的秘密。她脸上的笑并未撤去。

"没有啊!"陆子浮在座位上动了动身体,装作若无其事的样子。

"小孩子都这样。我女儿几个月的时候坐飞机都不怕,三岁之后就怕了,到现在都不敢坐飞机呢!"她挑了挑眉毛说。

"我不怕!谁说我怕的?"陆子浮气鼓鼓的。坐飞机不是他的死穴,说他是小孩子,才点了他的死穴。

"好啊,不怕更好!"慕云从包里拿出一本书,翻到夹着紫色书签那一页。

"什么书?"陆子浮低下头去看。他想起那天在她办公室看到的莱辛的小说,那本讲述姐弟恋(甚至可说是老少恋)的小说。

她合上那本书。灰色封皮,是川端康成的《山音》。陆子浮心里一惊。

那本书的阅读体验虽然很沉重,乃至痛苦,但他们读过同一本书的巧合,还是令他开心。

"有没有这么巧!"他指着她膝盖上的书,笑着说。

"怎么?"

"我刚好也读过这本书啊!"他的语气十分得意,好像这是一个了不得的重大发现。

她却很淡然:"川端这么有名,读者这么多,你看过这本书,一点也不奇怪吧!"

他理解为"缘分"的,总要被她刻意淡化处理为"平常之事"。

陆子浮还是不服:"他的确有名,但《山音》不是他最有名的作品,读者没那么多吧!"

她不说话,再次翻到书签那一页——已经读到一半了。

"我劝你还是别读这本书了!"陆子浮说得很认真。

"为什么?"慕云把书压在手下面,转头看着他,一副"你这是没话找话无理取闹"的嫌弃表情。

陆子浮提了提背和脖子,一本正经地说:"你看,这本书是川端老年时候写的吧,写的也都是老年人的心境,死亡都在招手了,读起来太累了,你不觉得吗?"

慕云看了他一眼，脸上浮现出一种沉思的表情，没有笑，眼睛里却闪动着不一样的光芒。

陆子浮觉得，自己一定是讲出了她对这本书的看法。

"我们都还年轻，为什么要看这么苍老的书？"陆子浮特意提高了音量。

"苍老，不好吗？"她将目光移开，看着前方，停顿了一下，像在想什么，随即又转过头，看着他，很严肃地说，"你还年轻，而我，已经老了。"

陆子浮瞪大眼睛要反驳，却被推着餐车的空姐打断了。

"面条还是米饭？"空姐的询问来得如此不是时候。

"我要米饭。"说完，慕云又转头看他："你要什么？"

"我不饿，不想吃！"他赌气地说。

她摇摇头，笑着对空姐说："给他也来一份米饭吧！"

装在锡盒里的米饭配的菜竟是黑椒牛肉，陆子浮的最爱。

"哇！你看！"慕云把饭盒拿给他看。

陆子浮的饭盒搁在面前的桌板上，他懒得打开。刚才被打断的话题，他也不想继续。于是，慕云帮他打开盒饭，把塑料叉子搁在米饭上。

"吃吧！"她说。

她为他打开饭盒的动作如此温柔。那个不经意的微小动作，竟然迅速改善了他的情绪。男孩的心，总是这么容易满足。

陆子浮打开小的那只塑料盒，是一盒浅黄色的蒸蛋。他正要用勺子去舀了吃，却被慕云一把夺过去。

"怎么？"他不解。

"你是不是晕机的？"她说。

"也不是很晕，上升和降落的时候会有一点吧！"

"那你就别吃鸡蛋了。吃鸡蛋有可能会犯晕的。"她说得很肯定。

"真的吗？"他不相信。

"不信你就试试！"

"算了，给你吃吧！"他把鸡蛋放到她面前，用叉子夹起一块牛肉，塞到嘴里。

不管是上司对下属，还是姐姐对弟弟的关心，不管是不是他最想要的那种关心，总之，只要是来自她的关心，都令他很受用。

陆子浮虽然没吃鸡蛋，但飞机降落的时候还是差点吐了。

坐在后面的男人一直在不满地嚷嚷："飞行员是个新手吧！"陆子浮只能暗自叫苦。他本来就恐飞，飞机降落的时候又颠簸得厉害，穿越低空云层的时候，简直像一只风浪中的船，先是左右摇晃，后又上下簸动，胃袋里翻江倒海，令本来就有的恐惧加倍了，真是苦不堪言。

旁边有乘客在惊呼，空姐安抚都没用，有的人真的吐了。

慕云倒是镇定自若。

"不会有事的，遇气流正常颠簸，飞行员可能不太熟练。"她回头安慰陆子浮。

陆子浮的脸都白了。想要呕吐的感觉真难受，还夹杂着恐惧，他仰起头，吐了一口气。他突然感到手背一阵温暖。低下头，自己的感觉没有错，是她的一只手，握住了他放在扶手上正剧烈颤抖的那只手。他还没有来得及反应，她的另一只手也伸了过来，缓慢又带着点力度地从上至下抚着他的后背。

一股强大的热流席卷了陆子浮的身体，浑身的汗毛都竖了起来。他从她手里挣脱出自己的手，反过来抓住了她的，紧紧握在掌心。慕云本能地想要挣脱，却被他死死握住，再不肯放开。

两个人四目相对的一刻，飞机刚好以一种强硬的触地方式，重重落在了地面上。这粗暴的"硬着陆"令机舱里好多人的胃的防线彻底崩溃，四面传来呕吐的声音，空气中迅速弥漫着难闻的气味。

陆子浮竟然没有吐，连恐惧他都暂时忘记了，更不记得自己胃的位置。当然，他最后还是没能守住胃里的食物。慕云在机场的厕所外面等了好一会儿，与他们同一班飞机的乘客都走光了，才见到他从里面出来。

陆子浮的脸白得吓人。慕云跑过去，拿过他手里的包。

"吐了吗？有没有好受一点？"她问他。

陆子浮点了点头，不想说话。刚刚大吐一场，嘴巴里的气味一定很难闻。慕云带他去了机场的咖啡厅，给他要了一杯热茶。暖暖的茶流到胃里，舒服多了，气色也慢慢恢复。

他四下看了看,这个从未来过的地方。

机场很小,进进出出的多是游客。正午的阳光异常热烈,从憋闷的机舱一下子跳到这开阔温暖的世界,他的心情大好。落地窗外的陌生世界,亦令他无端生出许多遐想。他看着对面的女人,也点了一杯咖啡,但喝得皱眉头。

"怎么样?不好喝吧!"陆子浮说。

"本地咖啡味道有点怪。"她放下杯子,转头看着窗外。

陆子浮看着她白色罩衫圆领上方露出的修长光洁的脖子,又转头看看室外他们即将投入的炽烈的阳光。

"你不要涂点——防晒霜吗?"他问她。

她没有回答,却突然站了起来。陆子浮看着她走出咖啡厅,往机场问询台走去。不一会儿,她便回来了。

"你干什么去了?"

"明天上午十一点半有一班。"她说。

"什么?"

"回D市的飞机啊!"

"你明天就要回去?"陆子浮想着还请了一周的假呢。

"不是我,是你。"她坐下来,拿起咖啡杯。

"你不回去?那我也不回去!"

"你别这样!"慕云放下杯子,"今天没有飞机了,要不然,你今天就得回去!"

"你凭什么命令我?"

"凭我是你的老板!"慕云的口气很严厉,脸上也没有一丝笑意。

见陆子浮不说话,她的语气也缓和了些,"陆子浮,你放着好好的未婚妻不陪,跟着我跑到这里来,这不是胡闹吗?"

她就像个小学老师,在批评闯了祸的孩子。

陆子浮笑了。

"你笑什么?"他一笑,她倒慌了。

"冯老师，我错了！"他双手握拳，作陪罪状，嬉皮笑脸。

"你——"她气得红了脸。

"可是，我不想跟余露同学一起玩，就想和你在一起，怎么办？"他摊摊手。

"别瞎扯了，你赶紧给我买机票去！"她大伤脑筋，连连摇头，"要不我给你买，把身份证给我！"

"好吧，我买，我买！"陆子浮说罢，真的从包里拿出身份证，往航空公司的柜台走去。慕云跟在他后面，半信半疑。他没有骗她。第二天上午十一点半的飞机，几分钟，便买好了。

"我要靠窗的位置。"他一本正经地对柜台前的女孩说。

"这下你放心了吧！"他扬了扬手里的行程单。这回慕云信了。只有陆子浮自己知道，这只是缓兵之计。

去酒店的路上，出租车的车窗大开着，阳光炙烤着脖子。不知道在什么时候，慕云已经戴上了一顶很大的浅蓝色草帽，宽大的帽檐，在她脸上投下美丽的阴影。

这样真像在度假，只属于两个人的假期。一想到这难得的共有的时光可能只有可怜巴巴的二十四个小时，陆子浮不禁有一种争分夺秒的紧迫感，仿佛自己有什么使命，需要在最短的时间内完成。

一天的时间里，究竟会发生什么呢？

他看着窗外浓绿的树，暗自希望，在这陌生地方发生的，会是他梦寐以求的，最好、最美的事情。

从出租车里出来，看到酒店的时候，陆子浮略微有点吃惊。

泸沽湖开发的年头不太久，尽管建了机场，但在靠近湖的地方，却没有像样的酒店。这不能算是酒店，最多就是个旅馆罢了。

他们俩提着行李走进大堂。就是一个简陋的厅，根本不能算是大堂，里面还有一股子不太好闻的气味。陆子浮从小到大，下榻过无数酒店，却从未住过这样的地方。他本能地皱了皱眉头。

"这里条件不太好，你住不惯吧？"慕云回头看了看他。

"没有没有！住得惯，住得惯！"他迅速放下行李，跑到前台。夏天这里客人不少,但还有空房间。他们订了三楼两个相邻的标准间。

"你下午要干什么?"进电梯的时候,陆子浮问慕云。

"不干什么,在房间里睡觉。"她看了一眼天花板,淡淡地说。

陆子浮不信。他看着她打开门,走进房间,关上门。他把行李包放在床上,打开门,迅速下到一楼。刚才那个帮他们办理入住的前台女孩,这会儿没事情做了,正在看韩剧。他走过去,冲她挥了挥手,她抬起头,见到是他,黑黑的脸上竟露出羞涩的表情。

"可以帮我一个忙吗?"他笑着,凑到柜台前面,小声对她说。

"好啊!"那女孩很快就被他迷住,也不细问,便满口答应。

"刚才和我一起过来的那个女的,就是穿牛仔裤、戴蓝色帽子的那个,你帮我留心着,如果她从这里出去的话,麻烦你打我房间的电话,告诉我一声。"

这奇怪的请求令那女孩皱起了眉头。虽然并不情愿,但她还是答应了陆子浮的请求。

他知道,慕云准不会在房间里待一个下午。果然,没过多久,电话就响了。他冲到楼下的时候,慕云正站在门外的阳光下。她换了一条质地轻盈的鹅黄色吊带裙,还戴了副墨镜。

"你出去玩,也不叫上我!"陆子浮站在她身后大喊。

慕云站定一秒,却没有回头,径直往前走着。

陆子浮跟上她的脚步,"带上我吧,就这一次,好吗?反正我明天中午就要走了!"

她停下脚步,透过墨镜看了他一眼,不说话,又接着往前走。不说话就是默许,他又得逞了,一路尾随着她,走到了湖边。

传说中的泸沽湖就在眼前。在D市看多了海,再看这大湖,自有一种别样的风情。湖的碧蓝不逊于大海,而在群山怀抱之中,又多了几分灵秀,不同于大海涌动的潮汐,没有船驶过的时候,湖面静得像一面镜子。

有一只木船靠岸了,游客次第下完之后,船空着,慕云匆匆跑过去,与船夫说了几句话,就转身踏上了船。陆子浮与她隔了几米远,刚想跟着她上去,却凭空杀出一队戴着红帽子的旅游团,生生将他和她隔断了。他勉强上了船,坐在船尾,而她在船头。他伸出头,才能看到她的鹅黄色裙摆和蓝色帽檐。

这队旅游团团员年龄偏大,操一口纯正的东北腔,船驶到湖心,他们忙着拍照、欢呼、说话,喧喧嚷嚷,一派嘈杂。陆子浮本以为来这里会讨得两个人的清静,没想到,旅游开发热潮席卷而来,这传说中世外桃源般的地方,竟也未能幸免。

陆子浮被吵得头都大了,烈日烤得皮肤发疼,空空如也的胃,也开始抗议了。

船终于靠岸了。隔着那队小红帽,陆子浮看到,慕云下船时,又对船夫说了什么。这一次,她并没有一个人走开,而是站在湖边,等着陆子浮下船。

"你刚才对他说了什么?"陆子浮看着船夫的背影。

"你是说李福吗?"

"李福?你认识他?"

"对啊,有什么奇怪的,我又不是第一次来这里。"

她把帽檐压低,继续沿着湖边走着。陆子浮回头一看,那群小红帽已经消失在岛中间小山的顶端。慕云走得越来越快,他赶紧跟上她。他的肚子开始叫唤了,四下看看,这岛上,像是没有什么吃的东西。慕云很熟悉这里的地形,她走的这条路,人迹罕至。走了不到十分钟,湖边树下出现一幢小木屋,这深褐色的木屋,里面只有最简单的设施,不像是为游客而建的。

陆子浮站在门口。慕云走了进去,很快又出来了,像变戏法一样,手里拎着一条鱼,一条活蹦乱跳的鱼。

"愣着干吗?快来帮忙啊!"她摘下了帽子和墨镜,头发也束了起来,露着光溜溜的脖子。陆子浮冲过去要接过那条鱼,慕云按住他的手:"这个不用你管,你去把火生了。"

门口沙地上有木头烧过的灰烬,新鲜的木头则堆在旁边。

这又是陆子浮平生第一次生火,又不能上网现查,唯一能参考的是以前看过的野外求生节目里生火的情节。他以原始人的探索精神和无师自通的悟性,一通折腾、数次失败之后,终于,红色火焰开始在搭成三角体的木柴中持续跳动。

陆子浮兴奋地冲进屋里,慕云正好拿着串好的鱼出来了。鱼是今天早上从湖里捕的，现烤着，嗞嗞作响，香气四溢。这大热天的树下烧烤真是别有一番情调，上面太阳炙着，下面还有一团火烤着，陆子浮都不记得汗出了几身，却不觉得燥热，只觉得畅快。

他饿极了，一个人包办了大半条鱼，慕云却没怎么吃。

"谢谢你。"陆子浮吃完，抹抹嘴，对她说。

"谢什么？"

"你不是为我才专门寻到这里的吗？你是知道我饿了，心疼了吧？"自从缠着慕云来到这里之后，他的脸皮就没薄过。

"别自作多情！"慕云抬头看着他，话没说完，突然大笑起来。

"你笑什么？"

"你的脸脏了，快去洗一下吧！"

陆子浮的脸上，不知何时抹上去几道黑灰，黑一道，白一道，像个唱花脸的。他冲到湖边洗脸，那水凉凉的。柳树翠绿柔软的枝条拂着水面，他想起刚才她笑的时候，弯弯的眼睛里，也像浮动着水波。

慕云收拾完，坐在树下的木椅子上，不一会儿，看到陆子浮从湖边走过来。他的牛仔裤比天空的蓝色要浅一些，球鞋是明亮的黄。脸已经洗得干干净净，鼻尖和发梢都挂着亮晶晶的水珠，白T恤靠近颈脖的地方，也被水浸湿了。他朝着自己越走越近，慕云突然发现，他也在盯着自己的眼睛，便迅速扭头看向别处。

"你刚才在看我吗？"陆子浮坐到她旁边。

"没有！"慕云说得心虚。

这男孩身上浓郁的夏天气息，竟令她心旌浮动。一定是阳光太强烈了，让她产生了错觉。她不安地站起来，走向屋后阴凉处。

"你要去哪里？"

陆子浮害怕她又要抛开自己，一个人走。他决定做一只不屈不挠的跟屁虫，黏着她。于是，他就这样，一路尾随着她，到了小山的最高处。

这其实不能算是山，最多是座小土丘。借着这高处的视野，倒是能把大湖看得更清楚。小红帽们早就离开了，新的一拨人还未上来，此刻山顶上只有他们两个人。

视野正前方的湖上，没有船，日光均匀地镀在无波澜的湖面上，呈现出蜜糖一般的光泽，山上有断续的微风，夹着夏日花香。

慕云背对着他，扶着栏杆，看着远处的群山，不知在想着什么。她裸露出来的背部肌肤，像雪白光滑的香皂，透着骨骼的形状。

陆子浮突然觉得心里痒痒的、热热的，他的身体里，凭空升起一股子和阳光一样炽烈的热情。身体里的激情迅速控制了他。他的脑子像信号中断的电视机，出现一片茫茫的雪花。

他加速冲了过去，揽住她的肩膀，捧起她的脸，在她还没有来得及做出反应的时候，就用一个无比炽烈的吻，封住了她的嘴唇。她背部的皮肤，比香皂还光滑，美玉一般的触感，而她的唇美妙得如他所料，又远远超乎他的想象。

"你怎么啦？"

慕云用手敲了敲他面前的栏杆。

他的眼睛眯缝着，手攥成了拳头，脸也因为激动而变得潮红。纯洁又卑劣的，无法抑制又不切实际的，原来，这只是他的幻想，只是——借用她的形容词——"无谓"的脑部活动而已。

他看着她，风突然大了，她的草帽险些被吹掉。她取下帽子，宽大的帽檐遮住了她的脖子和前胸。她用手拢住被风吹乱的头发，把它们抓到一起，放在肩膀的一侧。

这模样太美，他脑子一热，差点又说出什么无谓的糊涂话来。幸好她已经往山下走了。

"你现在要干吗去？"他跟在她身后，亦步亦趋。

"回宾馆。"她说。

"啊，现在还早，我们再去玩玩吧！"

"不玩了，我要回去休息一下，明天还有事情。"

他突然想起来，自己只顾跟着她来云南，却并不清楚，她这次来云南究竟是为了什么，是度假，还是工作？

"你明天要去做什么？我跟你一起吧！"陆子浮忙着跑过去。

"不要！"她回头看着他，拒绝得不留余地，"你明天不是要走吗？"

她站定，盯着陆子浮看了一眼："机票都买好了，你可别耍什么花招！"

陆子浮一时无计，带着一股子无名的怨气，冲到她前面，快步走到湖边。李福的船刚好停在那里，船上空空的，像在等着他们。

他冲陆子浮点了点头，又对慕云说："冯老板，你们今天晚上去我家吃饭吧？昨天老张给我打了电话，我特意让家里准备了一些饭食，就是家常土菜，只怕你们吃不惯……"

"吃得惯！吃得惯！"陆子浮没想到转机来得这么快，他高兴地拽住李福的胳膊，"李叔，那就麻烦您啦！"

只要能和慕云待在一起，无论去哪儿，他都愿意。

"算了，老李，改天吧，今天坐飞机也累了。我想回去休息一下！"慕云一点也没有退让的意思。

老李的表情有些遗憾，"今天晚上俺们寨子里还有歌会呢，你们不去太可惜了！"

"就是啊，我们去吧，慕云！"船已经驶到湖心，陆子浮跑到慕云身边坐下，想要说服她。

"那好！"慕云说罢，陆子浮心花怒放，却没想到她的下一句话竟是："让他跟着你去吧！"她看了看陆子浮，对李福说，又回头叮嘱陆子浮："你去尝尝摩梭人家的菜，还可以听听歌，也不枉来这一趟。"

"你——"陆子浮气得说不出话来。"那我也不去了！"他愤愤地甩出一句。

他呆立了几分钟，也不说话。突然，他整个身子往侧边倒了过去。慕云吓了一跳，赶紧伸出两只手，一把抱住他的腰。

陆子浮本来是想低下身体去玩玩水的，瞬间觉得腰间一热，转过身的时候，她的手已经松开，但手的温度还围绕在他腰间，那么柔软的触感，正如刚才的那个白日梦。

他的不快一扫而光，像孩子吃到了心爱的糖果，连嘴角都是甜的。

"怎么？你怕我跳下去？"他歪着头看她。

她别过身子，不再理他，又似乎在懊恼刚才那个下意识的动作。墨镜遮住了她的眼睛,她的脸颊发红,不知道是热的,还是不好意思了。

李福在船头看着他俩,竟然笑出了声。

他果然也是个明白人!

陆子浮抬头看着李福,发现他也在看着自己。陆子浮指指身边的慕云,耸耸肩膀,摊开手,做无奈状。奇怪的,李福好像知道他的意思,直抿着嘴点头,又拍拍自己的胸脯,接着居然竖起了大拇指。

陆子浮纳闷,他这个动作是什么意思?难道是:包在我身上?

他正费解,船就靠岸了。慕云和陆子浮刚在湖边站稳,李福突然头也不回往船舱里跑。回来的时候,手里端着一只碗,碗里不知道盛了什么东西。

慕云笑着捂住了脸,陆子浮还不知道这是怎么回事。

只见李福走到两人跟前,突然举着碗唱了起来,声音嘹亮有磁性,是本地人张口就来的本事。

陆子浮大概听懂了他的意思,是要唱一支歌,喝一碗酒,邀请她来家里做客的意思。这一次,摩梭人的热情,慕云再不能拒绝了。一曲唱罢,慕云笑着摘下墨镜,喝掉了那碗酒。

李福果然是神助攻!

慕云低头喝酒。李福对陆子浮挤眼睛,陆子浮开心地对他竖起了大拇指。

李福家离湖有好几里地,他们搭了个便车。山间公路颇不平整,晃荡了好一阵子,到达的时候,已是傍晚时分。说是傍晚,阳光仍然很热烈。云南的天黑得晚,太阳盘桓在天上,久久不肯让位给夜晚。

李福家是木结构平房,外面热,进到里面却很凉快。他们到的时候,女人们正在灶间忙活,看到慕云来了,热情地与她打招呼。慕云与她们寒暄着,说说笑笑,倒像熟悉得很。

一进屋,一个长得黑黑的中年女人端上两碗自家酿的冰米酒,清甜爽口,陆子浮本来就渴极了,连喝两碗。

"你悠着点,这酒后劲大!"当他要喝第三杯的时候,被慕云阻止了。

"你可别喝高了,回不去!"她索性把酒碗都收了起来,放到旁边的柜子里。

"回不去了更好！"陆子浮说着便站了起来，在屋子里四处溜达起来。

这屋子采光很差，大白天还得点电灯，借着天花板上那盏晃晃悠悠的灯，陆子浮看到墙上的大玻璃镜框里，贴着很多这家人的相片。都是些寻常的摩梭男女，穿着民族服饰，在村寨里或湖边留下的相片，也有穿着有点土的现代装，有在县城或成都拍的，更多的，是和各地游客的合影。

陆子浮的视线往下移，居然在镜框右下方，看到了一张慕云的相片，是她和这家人的合影，时节好像是秋天，在湖边，她穿着咖啡色羊毛外套，戴着大红色围巾，好像在笑，又好像没笑，神色中，竟有几分忧伤。

这还是陆子浮第一次看到慕云的相片。从相片里看她，和眼睛看到的又有所不同，毕竟，那是过去的她，带着那个时候的心事和状态。

他回头看看，此刻房间里只剩他一个人，慕云不知道去哪里了。趁着没人注意，他竟偷偷从相框里抠出那张相片，放进自己的钱包里。

门外很快传来人声，他走到窗户前面，定了定神。想来好笑，什么都不缺的陆子浮，自从喜欢上了这个女人之后，竟然有了小偷小摸的习惯。当然，这不能算偷，最多只能算是收集。因为他偷偷搜罗的大多数物件，都是随时都会被丢弃的，只对他自己有意义的东西。例如，他第一次去云餐厅的时候，随手塞进自己口袋里的，印着她的名字的餐巾；又比如那天在肖牧的影展上，他买给她的那条宝蓝色长裙的价码牌；还有办公室里她随手写下的字条；在健身房里，从她衣服上掉落的塑料珠子；甚至是在何青家里，被她随手勾画过的外卖单。而现在，又多了一张美丽的相片，这简直算是他的收藏里价值最高的一件了，得来竟全不费功夫！

他正得意地想着，突然被人从背后拍了一掌。是慕云，她端着一盘白花花的笋，站在他面前。

"发什么呆呢？"她说。

"没有啊！"他看着她，笑了。

"你笑什么？"她警觉地四下张望，好像他一笑，就又在捣鼓什么鬼把戏。

"没什么，这笋看起来不错啊！"他用手抓起一块笋，塞进嘴里。那笋新鲜极了，带着山野的味道，清炒而已，却比肉还香。

陆子浮吃完一块,又抓了一块,慕云看着便笑了。

"好吃吧?"她说。

"原来你是以工作为名,跑到这里来吃香的喝辣的了!"说着,他又要徒手去抓,却被她打了手。

这顿晚饭出人意料的丰盛,当然,酒也喝得不少。摩梭人敬酒的礼节五花八门,边唱边喝、喝了唱、唱了再喝,男人女人酒量都了得,而且都以碗计量。虽然自酿酒也就十几度,但如慕云所说,这酒后劲足,刚下肚时候不觉得,酒过数巡,本来酒量不错的陆子浮,也有些迷迷瞪瞪了。

一旁的慕云看着着急,眼见着李福拿着一碗酒,又冲这边过来了,连忙站起来,要帮他挡酒。

"他还是小孩子,不能喝太多。"她对李福摆摆手。

陆子浮一听"小孩子"这仨字儿就急了,像踩了弹簧一样,腾地站起来,抢过那碗酒,一饮而尽。一碗酒下肚,本来昏沉的脑子竟突然清醒了,觉得自己还能喝好多碗,像一个成熟的男人那样。

慕云还很固执,帮他挡下剩下所有敬过来的酒。她的酒量不是一般的好,平日里都是真人不露相,不知道喝了多少碗,除了脸颊稍微泛红,几乎没什么异样。

"你干吗对我这么好?"陆子浮凑过去,对着她耳语。

"你想多了。"她夹起一块肉,扔到他碗里,"我是怕你喝多了走不动,晚上还得我扛你回去,我可扛不动!"

"你太小看我了!我还可以背你回去呢,你信不信?"他挺直了腰板,像在说什么了不得的事情。

慕云扑哧一笑,拿着筷子的手在他眼前扬了扬,那意思是要他别说大话。陆子浮还要争辩,突然有个子高高的陌生男人从外面走了进来,对李福说着什么本地话。

"歌会开始了,我们出去吧!"李福卷起袖管,站了起来。

"冯老板,小伙子,你们也一起吧!"他走过来对他们说。李福还不知道陆子浮的名字。

慕云和陆子浮都放下了碗筷,和这家人一起走出了堂屋。走到门口,见得石子路上走着好多寨子里的人，更多的人从自己家里走了出来，人流汇聚在一起，往什么地方走去。

没有路灯，很多只手电照亮了石子路，深一脚浅一脚。陆子浮抬头，望见不远的地方，高处，黄色的电灯亮着。走到近前一看，才知道歌会的举办地，就是寨子里小学校的操场。空空的教学楼，走廊里的灯都开了，操场上人头攒动。李福说他们运气好，赶上的这个歌会是夏季最大的一个，附近寨子里的人也来了好多。

操场中间竟生了好大一堆篝火。夏夜的篝火晚会，陆子浮倒是头一次见到。还好，天一黑温度就降了好多，倒不觉得热。

在芦笙的伴奏之下，摩梭男女围成一圈，开始了特别的舞蹈。这舞蹈是手牵着手跳的，主要是脚的动作，并不复杂，却充满活力。慕云和陆子浮并肩站在人群之外，饶有兴致地看着。

"你冷不冷？"陆子浮低下头问她。

"你说什么？"人声嘈杂，她听不清他在说什么，便更靠近他。

"我说——你——冷——不——冷？"他用手挡住嘴巴，对着她的耳朵大喊。

她笑着摇摇头，脸有一半隐在半明的灯光中，鹅黄的裙子，却明亮得很。陆子浮的手偷偷从她后背上升，升到她肩膀的位置，刚要完成他的小动作，突然，一群年轻人冲他跑了过来，围在他跟前。确切地说，是一群年轻的摩梭女孩。他还没反应过来，她们就开始起哄了，把一个身材高挑丰腴的女孩推到他面前。

那女孩本来低着的头抬了起来，陆子浮看清了她的脸。和别的女孩一样，她也有着黑黑的皮肤，不过眉眼却比别人俊俏许多，脸上带着羞涩的笑。

陆子浮愣着，旁边的女孩们操着有点蹩脚的普通话，对他说："她想和你跳舞！"他还是愣着，慕云推了推他，"你还傻站着干什么？人家想和你跳舞！"他刚想推辞，却被那群小兔一般的女孩拽住了胳膊，推到跳舞的人群中。

他回头看着慕云，她还站在远处，捂着嘴，不怀好意地笑着。

黑暗中有人紧紧抓住了他的手，正是刚才那个漂亮女孩。她一直紧紧抓着陆子浮的手，一边跳一边为陆子浮演示动作。陆子浮很快就学得八九不离十了。芦笙有节奏地响着，跳舞的人群围着篝火转了一圈又一圈。每一次转到同一个位置的时候，陆子浮都能看到对面人群之外，穿着黄裙子的慕云。隔得太远，他看不清她的脸。他真想此刻牵着自己手的人是她。

很快就跳得大热，陆子浮的白T恤湿透了，手心也都是汗。

芦笙的声音却不肯停，身旁的女孩笑盈盈地抓着他的手，不知转到第几圈的时候，当他看向同一个方向，黄裙子却消失了，像是美丽的画被撕掉了一角，让人慌了神。他转头张望，没看到黄裙子，却乱了脚下的舞步。他急忙拉着那个摩梭姑娘的手，从跳舞的人群里面退了出来。

"怎么啦？"女孩不解地问他。

"对不起，我不能跳了。"他松开她的手。

"为什么？"

"我要去找人。"他说。

"是找刚才那个女人吗？"她抬起头，笑着问他："就是站在你旁边的那个？"

"对！"

"她是你的女朋友吗？"

他笑了，没想到，她的问题如此直接。

"那你喜欢她吗？"她又问。

"喜欢！当然喜欢！"陆子浮太喜欢这个问题了。他希望人人都来问他这个问题，问一千遍，他也要自豪地回答一千遍。

摩梭女孩冲他大度地微笑着，示意他赶紧去找那个喜欢的人。

操场上人真多，除了跳舞的，还有聊天的中年人，谈情说爱的年轻人，忙着拍照片的游客。陆子浮像鱼一样，在人群中钻进钻出，寻找着他的黄裙子。

慕云没有离开很远，就站在教学楼二楼的过道里。她看着穿着白T恤的陆子浮被卷进一个人群的漩涡，跑出来，又被卷进下一个。她很想大声喊他的名字，告诉她自己就在这里，不知怎么的，话到嘴边，却喊不出口。

李福在她旁边看着着急，"那小伙叫什么来着？"

"陆子浮。"慕云说。

"对对对，陆子浮，陆子浮！"他冲着下面狂呼，挥手。

陆子浮终于看到了他们，借着二楼过道的电灯，他看到，黄裙子倚着栏杆站着。他的脚步又重又快，像风一样，仿佛才过了几秒，就站在她面前了。额头上的汗还没干，他浑身冒着热气。

"你怎么不跳了？"慕云看了他一眼，又转身望着外面。

"你都不见了，我还跳什么跳！"陆子浮说这话竟带着些莫名的怒气，连他自己也不知道怒从何来。

慕云不说话。

李福走过来，拍拍陆子浮的肩膀："刚才邀你跳舞的，可是我们寨子里最漂亮的姑娘！你就这么甩下人家，自己跑了？"

"是吗？"陆子浮走到慕云旁边，大声说，"那姑娘是很可爱。可是我跟她说了，我有喜欢的人了。"

李福大笑，"那最好了！按照我们摩梭人的习惯啊，若是你看上哪家姑娘了，那姑娘也看上你了，等是等不得的，也用不着那么多你们汉人的拐弯抹角，天黑了，你直接去爬那姑娘的窗户，两个人就这么好上了，不就得了！"

陆子浮冲他直眨眼睛，"真的吗？两个人好上，有这么容易？"

李福笑得更厉害了，整个楼道里都回荡着他的笑声。

"行啦，不早了，我们该回宾馆了！"慕云毫不客气地打断他们，用了一个再正当不过的理由。

"哦，我忘了告诉你们，今天没有顺路车了，你们得自己走回去！"李福说着便把搁在地上的手电筒递给陆子浮，"反正也不远，你们路上小心！"

李福低着头，陆子浮看不清他的脸。他总觉得，李福动机不纯。见陆子浮还愣在那里，李福二话不说，把手电筒塞到他怀里，"赶紧走吧，再晚天就凉了。你负责照顾好冯老板！"

他笑着拍拍陆子浮的肩膀。这个动作，再次印证了陆子浮的想法。

慕云对这个提议并没有表示反对，陆子浮呢，当然是笑纳了！于是，他们两个人，就这样，踏上了回去的路。

身后欢聚的人群还未散去，李福站在人群和火光的背景中，冲他们挥手道别。寨子到宾馆只有一条路，当然不至于走岔，可这条路全是小石子铺成的，没有路灯，全凭手电打出的那道微弱的黄光。

慕云走在前面，陆子浮紧跟着她。气温更低了，他看着她露出的肩膀，想着她一定很冷。这乡间小路上，行人只有他们两个，偶尔从路边房舍中传来狗吠的声音。一开始只是冷，没过一会儿，陆子浮感到手臂上一滴一滴，湿湿的。开始下雨了。他们都没有带伞，白天太阳那么好，谁会想得到带伞呢？也许李福知道晚上会下雨，可他偏偏也不借给他们伞。

没准他就是故意的。

事情后来的发展，越来越让陆子浮觉得他就是故意的。因为雨势的发展根本超乎他们的想象，从第一滴雨落下没多久，就迅速演变成了瓢泼之势。雨下大的时候，他们刚离开村寨一段路，在下山的公路上，两边都是树，而他们要去的地方，还在山下。

他们就这样，被困在这前不着村后不着店的所在。

整个世界，只剩下一场大雨。

"我们去树下躲一躲吧，这雨太大了！"陆子浮冲着她喊。

慕云还想走下去，可她的裙子已经湿了大半，除了临时躲一躲，没有别的办法。

路边那不知名的树，枝叶繁茂，若是白天，树下一定是浓荫密布。

陆子浮用手电照着树下那块看起来还算干燥的路面。招呼慕云走过去的时候，他的另一只手，顺理成章地揽住了她的肩膀。他就这样拥着她，走到了树底下。她的肩膀沾满了水珠，石块一般冰凉。

树下并不见得能躲掉多少雨，可是，两个人挤在一起，却要温暖得多。他还拿着那只手电筒，那灯光却不安地不知道该照向哪里。黄色光线划过对面的路面，照见一阵密集的雨脚袭来，他本能地用胳膊把她箍得更紧了。她并没有抗拒。他低头看见她的侧脸，湿漉漉的头发垂在肩膀上。

"陆子浮，我们……"她终于转身，抬头看着他。

他感觉她的肩膀从他手臂上滑落。一秒的失落，只有一秒，迅速变成了别的东西。急躁或冲动，那一刻他什么都没想，只是想重新夺回她的肩膀，仅此而已。他想自己的动作肯定是重了一点,因为当他重新扳回她的肩膀,他明明听到,她喉咙里发出了"啊"的声音。

手电从他手里掉落,重重地摔在潮湿的路面上。他需要两只手,来捧住她的脸。

天!

那是最自然,也最荒唐的事情。那是,一个突袭的吻。

慕云差点就挣脱了,可陆子浮成功地控制住了她。赶在她逃掉之前,他低下头寻得了正确的位置,用一个近乎强制的吻,封住了她的嘴。"施暴"的时候,他浑身都在颤抖,极度的紧张令他几乎喘不过气来,像一个入室抢劫的强盗,还没得手,已经快被自己击垮了。

可他很快就温柔下来,因为,有点奇怪的,她没挣扎多久,就缴械投降了。她的"顺从"简直令他惊喜。得逞的"劫匪",寻到了正确的节奏。鼻尖和鼻尖互相摩擦着,唇齿间有雨水咸咸的味道。这男孩和女人,都不是亲吻的熟手,动作还带着生疏,却因着探索对方的热烈愿望,使得这个吻成为一个绵长、纯粹而意味深远的仪式。

呼吸、抗拒和迎合,于方寸之地,开拓出璀璨之境。

雨幕像一个玻璃罩子,将他们与全世界隔开,这树下的小世界,潮湿而温暖。两个人的衣服都湿透了,陆子浮的白T恤紧紧贴在身上。他感到后背上热了一下,那是轻轻贴上来的,她的手,而她的唇并未离开。他死死抱住她的肩膀,在她的唇上点燃,一簇崭新的火焰。那火焰却不是被雨水浇火的,是上坡的车子亮着车灯,突兀地打在他们身上,车里有人吹起了口哨。

陆子浮用手挡住她的脸。车灯很快消失在拐角的黑暗中。仿佛是从一场大梦中惊醒,她终于挣脱了他的手,回头冲进雨中。他捡起手电筒,跟在她后面。她在前面走得很急,他看不到她的脸,只觉得,她的背影,仿佛充满了不可言说的懊恼。

一切来得快,结束得也快。

雨慢慢变小,下坡路比想象中要走得快得多。两个浑身湿透又带着惊慌的人,一前一后地回到宾馆,这景象太奇怪,连前台都忍不住要多看他们几眼。

一路无言,在房间门口分别的时候,陆子浮终于忍不住了。慕云已经打开门,他走过去,站在她身后,喊了她的名字。她没有抬头看他,只说了一句:"早点休息吧!"

他怔怔站在屋外,眼看着她关上了门。

陆子浮回到房间,下过雨,整个屋子散发出一股子难闻的潮味,走的时候没关窗户,连窗边的单人沙发都湿透了。

他躺倒在床上。不知道躺了多久,天花板上的灯光好像都暗了很多,身下的床单也被水浸湿了。那无数个火星子还在脑子里跳动,久久不肯熄灭。他下意识地摸了摸自己的唇,闭上眼睛的时候,就好像她的触碰并未离开。

不知该如何平息这火焰。他从床上跳起,翻了翻行李包,找到一支铅笔,却找不到本子或纸。在房间里翻了半天,他终于在床头柜的抽屉里面,摸到一只空的烟盒。他把烟盒拆开,在那纸盒背面的空白,描画了她的唇。湿漉漉的实感,那唇的线条柔和细腻,只属于某一个人。

他知道,这唇的主人也会知道。

不知过了几个小时,起先的狂热慢慢褪去,陆子浮突然又害怕起来,害怕她反悔、逃避,害怕他和她对一件事情会有截然不同的理解。他只是害怕,他认为意义非凡的那个吻,对她而言,其实什么都不是。

他被极度的兴奋和极度的焦虑同时折磨着,终于,在不知道几点钟的时候,居然睡着了。梦中他听到女人的尖叫、门开的声音。还以为那是在梦中,眼睛突然睁开,天花板上的灯好像突然晃了一下。

"喊什么喊啊!吵死了!"这一次,是男人的声音。那声音来自楼道里,很快,又听到急促的脚步声。

他下床,开门,楼道里光线很暗。他揉了揉眼睛,急忙往隔壁那个房间看,却吓了一跳。门果真开着,他冲进去,她的箱子还放在桌上,床头有一杯茶,洗手间里还有她的毛巾和用具,人却不见了。

他急得发抖,匆匆往楼梯的方向走,却在楼梯拐角的地方,见到上楼的慕云。她头发乱乱的,穿着白色睡裙,脸色苍白。

"你怎么啦?"他冲过去,心下一块石头落了地。

"陆子浮，我——"她抬头看着他，面有难色。

"刚才是你在叫吗？发生什么事情了？"

慕云不回答，自己往楼梯上走。

陆子浮跑过去拦住她，"到底怎么了？你要急死我啊！"

"我房间里有……老鼠。"她看了他一眼，说得很犹豫。

"什么？"陆子浮以为自己听错了。

慕云用手捂住脸，叹了口气，又小声重复了一遍："我房间里有老鼠。"

"所以，你就是为这个尖叫的吗？"陆子浮笑了。

她气呼呼的，推开他的手，爬到楼梯顶端，走到三楼过道里。她本来是径直往自己房间走的，走到门口，却停住了。

陆子浮站在她身后，"你确定是老鼠吗？在哪里？"

她指了指门口的深红色衣柜。此刻那里面没有任何响声。

"老鼠的声音太大了，我都被吵醒了。不行了，这房间不能住了！"她懊恼地转过身，靠着墙，蹲了下去，"我本来要去前台换房间的，可是她告诉我，都住满了！"

"那你打算怎么办？"不知怎么的，陆子浮的心突然跳得很快。

慕云还蹲在地上，用手抱住了头。

陆子浮还是第一次见到她如此乱了阵脚，像个惊慌失措的少女。两个人沉默了一会儿，然后，陆子浮清了清喉咙，蹲下来，看着她。她低着头，双手抱着膝盖，睡裙的边缘垂在地上。

"你总不能就这么待一夜吧，要不，你去我房间，凑合一下？"

她没有反应，他的心跳得更快了，害怕自己说错了话。

她终于抬起头来了，眼睛瞪得好大。

"我倒是有一个办法……"她说。

"什么？"

"如果你不怕老鼠的话，我们换个房间睡，怎么样？"她狡猾地笑了。

"不要！"陆子浮答得很果断，"我也不想睡在有老鼠的房间。"

陆子浮虽然动机不纯，但他从小到大的确没有在一个有老鼠的房间里待过一整晚。

"那你不用管我了,我就在这里坐着就好了!"她赌气似的又低下了头。

"这样吧,你去我房间,就坐在床上,休息一下,总可以了吧?你放心,我不会把你怎么样的。"陆子浮觉得自己这话讲出来,真是"笑"果十足。

他们还在理论,旁边的房门打开了,还是刚才那男人。再次被吵醒的壮汉脸色发青,已近崩溃。陆子浮一边冲他挥手道歉,一边一把拉起慕云的手,连拖带拽把她推到自己的房间。听到门在身后关上的声音,她在门口站定了几秒,却也不再坚持,往里面走,走到沙发旁边。

陆子浮冲过去,赶在她坐下之前,抓住了她的胳膊。她一脸惊讶。

"这沙发被雨打湿了,不能坐,你坐到床上去吧!"他指了指旁边的床。那床可真有点乱,被陆子浮睡了个洞,被子胡乱摊在床上。

慕云听话地走到床边。她是真的没地方可去了,只能坐在陆子浮的床上,还维持着刚才的姿势,两腿蜷在胸前,不过这一次,她倒是抬起头,看着他。

唯一的沙发坐不了,陆子浮只好在房间里晃荡着,坐也不是,站也不是。天花板太矮,他太高,加之他慌慌张张的神色,身上的T恤也皱巴巴的,看起来甚是滑稽。

"你过来坐吧!"又过了好一会儿,慕云拍拍她身边的空处,笑着对他说。鼠患的阴影好像褪去了,她又从惊慌少女变回了本来的样子。

当陆子浮坐到床上,和她并肩坐在一起的时候,气氛却瞬间变得尴尬。她突然不说话了,头没在阴影中,而他的嘴巴也开始发干。

天还没亮,谁又会忘记,几个小时前发生的事情呢?陆子浮头一次明确地感到,那件事已经不可避免地改变了他和她的关系。

他毫无睡意,她也坐着不动,将两腿平放在床上,白色裙摆的尽头,是两截修长白皙的小腿。他想聊点什么,酝酿了半天,还是选择了最安全的话题,尽管听起来有点好笑。

"你很怕老鼠吗?"他说。

"你不也怕吗?"她马上反驳。

"我是没怎么见过这个东西嘛。"陆子浮越辩解越露怯,"那你呢?女人都怕老鼠吧？"

"我主要是吃过这东西的苦，所以怕。"

"什么意思？"陆子浮想想，餐厅里保洁做得好，从来都不会有老鼠的。

她像在想什么事情，半天，才说话："我父亲刚去世那会儿，家里房子卖掉了，我和母亲搬到一个租来的房子里，那房子又老又破，每到夏天的时候老鼠特别多，那老鼠都不太怕人，还会咬人的！"说着，她又把腿抱在了胸前，就好像当时的恐惧对她心理上的影响还未完全消除。

这描述令陆子浮也觉得毛骨悚然。

"真是吃够了它的苦头啊！所以，我才特别怕这东西。"她又开始沉默了，头发垂在耳边，陆子浮只看到她乌黑的后脑勺和瘦削的肩膀。

他不知道这瘦弱的肩膀还承受着多少他所不知道的伤痛。他好想从身后抱住她的肩膀，亲吻她的头发，告诉她有他在，一切都好，不要害怕。可他还是尽力克制了这样的冲动。

她突然背对着他，躺下了。

他呆坐在那里。

他以为她真的睡着了，这个终生难忘的夜晚就这样结束了。他甚至觉得有点遗憾。

半晌，慕云突然回过头来，对他说："你不睡觉吗？"

"我——"陆子浮眯起了眼睛，不好意思地用手抓着头发。

"一人一半。"她拍了拍床，笑着说："谢谢你借我床。"

陆子浮真就这样躺下了。她背对着他，咫尺而已。他能闻到她洗发水的香味，透过睡裙白色的棉布，能隐约看到她的肌肤。

"慕云……"睡着之前，他还是忍不住说了最后的话。

"嗯？"她也没睡着。

"我还有一个问题。"尽管很无厘头，他还是想知道答案。

"我困了。"她迅速打断了他："睡觉吧！"

她一回头，关掉了天花板上的灯。整个房间即刻堕入黑暗。

那个晚上，陆子浮没怎么睡着。他怎么可能睡得着？

醒来的时候还是清晨，慕云睡得很熟，他俯下身来看她的时候，她没有任何反应。

他冲了个澡出来，换上干净的T恤和牛仔裤。从洗手间里出来后，突然有人在敲门。他以为是宾馆的服务员，打开门一看，却是李福。大清早的，他已经满头大汗，像是一路跑过来的。见到陆子浮，他头一句话便是："冯老板呢？我在她门口敲了半天都没反应。"

陆子浮支支吾吾的，不知该如何解释。

李福朝屋里看着，突然瞪大了眼睛。

陆子浮回头一看，也吓了一跳。

慕云不知道什么时候起来了，站在他身后，还穿着昨天的睡裙。

李福突然笑了。

慕云什么都没说，陆子浮忙着解释，李福好像根本不在乎他的解释，他只顾着傻笑。

"冯老板，今天我们约好的，你忘了？"李福突然对着后面的慕云大喊。

"啊！对了！"慕云好像突然想起来了。

"什么事情？"陆子浮回头看着慕云。透着窗户后面露出的阳光，她的脸色看起来不太好。

"冯老板和我约好了，今天我去南边打鱼，她和我一道去的。"李福说。

"本来是说要顺道去看看那边的情况，看能不能找点供应商的，但我今天不太舒服，恐怕去不了了。"慕云说。

"你怎么了？"看着陆子浮满脸紧张，李福又在偷笑。

"没有，就是牙疼。"她捂着左半边脸。

"疼得厉害吗？"陆子浮朝她走过去。

"嗯，可能是上火了，我得休息一下。"她抬头看着他，突然想到了什么。

陆子浮以为她想到了十一点半的飞机，心里还担心着呢，她说的却是："子浮，要不你跟李福去一趟，了解了解情况吧！"

陆子浮连声说好。慕云回头又朝屋里走去，一副没精神的样子。

和李福一起下楼的时候，他还在笑。

"你笑什么？"陆子浮站定，看着他。

"你们俩真的好上了？"他笑着说。

陆子浮跳了起来，又是好一通解释，可越解释，李福越是不信。

"你和冯老板，你们俩挺般配的！"走到一楼大厅，他突然转过头，看着陆子浮，郑重地说。

陆子浮哭笑不得。

两人正要往门外走，陆子浮突然停住了脚步，看着大厅角落里的什么东西，好像突然想到了什么。小卖部里有一台红色冰柜。

李福诧异地看着他跑了过去，跟小卖部的女孩说了些什么，那女孩很快低下头，把冰柜的门打开，从里面拿出好多支各种颜色的棒冰，是那种密封在塑料袋里的棒棒冰，冻成了一根根的棒子。

"你要干吗？"李福话没说完，就见陆子浮抱着那堆棒冰，往楼上跑。

开门的时候慕云还捂着半边脸，看得出来，她很痛苦。看到是陆子浮，她的眼睛瞪得好大。

"这个，给你！"陆子浮抱着那一堆五颜六色的棒冰，看起来很滑稽。

"干吗？"

"你不是牙疼吗？这里又没有冰块，只能将就了，敷一下吧！"他说着，便拿起一根，往她面颊上贴。她躲了一下，没来得及，那奇怪的东西还是贴上了她的脸。她用手接住那东西，冰冰凉凉的，疼痛瞬间缓解了很多。慕云还没来得及说"谢谢"，陆子浮就走了。她站在楼道里，看着他的背影。

陆子浮今天穿着蓝绿条纹的T恤，走到下楼梯的地方，突然回过头来，就好像知道她在看着自己。他冲她挥挥手，转身，消失在楼梯拐角的地方。

慕云回到房间。棒棒冰买得太多了，开着空调的房间里，仍然化得快。在冰块化成水之前，她睡着了，梦见了湖、山坡和石子公路，当然，也梦见了陆子浮。梦中的自己，侧躺在床上，睡得正香，那身材高大的男孩朝她走进，俯下身来，正要吻她。

她却醒了。醒来的时候,房间里已经大亮。枕边和床头柜上散着一袋袋花花绿绿的糖水。她看着笑了,摸摸脸颊,痛的地方还在,大概是自己的耐受力增强了,觉得没有早晨那么疼了。

她坐在床边,发了会呆。正准备起身,突然瞥见床头柜上,纸壳上压着一支铅笔,纸壳上好像画了什么东西。她拿起来看。没想到,他还会画画,寥寥数笔,这么传神。

她拿着那烟盒上的画,又呆坐了半天,终于还是起身,走到洗手间。

他的黑色牙刷静静躺在玻璃牙缸里,毛巾架上挂着他自己带来的深蓝色毛巾。大理石台面上,干净得没有多余的水珠。

她洗漱好,换上了干净的裙子,下楼的时候,已过正午,时钟正指向,一天中最热的时候。大堂里空荡荡的,连前台都在打瞌睡。她看了看手机,没有新消息。下楼之前,她给他发了短信,问他什么时候回来。

她一路走到湖边,这个时间,上船的游客也少,湖边上的船都在无所事事地晃荡着。她突然觉得饿了,靠近湖边的小饭馆似曾相识。她走进去,点了一碗凉面,吃着吃着,面的味道也熟悉起来。她这才想起来,以前也吃过这家的凉面。吃到一半,电话响了,她匆匆从包里掏出电话。屏幕上闪动的名字,是肖牧。

不知怎么的,她竟颇有些失望。

"你在云南吗?"他问。

"嗯。"她停住了,不知道他还知道些什么。

"我去过餐厅了,他们说那男孩也请假了。"慕云愣了一下,才明白他口中的"男孩"是指谁。

她还没说话,他又说:"所以,你们现在在一起?"

"现在吗?没有。"慕云看着远处的大湖,"肖牧,我……"

"等你回来再说吧。"他突然打断了她,声音听起来很低落,好像受了什么打击。

慕云还想说话,对方却迅速挂断了电话。她收起电话,拿起筷子,看着桌上那碗吃到一半的面。黄色面条、麻酱、肉末和蔬菜末全揉在一起,那碗面条看起来混乱不堪。突然，她胃口全失。

结完账，走到门外，心里的烦躁之情急速上升。她在湖边的长廊上坐了很久，无缘无故地突然想喝酒。跑去小卖店，只有一种绿色罐子的本地啤酒，名叫碧波。她回到长廊边上。又不知道过了多久，喝完了那听名字像洗衣粉的啤酒。

正对着长廊的是一个小码头，陆续有载着游客的船靠岸，戴着各种颜色帽子的游客次第下船，却没有见到她等的那个人。她刚想打他的电话，忽然见得一群本地模样的人慌慌张张往湖边疾走。她突然有一种不祥的预感，便急急拦住中间的一个女人，问她发生了什么事情。

"听说南边有只船翻了。"她说。

"你说什么？"慕云猛地抓住了她的胳膊。等那女人挣扎着，她才发觉自己的失态。她松开手，那女人一边捏着自己的手肘，一边不解地看着她："船不大，超载了。"她丢下简短的两句话，就头也不回地走了。

慕云的头蒙了，后脑勺像有无数只蝉在鸣叫。她直直地站在太阳下面，瞬间出了一身大汗。她从包里拿出手机，拨他的电话，手发着抖，在电话簿里寻找着他名字的首字母，输错了好几次。

"您所拨打的电话已关机，您所拨打的电话已关机。"听筒里传来的漫不经心的女声，简直令她抓狂。

她冲到湖边，湖水白茫茫一片，横在眼前，熙攘的人群像是褪了色的画，她的心脏一阵阵抽紧，手机死死抓在手里，液晶屏快要被她捏破了，手指的汗浸了一层。无望中，她又拨了几遍陆子浮的电话，却只是确认他已关机。恐惧和惊慌令每一秒都度日如年。岸边的人群并未移动，连姿势都没有改变，也许从她知道那个坏消息到现在，只不过十几分钟而已，她却觉得仿佛已经过去了好几个小时。

本地人和类似景区工作人员的人挤在一起，可他们能做的，只是抻着脖子，张望着远处的湖面。不知道过去了好久，远远地，看见一艘黄色的大船开了过来。有人开始举着大喇叭，忙着疏散岸边的人群。那喇叭在喊什么，慕云根本听不清，也不想听，她拔腿就往岸边跑，有个男人冲过来拉住她，却被她突然爆发的力量给推开了。那男人惊讶地站在原地，大概在想这瘦瘦的女人怎会有这么大的力气。

意念的高度集中，令她看起来焦虑又怒气冲冲，但其实她此刻的精神，就像蝉翼一样脆弱，像绷得太紧、紧到极点的弦，随时都可能崩裂。

她终于冲破人群，站到了岸边。那黄色大船慢慢驶进，船上穿着制服的人走来走去，悬挂在船头旗杆上的旗子被刮破了，红色像洗过一样惨淡。

她的整张脸都因痛苦而扭曲了，颤抖的手捂在脸上。

那大船往她的方向驶过来，越来越近。她实在难以忍受，在最后一秒转身离开了岸边，一步一步，艰难地走到人群之外。

船靠岸了，面前的人群先是一起涌上去，随即，又一起往后退。

大喇叭又响了起来，这一次，她听清楚了，是让围观的人让出一条路。

她的脑子一片空白，竟然又抓起手机，强迫症一样，打开通话记录。这时候手机突然响了，那个名字竟在屏幕上闪烁，做梦一般。她惶惑地拿起手机，放到耳边。她不敢相信，却真的是他。陆子浮的声音在耳边响着，听起来如此的不真实。

慕云那根绷了太久的弦轰然断裂。她竟然哭得像个孩子，一边哭一边对着电话喊："你去哪里了？干吗不接电话？"

"你怎么了？"听到她哭，陆子浮也急了。

电话那头突然又没了他的声音，只留下嘈杂的人声。慕云不知道发生了什么，他又去了哪里？她对着电话，狂呼着他的名字。

"慕云……"她很快就听到他的声音，却不是从电话里传来的。她的肩膀上有了新的重量，如果没有猜错的话，那是他的手的重量。

她一度傻傻地害怕再也见不到的那个男孩，此刻，就站在她身后呢！

她放下电话，转过身，蓝绿线条在她眼前晃动。他的脸上覆着一层细密的汗珠。

她看着他，突然发现他嘴唇的上面有薄薄的黑色胡茬，那是昨天还没有的。这让他的样子又熟悉又陌生，就像她失而复得的某样东西。

陆子浮本来还惊讶于她眼里和面颊上的泪，看着从人群中抬出的担架，他突然什么都明白了。他伸出两只手，抹着她脸上的泪，这一次，她再也没有抗拒。

"对不起，手机没电了，我刚才回宾馆，前台说……"

陆子浮话没说完，她抬起头来，看着他。陆子浮突然觉得，她看他的眼神是前所未有的,那美丽的、带泪的眼睛,却将最真挚、最复杂的心曲,明明白白地袒露给了他。

他想知道的所有问题的答案,都在那双眼睛里了,不是吗?

他看到她的嘴唇动了一下,"陆子浮,我……"她话没说完,却看到他的眼睛里面分明跳动着两簇火焰。

又是一个突袭般的吻,不过这一次,是她的突袭。踮着脚尖的偷袭,冷不丁地这么一下,陆子浮像被施了魔咒一般,傻傻地站在那里。

慕云低下头,后悔似的要走,陆子浮哪肯放了她。他们就这样,在扰攘的人群中,完成了第二个吻。两股潮热不安的气息汇聚在一起,却获得了前所未有的安宁。阳光在头顶织出炫目的光斑,这个从容而温柔的吻,好像完全超脱了周遭的环境。

待激情稍微平息,陆子浮还是抱着慕云,不肯放手。

围观的人已经渐渐散去,太阳变成了黄昏时分的颜色,紫红色的流光晕染了天幕。那艘黄色大船还停在岸边,船上却已空无一人。

他们手牵着手,找到一家湖边人少一点的餐厅。店里的食客都在说那艘船的事情。"听说淹死了一个人。"他们中有人说。慕云原本明亮的脸突然笼上了一层阴影。刚才完全沉浸在自己的小世界里,没想到,还是死人了。陆子浮听到灯下的她低低地一声叹息。他想说点什么,转移她的注意力,于是,笑着问她:"对了,你刚才在等我的时候,是不是喝了啤酒?"

"啊!你怎么知道……"慕云摸了摸自己的嘴唇,突然不说话了。

陆子浮不怀好意地笑了。那啤酒的清香,好像还氤氲在他口中。

"是什么牌子的?味道很好啊!我也要喝,你在哪里买的?"

"碧浪,本地啤酒,哪儿都有卖的。"她说完,便赌气似的扒了一大口米饭。

"碧浪?"陆子浮觉得这个名字好耳熟。

慕云扑哧笑了:"说错了,是碧波!"

陆子浮真去买了两听,给她一听,她却说牙疼。

"突然就疼起来了吗?"他关切地看着她。她也觉得奇怪。原来下午只顾着担心,忘记了牙痛。

"对了，李福人呢？"

"你才想起他来啊！"陆子浮笑了，"他说是家里有急事，就回去了！"

"那你们今天去看得怎么样？你中午吃了鱼的吧？味道如何？"时间好像中断了，她现在冷静下来，才想起来之前的事情。

"看来你今天收获不小啊！"看来慕云对他的"汇报"很满意，"说不定可以考虑从这里采购的。"

"不过运费和保鲜要先解决……"她一开始考虑餐厅的事情，就被陆子浮打断了。

"今天可以不聊工作吗？"他皱起了眉头。

她笑了。

从餐厅出来的时候，她走在前面，陆子浮跟在后面。陆子浮冲过去，握住她的手，这时候，不远处的湖边，升起一束烟火。

"你的牙还疼吗？"他低头问她。

"当然疼啦，一疼起来，怎么可能那么快就好了？"她说。

"我有一个办法，帮你止痛！"陆子浮说得信誓旦旦。

"什么办法？"

慕云抬起头，他一脸严肃。

"你看着我。"他说。

慕云看了他一眼，很快别过头去，却被他硬给扳了回去。

"别打岔，你看着我，集中意念，十秒。"

她听话地看着他，这一次，她不再笑了。

"一、二、三、四……"他真的开始数了起来。

"八——九——"

数到"十"的时候，他突然俯下身，再一次吻了她。他的舌头偷偷伸进她的齿间，带着啤酒的清苦和回甘，又极为灵巧地滑动着，仿佛是背负着治疗的使命，去了解每颗牙齿的状况。

一个治愈系的吻。

牙疼，又算得了什么呢？

吻到动情的时候，身后的天空正绽放着最美的那朵烟花。

情之所至，之后的一切，都是顺理成章。

陆子浮在这方面几乎没有经验，他不好意思说，可动作的生疏却暴露了他。他抖得厉害，像个学生。

灯光下，她的肌肤发出白瓷般迷人的光泽。他俯下身，拨开她散落的头发，轻轻吻着她的耳朵，和脖子。突然，她像是被什么东西扎了一下，侧过身子。

"怎么了？"他趴在她身旁，对着她耳语。

"痒……"她仍是背对着他。

"是不是太快了？"陆子浮冲着天花板，吐了口气。

慕云转过身来，半笑不笑地看着他："我有一种乱伦的感觉。"

"什么？！"陆子浮惊得从床上坐了起来。

"难道不是吗？老牛吃嫩草。陆子浮，你还这么年轻，而我，已经老了。"她说着，又转过身去，看到床头的那张香烟盒，画着她嘴唇的那张纸壳。在灯下，每根线条的细节都看得清清楚楚。

她还躺在那里，闷不作声。

陆子浮什么都没说，他只是躺下来，从她身后紧紧抱住她。而他的下一个动作，是缓慢而笨拙地脱掉她的白色睡裙。他再次以无比的温柔和耐心，亲吻她的嘴唇、脖子和肩膀。往下，听到她低低的呻吟。

她的身体，如宫殿般辉煌、如雨后的清晨般纯洁。这初次的造访，却是终生难忘的旅行。

身体里的热浪一阵阵袭来，这一次，陆子浮成功地控制住了节奏。当浪潮推到最高点的时候，耳边响起最美妙的乐声。他知道，她终于完完全全地属于他了，这令他欣喜若狂。

浪潮退去之后，他仍然反复亲吻她的嘴唇，眼睛里闪烁着亮晶晶的东西。

她笑了，捧着他的脸，问他："你怎么了？"

"你太美了！"他抚摸着她的耳朵和下巴，调皮地眨着眼睛，"我真想，每天晚上都跟你在一起。"

"唉！"她叹了口气，转过身去，拿起床头柜上的茶杯，喝了一口水。

"你叹什么气啊？"

"你到底是年轻啊，这么血气方刚，我老了，招架不住！"她说着又笑了。

"我不是那个意思！"他立即表示抗议，"我就想每天睡在你旁边，早上一起醒来，能见到你就好了！"

慕云闭上眼睛，默想着他所描述的场景，一丝甜蜜从心里泛起。

"不过，想跟我一起睡觉的不止你一个人……"她突然想到了什么，睁开眼睛笑着对他说。

"还有谁？"陆子浮傻了。

"我女儿啊，宛乔可是隔几天就要跟我睡的！"她说。

他"啊"地叫了一声，躺倒在床上，拉起被子，盖住了脸。

他差点忘了，她还有一个女儿。

第13章

背叛

对陆子浮和慕云来说,女儿的存在只是他们所要面对的诸多现实中的一个。

事后回想起来,在云南的那几天,如一场大梦,美好得不真实,美好得像根本没有发生过。

那么,到底有没有发生过呢?

见证了那些隐秘往事的,除了他们的身体,还有那时的太阳。

在返程的飞机上,慕云坐在靠窗的位子,盯着远处的天空,出了神。陆子浮握着她的手,一直在对她说回去之后要如何如何。慕云觉得,他只不过是用这些所谓的计划,掩盖内心的焦虑而已。她看着他的嘴巴动啊动啊,却听不见他在说什么,突然,她伸出一根手指,放在他唇上。他不说话了,只看着她。她向他凑过去,把头靠在他肩膀上,握住他温暖的手。

三个小时的旅程,他们的手始终没有松开过。

终于,飞机的舷窗之外出现D市的大海,继而是鳞次栉比的楼宇。现实如群山一样扑面而来,两个人都开始心事重重。

陆子浮送慕云回家,在她楼下告别的时候,他抱着她好久,不肯松开。路过的人都以一种好奇的目光注视着他们,其中更有慕云的邻居。

她费力要推开他,"好啦,你赶紧回家吧。"

他却像鲶鱼一样缠着她:"不想回家,我就要和你在一起。"

"行啦!别磨叽了,赶紧的!"她终于推开了他。

陆子浮站在门口,看着她走进电梯。

他以为回到家便是一番暴风骤雨,可是,当他真的站在家门口的时候,透过一楼的落地窗,却只看到空无一人的大厅。会客厅里也没有人,出乎意料,家里一派风平浪静。

"先生和太太出去了。"老王告诉他。

"我出去这几天,家里没有发生什么事情吗?"他问他。

"没有。"老王的眼神没有一丝闪烁。

"那,余露……余小姐,她有没有过来?"他又问。

"我没看到。"老王看了他一眼,便默默走开了。

家里平静得可怕,陆子浮站在楼梯上,盯着吊灯看了一会儿,还是决定先去洗个澡,睡一觉再说。不知道睡了多久,他是被一阵急促的敲门声吵醒的。

"少爷,少爷。"门外,是老王的声音。

"什么事情?"陆子浮从床上坐了起来,明知故问。

"老爷让你去书房一趟。"他在门外喊。

"好的,我马上下去。"

陆子浮又坐了好一会儿,才下床。推开门的时候,发现老王还站在外面。

"你怎么还没走?"陆子浮一边转头看他,一边上楼。

"少爷,你得小心一点。我看老爷和太太都不太高兴的样子。"他跟在陆子浮后面叮嘱,一脸的忧心忡忡。

"嗯。"陆子浮走到书房门口,透过虚掩的门,看到沙发上母亲的背影,她正襟危坐,头发盘得一丝不苟,而父亲,他的轮椅靠着窗户,往窗外望着,一言不发。

他站在门口,深吸一口气,才敲门进去。他喊了父亲,可父亲并未转过身来。

"子浮,你说你去云南,其实是和冯慕云一块去的?"母亲的目光从未有过的严厉。

"我……是的……"

陆子浮话没说完，就被母亲愤怒地打断了："太荒唐了！你这小子，做的都是什么事情？余露那孩子也太善良……"

她突然提到余露，陆子浮惊讶地看着她。

"你这么乱来，那孩子没有一句抱怨，不是我给她打电话，都不知道你这些乱七八糟的事情！"母亲越说越气，好像随时都会昏过去。

这时候，父亲突然转过身来。陆子浮看到，阳光下，他苍老的脸上有一种夹杂着痛苦、愤怒和震惊的奇怪神色。

"子浮，你说要去慕云的餐厅做事，其实是另有目的，是不是？"

面对父亲的责问，陆子浮再没有反驳的余地。他不说话，就代表默认了。

父亲的手攥成了拳头，浑身都在发抖，半天都没说话，突然仰天长叹一口气，说："余董事长还不知道这些事情。趁着一切都还来得及挽回，你去向余露道歉。"

"嗯，我会向她道歉。"陆子浮说。

"还有，从明天开始，你不要再去餐厅上班了，好好在家里准备一下，从下周开始，来公司上班。"

"好的。"陆子浮又说。

父亲抬起头，有些惊讶地看着他，好像完全没想到，儿子会答应得这么爽快。

"我会去向余露道歉，餐厅，以后也不会去了。"陆子浮听到自己的声音在偌大的书房里响起，好像在听别人说话。他清了清喉咙，大声说："只是父亲、母亲，我有一个请求。"

父亲看了他一眼，仿佛明白他要说什么，迅速扬起一只手，想要阻拦他："别说了，子浮，你已经走错了一步，不要再继续错下去！"

"我从小到大，没有提过什么过分的要求，即使是之前的订婚，也都是听您和母亲的安排。"陆子浮不理会父亲，声音颤抖着，意图却很坚决，"我请求父亲母亲，同意我和余露解除婚约。我不爱她，和她结婚，只会让两个人都痛苦。"说着便双膝跪地，好像只有如此，才能弥补这个决定给父母带来的伤害。

"你不爱余露，那你爱谁？"母亲突然冰冷得像一座雕像，冷笑了一声，从鼻子里吐出一口气："冯慕云吗？"

那个名字从母亲口中以这种语气说出来，在陆子浮听来，竟有一种亵渎的意味。

陆子浮不顾母亲的反应，站起来，直接朝父亲走过去。他蹲下来，握住父亲的手。和父亲对视的时候，很明显，两个人心里都有事。

"子浮，听爸爸的话，你还小，有很多事情，你并不明白……"

陆子浮觉得父亲眼睛里别有深意，可他不清楚他所指的他"不明白"的事情，究竟是什么。如果他说的是感情，陆子浮认为自己已经想得很明白。

"父亲，我知道这个请求很冒昧，会让您和母亲不开心，甚至对整个公司都会有影响，但是，我真的没有办法和一个自己不爱的女人在一起。"

父亲用手指按着眉头，表情很痛苦。

陆子浮不知道这些话说出来会有什么后果，只知道他迟早要面对这些后果。他双手扶在父亲的膝盖上，一字一句，说得清清楚楚："我爱的人，是冯慕云。请您允许我，和慕云在一起。"

房间里先是一阵可怕的沉默，紧接着，陆子浮看到父亲的腿在颤抖。不只是他的腿，整个人都抖得厉害。

有人走过来，推开陆子浮。是母亲。

"出去！"父亲垂下的头突然抬了起来，看见陆子浮愣在那里，父亲愤怒地拿手在轮椅扶手上猛拍，脸变得通红。这突如其来的打击，仿佛已经成为他无法承受的痛苦。

"你给我出去！"这次，他的声音更大，怒吼一般。

"父亲，我——"陆子浮还想说什么，却被母亲给拦住了。

"你赶紧出去啊！还愣着干吗？想把你爸的老毛病又逼出来吗？"母亲奋力把他往门外推，关上门的时候，陆子浮竟看到了她眼睛里的泪。

他在门外徘徊了好久，看到老王和佣人们进进出出，直到与从里面出来的老王确认父亲没事，他才算松了一口气。

陆子浮走到窗户边上。

现在是傍晚时分，这夏末的傍晚，落日的余热已经比不上盛夏时节，带着某种妥协的意味。他想起昨天、前天，一千多公里之外的地方，那火红的、毫不妥协的太阳，和那如烈日般炙热的时光。

分开不过几个钟头，却仿佛比前几日的时光更漫长。被困在这压抑的室内，陆子浮身体里的燥热比体外的酷热更盛。

突然好想听到慕云的声音。他掏出手机，拨通了她的电话。却没有人接。

他给她发了短信："在干吗？我想见你！"

还没有等到慕云的回音，他却听到身后母亲的声音。她在喊他的名字。

回过头，陆子浮看到母亲站在落日的余光中，冲他招手，很快又无力地垂下手臂。陆子浮朝她走过去的时候，仍然像一个做错了事情的孩子。

"子浮，你跟我上楼，我有话跟你讲。"母亲说。

"母亲，我——"陆子浮通过门缝，往书房里偷偷看着。

"你先跟我上楼去。"母亲的目光前所未有的严厉，"你父亲很生气，好不容易才缓过来，现在他需要休息一会儿，你别打搅他！"

陆子浮只好乖乖地跟着她上了楼。母亲直接进了二楼她和父亲的大卧室。陆子浮站在门口不动。

"你怎么了？进来啊！"母亲站在里面，那过分严肃的表情没有任何缓和。

陆子浮只好乖乖走进去。这是卧室外面的小型会客间，陆子浮突然发现，自己已经好久没有走进这个房间了。他一眼看到挂在正对面墙上的全家福。那是初中毕业那年，全家旅行时候，在迈阿密的海滩上拍的。穿着白色长裙，戴着蓝色宽檐帽的母亲，浑身透着成熟的韵味；而父亲，那时候，他还很健康，站在他们中间的那个男孩，那时候已经比父亲高，刚和父亲从海里出来的他，同样光着膀子，穿着泳裤。三个人都对着镜头笑着，好像那个时候世界没有烦恼。

他看着那张相片，仿佛还能听到当时身后大海的声音，能感受到那日炽烈的阳光。

"怎么了？发什么呆？"

母亲坐到他旁边的沙发上，手里竟然夹着一支燃着的烟。

他吃了一惊。已经太久没看到她抽烟了，只是偶尔，会看到她手指夹着细长的女士香烟，装装样子。而今天，她明显不是为了装样子。

"怎么又抽烟了？"陆子浮明知故问。

"你说呢？"母亲把烟夹在手指之间，口中吐出一缕灰色的烟。

陆子浮看着母亲，就像在看一个陌生人。尽管他是她怀胎十月生出来的，可他还是不知道，自己对另一个女人的感情，该如何向她描述，她才能够理解。而此刻，母亲也正看着他，目光里透着不可言说的痛苦，就好像真正不被理解的不是陆子浮，而是她。

"怎么？你还是想说你喜欢那个女人，是吗？"她突然问他，声音还是那么冷漠，仿佛谈论的不是自己儿子的爱情，而是别的什么无关紧要的事情。

这种冷漠再次刺痛了陆子浮的心，他仍旧沉默着。

"没想到那个女人这么有本事，把我的儿子迷得神魂颠倒啊！"说完，她突然笑了，挑着眉毛的冷笑，带着发自骨髓的冰冷。

母亲这样的反应，倒是完全出乎陆子浮的意料。他原以为她会愤怒、大叫、哭泣，而她却是冷嘲热讽。她脸上那种表情似曾相识，陆子浮想起来了，在他的订婚仪式上，当母亲遇到慕云的时候，正是这个表情。

他疑惑地看着她。

"但是，陆子浮，你绝对不可能跟她在一起。"她抬起了脖子，说得斩钉截铁，像是骄傲的不可一世的女王，在发布不可违抗的命令。

"为什么？"陆子浮几乎要被母亲的傲慢激怒了，好不容易才控制住自己的情绪："就因为她结过婚，还有一个女儿吗？这我不在乎，妈，我不爱余露，绝对不会跟她结婚。"陆子浮终于还是激动地站了起来，"就像爸爸爱您一样，心里不可能再有别人。妈，您明白吗？"

他的不知哪一句话好像触动了母亲，她拿起香烟的手垂在半空，烟蒂落在了地毯上，怔怔地，半天说不出话来。

"妈，我真的爱冯慕云，全世界我只爱她一个。我陆子浮这辈子，不可能再爱别的女人了！"他终于对着母亲，大声吼出了他的爱情宣言。

这番宣示也终于激怒了陆太太。她将烟蒂死死按在烟灰缸里，站起来，给了儿子一记重重的耳光。所有的愤怒都集中在她的手掌。这是他二十二年里所领受的、最重的一记耳光。他的眼都有些发晕。他捂着脸，站着不动，母亲却瘫坐在沙发上。她的心理防线崩溃了一般，哭得如孩子一般伤心。

"妈，您别这样，我……"陆子浮的脸颊还火辣辣的，而母亲情绪的失控更令他手足无措。他坐到母亲身旁，抱住她的肩膀。她整个人都在发抖，在陆子浮怀中抽泣了好久，才算止住一些。

陆子浮看着母亲红通通的眼睛，深感抱歉，却也无计可施。母亲握着他的手，语气不再像之前那么冰冷，而是正常的，母亲看着儿子的眼神。

"子浮，妈妈说你不能跟那个女人在一起，不是因为她结过婚，有孩子，也不是因为她比你大，又没有身家背景，帮不上我们陆家。"说着说着，她的表情越来越痛苦，好像要触及什么不可言说的内心隐秘。

"子浮，你听妈妈一句话，就算你不跟小露在一起，也可以找别的女孩。家里没钱的，只要身家清白，妈妈也没有意见。只是冯慕云，那是万万不可以的！"说这话的时候，母亲竟以一种近乎祈求的眼神看着他。

"为什么？什么叫身家清白？妈，慕云哪里不清白了？你都说了，不是因为她结过婚有孩子，那她还有什么地方不清白？"

"不清白"是严重的罪名，而母亲竟然将其扣在慕云的头上。

母亲突然闭上眼睛，长叹一口气。

"这就要去问你父亲了！"她的表情好像是下了很大的决心，才说出这话。

陆子浮愣在那里，不知道母亲这话到底是什么意思。

母亲走到窗边，点燃一支新的烟。陆子浮看到她的手抖得厉害。

"为什么要去问父亲？妈，你说的话我听不懂！"为着母亲对慕云的质疑和诋毁，陆子浮心里的怒气一点点滋长。

母亲并未理会他。又过了一会儿，半支烟燃尽了，她突然走回卧室，出来的时候，手里拿着一把钥匙。这很像电影里的场景，他看到她用那把钥匙打开书柜最下面的那只抽屉，从里面取出一个棕色信封。

"你自己看吧！"母亲把信封递给他。她突然又恢复了之前的冷漠，转身坐到沙发上，把手里那支烟掐灭在烟灰缸里。

陆子浮打开信封，里面是一叠纸，一叠类似报表的东西，表格里有一串串数字。

"这是什么？"陆子浮扬起那叠莫名其妙的表格，不知道母亲给他这个是何用意。

"这是你父亲私人账户从六年前至今的资金进出记录。他当初是背着我开的这个账户。"说着，她点燃了第三支烟。

"那您是怎么弄到这个的？"

"不用管我怎么弄到的，你看看这个表，画线的地方。"

陆子浮看到画线的地方都是汇到同一个账户的，第一年款额最高，一千万。从第二年开始，每年一月，都给这个账户汇入两百万。陆子浮看着那些数字，不知道母亲想说什么。

"你不想知道那个账户的户名是谁吗？"母亲脸上没有一丁点善意。

陆子浮讨厌她那种傲慢又恶意的态度。

见他不说话，她又掐灭了第三支烟，"我让人查过了，就是云餐厅，冯慕云的餐厅。"

抖出这所谓的"真相"之后，母亲居然又笑了，那种神经质的笑，简直令陆子浮毛骨悚然。

"所以，你想说什么？父亲给云餐厅的户头汇过这些钱，就说明他们的关系不正常？就说明慕云是一个不清白的女人？"

陆子浮把那叠该死的表格扔在沙发上。他不相信母亲的"疯话"，可那些钱，那些钱又是怎么回事？

"我不信！"他斩钉截铁地说，"你以为我还是三岁大的小孩吗？就凭这几张纸，就让我相信父亲和慕云有染？母亲，你不觉得你这样说，是对父亲的侮辱吗？"

"到底是谁侮辱了谁？冯慕云在陆氏集团干得好好的，为什么突然辞职了？"母亲的声音因愤怒而颤抖。

"那是因为她怀孕了，离婚了。"陆子浮现在才知道，原来母亲对慕云怀着这么深的恶意。

"那她为什么离婚？子浮，你想过吗？就算离婚了，怀孕了，完全可以在公司继续做下去，还可以赚点生活费，可她为什么突然辞职了？你不觉得很奇怪吗？"

"你到底想说什么？"母亲这种话中有话的设问方式简直令陆子浮抓狂。

"徐澍，就是冯慕云的前夫，在他们离婚之前，曾经来找过我。"

这个名字令陆子浮的脑子嗡嗡叫个不停。那男人猥琐的嘴脸在他脑子里挥之不去。

"他找你干吗？"

"他一直怀疑慕云和你父亲有问题，那才是他和那女人离婚的真正原因！"

母亲说起这种"无稽之谈"，竟然振振有词。这个被嫉妒折磨得快要发疯的女人——陆子浮觉得自己快要不认识她了。

陆子浮抱住了头，母亲满嘴的"荒唐言"令他快要承受不住了："你别说了，父亲就在楼下，我们现在就下去找他，让他说清楚，是黑是白，一目了然！"

"不要！你不要去！不要去找他！"一听儿子要去找丈夫，母亲突然变得软弱了。

"如果你说的都是真的，如果父亲真的背叛了你，你怎么能够容忍这一切在你眼皮底下发生？还有，我订婚那天，父亲邀请了她，你竟然也没有拒绝？"陆子浮无法理解，骄傲如母亲怎么能够容忍丈夫所谓的"背叛"！

他越想越觉得荒唐。

"子浮，我是可以跟他摊牌的，但是，你知道吗，妈妈已经错过了跟他摊牌的时机。"说着，她突然又嘤嘤地哭了起来，"你父亲现在这个样子，你觉得，我还能对他讲那些话吗？我只能装作什么都不知道，即使再看到那个女人，也要装成若无其事的样子。我是不是装得很好？"

她抬起头来看着他，陆子浮不寒而栗。

"更何况，你父亲，他已经受到了命运的惩罚！"说到这里，母亲已是热泪盈眶："是老天爷代替我惩罚了他。他曾经是那么玉树临风的一个男人，可现在，他连站都站不起来了。这不是惩罚又是什么？你父亲已经在我心上捅了一把刀子，现在，你还要再捅我一刀吗？还是因为同一个女人！"母亲捂着胸口，像是快要喘不过气来了："子浮，如果你还想让我和你父亲继续活下去，那你这辈子都不要再和那个女人有任何关系!"

陆子浮看着她,不敢相信这些话都是从她嘴里说出来的。

"子浮,你答应妈妈,好吗?妈妈不会去找那个女人的麻烦,这事情就这么结束,到此为止,好吗?"她的眼神又变为祈求。

她的"表演"把陆子浮推到了悬崖边缘,每一句话,都像刀子一样扎在陆子浮心上。她好像要用这场表演让他相信这一切都是真的,可陆子浮宁愿死,也不愿意相信这是真的。

他起身往门口走。

母亲站起来拉住他:"你要去哪里?"

他厌恶地推开她的手,"不去哪里,我回房间。"

"子浮……"他听到母亲还在后面喊着他的名字,带着哭腔。

陆子浮回到自己房间,没有开灯,重重扣上门。他在黑暗中坐着。手机上,她那边没有任何回音。他再次拨通她的号码,这一次,她的声音终于在电话那头响起。听到她的声音,他的脑子突然变得清醒了,他突然能够确信母亲刚才灌输给他的那些"情节",全都是子虚乌有的谎言。

"子浮。"她轻声喊着他的名字,"我晚上一直在陪宛乔,所以没有回你的短信。"

"嗯。"陆子浮紧紧握着手机,想说的话很多,此刻却一句都说不出口。

"慕云,我现在想见你,你可以出来吗?"他说。

"今天恐怕不行了,明天中午好吗?你来餐厅吧!"她的声音抱歉又温柔。

陆子浮在电话里对她说了"晚安"。放下电话,他走到露台上。

灯光照亮了通往墅区侧门的那条林荫路,树影浓重,路上空无一人。陆子浮想起几个月前的春日,他第一次看到她的时候,她穿着蓝色旗袍,从树下走来的样子。

短短几个月,他们之间发生了如此之多的故事。他原本以为,除了现实的障碍,他们之间身体与心灵上最后的围栏已经被拆除了。而今天,母亲突如其来的梦呓一般的"鬼话",给他的心蒙上了阴影,也在他们之间树立了新的藩篱。

不知道在外面站了多久,他的脚都有些发麻了,本来想回到屋里去,突然看见那条僻静的路上，有车灯闪烁。家里的车库并不在这个地方，这条路离小区正门远，一般也不走机动车。陆子浮往下看，开过来的，却是父亲的房车。那是家里在父亲倒下后新购入的，经过了改装，平日里，只有父亲自己会用。

陆子浮心里的阴影加重了。他往下看着，却见车门打开，老王推着父亲进到车内。父亲戴了一顶深色帽子。

老王并没有跟去。他站在车门外，车子开走了。

陆子浮连拖鞋都没换，匆匆冲下楼，正碰到回来的老王。

"王叔，我爸去哪里了？"他抓住老王的胳膊，劈头就问。

老王一脸惊诧："什么？没去……没去哪里啊！"

"我在楼上，亲眼看到他坐车出去的。"

老王傻眼了。

"你快告诉我，他去哪里了？"陆子浮越说越急。

"陆总说了，不要告诉任何人。"

父亲的嘱告令陆子浮更加疑窦丛生。他焦急地抓住老王的手不放："你快告诉我，他到底去哪里了？我有要紧事情，现在就必须找到他！"

老王又支吾半天，终于还是屈服了："我听陆总提了一下，好像是在大桥北岸，就在桥下面什么地方。"

"这么晚了，他去那里干吗？"他说的大桥就是D市唯一的跨海大桥，北面是D市的工业区，住的人少。

"我……我不知道……"老王慌张地垂下了头。

陆子浮车钥匙就带在身上，他早有准备。老王阻拦不及，陆子浮已冲出门外。

他把车子开得飞快，给慕云打了好多个电话，手机无望地闪烁着，她不接。

他的感觉越来越不好。

车子开上大桥，南岸灯火中的城市被抛在后面，而对面的北岸沉没在一片无边的黑暗之中。桥下是一片荒无人烟的海滩。

老王没有骗他。

浮云一别后

他把车子停在暗处,远远地,看到坐在轮椅上的父亲的背影。

父亲是一个人,望着近旁的大海。上方大桥的灯光,映照着他身边空荡的海滩。他的背影看起来苍老又孤独。陆子浮在黑暗的车子里目视着他,一种无助的痛苦席卷了他的心脏。

父亲一个人看海,母亲在家里痛苦饮泣,而身为儿子的他,竟然因为对父亲的怀疑而跟踪至此。这个曾经温暖的家正因怀疑和不信任面临分崩离析,本来亲密无间的三个人,仿佛已经忘却了彼此沟通的方式。尽管他从不认为自己对慕云的爱是错误的,但这"大逆不道"的爱情给父母带去的伤害,仍令他有一种不可抑制的罪恶感。

陆子浮从车里出来,站到海滩上。他急切地想现在就走过去,给父亲一个拥抱。而父亲也会紧紧地拥抱他的儿子,一切的误会和怀疑,也一定都会消解在这个温暖的拥抱中。

他刚想走过去,远远地却看到从海滩另一头走过来一个人。他停住了,一只手按在车窗上,手心出了一层汗,把车窗都浸染上了一层水汽。

朝父亲走去的,是一个女人。

正是他最熟悉的那个女人,今天所有谈话和争吵的主角。

他的心脏好像突然被巨锤击中,连呼吸都困难了。

整个世界突然安静下来,海潮和车声,全都静止了,而那看不清脸的女人,此刻,正朝他父亲,走了过去。

第14章

玉碎

陆子浮不知道究竟发生了什么，眼前的这一幕相当超现实。

母亲的呓语犹在耳边，而远处那两个人竟也像是被刻意安排好的，刻意来演给他看，以证实她的呓语。

陆子浮并不关心他们在说什么，他只拼命思考着这谈话的隐喻。他眼前突然出现了好几张脸，母亲的、徐澍的，他们面容狰狞，冲他喊着："你看，就说他们俩有鬼吧！你还不相信！"

他按在车窗上的手太用力了，好像随时都会把车窗按破。

远处的两个人没有说太久，慕云突然跪在父亲面前，双手放在他的膝盖上。她在说着什么，又好像在哭，肩膀因激动而颤抖着。

陆子浮快要窒息了。他坐回车内，拿出手机，拨了慕云的电话。

她，居然接了电话。

陆子浮看到她站起来，拿着手机，走到海边。她的声音还带着哽咽的腔调。

"你现在在哪里？"陆子浮尽力控制着自己的情绪。

"我吗？"听得出来，她也在尽量让自己显得"正常"："在家里啊！"

陆子浮吐了一口气，"在……家里？"他勉强才说出了那两个字。

"嗯，你还有事吗？我挂了。"她迫不及待地说。

"宛乔在吗？我想跟她说说话。"他说。

她沉默了几秒，马上说："她已经睡了，我挂了，陆子浮，晚安！"她匆匆挂掉了电话。

陆子浮的电话还拿在手里，而远处，她走回父亲跟前，两个人又说了些什么，然后，父亲招呼司机过来。

一直等到父亲的白色房车消失，慕云仍旧站在原地。

陆子浮也坐在车内未动。

又过了不知道多久，她终于转身离开。走到树下的时候，突然，从树下闪出一个人，高大的阴影迅速将她罩住。她惊得大叫，透过浮薄晃动的灯光，却看到那张熟悉的、又痛苦的脸。

"子浮！"她捂住了嘴巴："你怎么——"

她完全无法理解，他为何会在这里出现。

"你刚才为什么骗我？"陆子浮的声音抖得厉害。

海潮有节律地拍打着沙岸，几只海鸟低低地滑过无光的夜空，发出凄厉的鸣叫。

慕云不说话，眼睛里包含着复杂痛苦的意味。

"你说啊，为什么骗我？明明是来见他，为什么说是在家里？"陆子浮冲过去，抓住她的肩膀。

"你为什么不说话？"陆子浮胸中狂暴的浪潮，比那海潮更猛烈。

"陆子浮，我刚才情绪不太好，所以没有对你说清楚。"她十分费力地为自己找到了一个理由。

可她的眼睛分明仍在躲避着他的目光。

陆子浮对着天吐了一口气，脑子突然变得明澈无比，说的每一个字都清晰地回荡在自己意识的空间之中。

"冯慕云，我问你一个问题，请你如实回答我！"他用手托起她的脸。

看着那张美得惊人的脸，他突然不忍问那个问题。

"你想问什么？"她皱起了眉头，眼睛里还带着泪。

"你和我父亲之间，还有什么事情是我不知道的？为什么大晚上跑到这里来见他？为什么……"

陆子浮的声音哑了，可还是说了出来。

慕云脸上的表情令他几乎后悔自己问了这个问题。

"所以呢，你想说什么？"她冷冷地看了他一眼。

陆子浮不说话。

"你怀疑我跟你父亲有不正常的关系，是吗？"她突然提高了音量。

"是我母亲，还有，还有你前夫，他们……他们都说……"陆子浮语无伦次起来。

"你母亲！"她痛苦得紧咬着嘴唇："那你呢？你也怀疑我和他有什么不正当的关系？"

"那你告诉我，为什么他每年都会从他的私人账户给你的餐厅汇钱？你当初为什么从陆氏集团辞职？又为什么会离婚？"

陆子浮感到他们的谈话正急速滑向不可预知的深渊。

这些话给她的冲击太大了，他感觉她的肩膀在他手掌中剧烈摇晃了一下。她无力地垂下头。

陆子浮激动地抓着她的肩膀，"慕云，肯定是哪里出了问题！你告诉我，这些事情一定都有原因的，是不是？"

像是做了什么决定，她漠然地抬起头，看着他的眼睛。

"陆子浮，你知道吗？你说这些，不仅侮辱了我，也侮辱了你父亲！"

"我知道，我知道，他们说的那些一定都不是真的。那你告诉我，到底是怎么回事？"他抓住她的手臂，像是抓住世间最后一样真实的东西。

慕云深深地叹了一口气，然后她说："我没什么好解释的，你愿意相信什么，就去相信吧！"

"慕云！"陆子浮绝望地呼喊着，她却果断地掰开他的手。

"慕云！冯慕云！"陆子浮在她身后，发了狂似的大喊，她却没有回头。

她走得太快，海滩上有什么坚硬的东西，磨伤了她露出的脚趾。她走得越来越快，黑暗中，眼泪一直在不听话地往下淌。她几乎是奔跑着回到车内。发动车子的时候,她突然觉得凉鞋上有什么东西黏糊糊的,脚疼得钻心。她用手去摸了一下,打开顶灯一看,满手的鲜血,红得触目。

透过车子的前窗,远远地,她看到那男孩蹲在海滩上。

她的眼泪落得厉害,心里的痛远甚于身体的伤口。她奋力发动了车子,努力赶在改变主意之前,驶离了那片黑色的海滩。

在车里醒来的时候,天已大亮。

陆子浮看着面前的海滩,那里安静得像是从未有人来过。他从车内出来,走到海的面前,一屁股坐在沙滩上。

天空像是一块没有颜色的、单调的画布,大海也是。

大桥上车流开始密集起来,在海的两端,城市一天的生活即将展开。可这一切,与他又有什么关系?

他听到身后窸窸窣窣的声音,回过头,是一个穿着破衣、头发花白的拾荒老头。他拎着一只很大的白色透明塑料袋,手里拿着一听绿色罐子的啤酒。与他对视的时候,陆子浮从他眼睛里看到了关切。

"小伙子,你也在这里待了一夜,不回家?"他突然说。

"你怎么知道的?"陆子浮转过头,看着海。

"你看你,胡子都长出来了。"他笑着在陆子浮身旁坐下,塑料袋子被放在他们面前,散发着难闻的气味。

陆子浮摸了摸下巴,他说得没错。在海滩上过了一夜,他其实根本不记得昨天是怎么睡去的。

"你有什么不开心的事情吗?"那老头低下头来,问他。

"嗯。"陆子浮脑中切换出昨夜那些画面。

"凡是夜里或是大早上来这里的人,肯定都是受了什么打击,受不了了,才来的!"

"是吗?"陆子浮望着他,苦笑。

"我就住在那里,看得多了!"他指着桥下破破烂烂的窝棚。

看陆子浮不说话，他又递过来什么东西。陆子浮低头一看，正是那罐啤酒。

"喝点酒吧，酒可是个好东西，有了它，再难过的坎儿，也能过得去！"

陆子浮接过那只易拉罐，边上有黑黑的一圈。他没问那罐酒是从哪里来的，拿起来便一饮而尽。

大爷拍拍他的肩膀，咧着嘴笑了，露出满口黄牙。

陆子浮回到车里，看看手机，N个未接电话，一半来自母亲，一半来自父亲。他放下电话，发动了车子。车子上了桥，他其实不知道要去哪里。看着桥对面林立的高楼，他突然胸口发闷。整座城市都令他感到窒息。

他掉转车头，开了好一会儿，高楼慢慢隐去，路边的风景似曾相识。等到路边出现平川路市场的招牌，他才终于想起来了。

他把车子停在市场门口，走进去，漫步目的地逛了一圈。

满室鲜活的海产和充盈在空气中的腥味，总算让他找回点活着的感觉。他站在市场中间，深呼吸，让海腥味充满自己的鼻孔，就好像肆无忌惮地喝光那罐脏兮兮的啤酒一样，有一种破坏的快意。

从市场出来，朝车子走去的时候，一个女孩从旁边跑出来，拦住他："嗨！你还记得我吗？"

他很快就认出她来了，就是那个借给他摩托车的女孩。

"陆子浮，你叫陆子浮是吧！"他的名字，她倒是记得很熟。

他一拍脑袋："你的车……"他不记得她是否取回了车子。

"我去你们餐厅取了，那时候你刚好不在！"她甩甩马尾辫，话说得干脆。

陆子浮点点头。

"帅哥，你怎么了？这么憔悴，上次见你可不是这样的。"

谁都看得出来，他一脸的颓丧之气。

"失恋了？"她低下头，看着他。

陆子浮不说话。

"失恋了，找我就对了。我有治疗失恋的独家秘方！"

陆子浮也笑了，今天怎么尽遇上"疗伤高手"！

"你别走啊，我进去一下，马上出来！"那姑娘说着就冲进市场里面。她果然很快就出来了，拎着一只黑色塑料袋。

"这什么啊？"陆子浮看着那只袋子。

"章鱼啊！"她从袋子里掏出那只爪子还在动的活物，拿到陆子浮面前。

"要干吗？"陆子浮下意识地躲开。

"吃啊！快吃！新鲜着呢！"

"这活的，能吃吗？"

"当然能吃！"她说着，便把那只活章鱼放进嘴里。

禁不住她的怂恿，陆子浮也一口吃了那只章鱼。章鱼的爪子从他嘴里伸了出来，他拿掉那只爪子，把整只章鱼吞了进去。

这体验真不是一般的刺激。

"怎么样？很酷吧！来，再来口酒！"

陆子浮接过她递过来的纸杯，喝了一大口，辣得很，竟然是白酒。可酒已入喉。

"章鱼配白酒，绝配，我的独家秘方，怎么样？"

他对着那姑娘竖起了大拇指。

回到车里，电话响了，他想干脆关机算了，拿起手机，却发现是东子打来的。他忘了，失恋的时候还可以找兄弟。

慕云接到电话的时候，是晚上十点钟。那个时候，陆子浮已经连续喝了好几个钟头的酒。

她本来不想接他的电话，刚要关机，突然来了一条短信："陆子浮出事了，快回电话！"

她心一沉，刚想拨过去，电话又打过来了，是一个陌生男孩的声音："是冯慕云吗？"

"你是？"

"我是陆子浮的死党王东，他现在在福熙路四季酒店地下的酒吧。他已经喝了一晚上了，再喝下去就要胃穿孔了，你赶紧过来吧！"

慕云拿着电话，不说话。

见她没有反应，王东急了："快来吧，姐姐，我这儿可担不住了！"

慕云终于还是去了。

酒吧里人声嘈杂，她好不容易才挤到最里面，找到王东说的那个包厢。一开门，酒味儿扑面而来，房间里灯光昏暗，只有他们两个人。

她在对面的沙发上坐下，那个名叫王东的男孩递给她一杯水。陆子浮已经喝得不省人事，看到慕云进来，没有任何反应。面前的桌子上堆满了空酒瓶，他又开了一罐啤酒。王东跑过去阻拦，却被他一把推开。

慕云站了起来，走到他面前。

他抬起头，冷冷地说："你来干吗？"

慕云从他手里夺过啤酒罐，重重地搁在桌上。陆子浮推开她的手，站起来，要去抢那罐酒，却被她按住了胳膊。她的体温和触感如此真实，他发现，自己还是这么想要她。

她用手撑起他的脸，"子浮，别喝了，好吗？"

"我送你回家。"说到"家"，她又迟疑了。

"我不回去！"陆子浮暴躁地推开她，一屁股坐到沙发上。

王东突然想起了什么："要不这样吧，送他去春光路的那个房子吧！"

慕云疑惑地看着他。

"陆子浮在春光路一号有一套房子，密码我都知道的，我们去那里吧！"

于是，两个人把陆子浮从沙发上架起，出了门。

出酒店门口，就有一台银灰色保姆车等在那里了，原来是王东招呼他家的司机开过来的。王东坐在副驾驶上，陆子浮和慕云坐在后排。

这宽敞的豪车，形同两人的专列。陆子浮一进车子，便不说话，把头靠着车窗，整个人瘫在那里，嘴里念念有词。

座位前面的白色小冰箱里，有冷藏的水，慕云拿出一瓶，倒到玻璃杯里，递给他，却被他一手推开。冰凉的水洒在她的胳膊上，她端起杯子，刚要放到嘴边，却从旁边伸出一只手来，将那杯子夺了过去。

陆子浮夺过那只杯子，一饮而尽。

没走多久，车子停下了，慕云拉开窗帘，面前矗立的是一幢幢深褐色外墙的高层豪宅。他们费了好大的劲，才把陆子浮从车里拖了出来。

陆子浮的房子就在靠近小区门口的那栋楼，在楼门口，王东熟练地按下六位密码。一楼大厅金碧辉煌，他们一起把陆子浮扶到电梯旁边，在等电梯的时候，王东突然转头对慕云说："他家在九楼，密码就是我刚才按的那六个数字，前面五位一样，最后一位换成五。"

电梯来了，还没等慕云反应过来，东子就将他们推进里面。慕云眼睁睁看着电梯门在眼前关闭，王东那小子，站在门外，冲他们挥手。

慕云按住电梯门，大叫着要冲出去，她的腰却被从后面伸出来的手给死死抱住了。电梯门在他们面前关上。陆子浮的胳膊像钳子一样夹着慕云的腰，电梯迅速上升，她奋力挣扎着，直到电梯停在九楼，才挣脱开。

陆子浮蹲在电梯一角，双手抱着头，像个不听话的孩子。慕云叹了口气，按住电梯，连拉带拽才将他从里面拖了出来。

一层楼只有一套房，陆子浮瘫坐在门口的地板上，那密码像是刻在她脑子里，输了一遍，门应声而开。慕云走进去，打开了客厅的灯。房间之大，超乎她的想象。卧室有好多间，她架着陆子浮，进了最大的那间。她把陆子浮推到床上躺下，脱掉了他的球鞋。她也累得半死，喝醉了酒的男孩，比猪还重。她坐在地板上，透过台灯的光，看着他。

他好像已经睡着了，睫毛在脸上投下浓重的阴影。即便是睡着了，他看来仍是这么不开心。

慕云走到他跟前，伸出手，那手却停在离他的脸几厘米的地方。

这男孩承受了不该承受的痛苦，而她的痛苦，一点也不比他少。她的眼泪又开始不听话地往下掉，泪珠子越积越多，整张脸都湿了，马上要哭出声来。她一只手捂着嘴，站起身来，要往外走。她的手却再一次被从后面伸出的手死死抓住。

慕云吓了一跳。

"别走！慕云！"他拽着她的手。

她重新坐下来，他也不肯放。

"你不是睡着了吗？"她急忙别过脸去，想掩饰哭过的痕迹。

他却坐了起来，用两只手扳过她的脸，认真地看着她。

"你不是喝醉了吗？睡着了吗？怎么这会儿又……"

她话没说完，他却伸出手来，温柔地用手拂去她脸上的泪。

"你哭了吗？"他的声音哑了，许是喝了太多酒的缘故。

没等她回答，他却强制地把她紧紧抱在怀里。这一次，她没有挣扎，可她实在无法控制自己的眼泪。她的头靠在他的肩膀上，滑落的眼泪浸湿了她的脸和他的白色T恤。

"又哭了？"他托起她的脸，"你是后悔昨天甩下我走了，才哭成这样的吗？"

他笑了，这笑里，苦涩却多过甜蜜。

"陆子浮，我……"慕云未吐出的字，却被他的手指拦住。

灯下，他们对视的几秒，漫长如经年。

当他热烈的唇贴上来的时候，浓郁的啤酒味充溢着她的口唇和鼻腔。她头皮发麻，从头到脚，眩晕如海浪般袭来。

像是赴一场最后的、五味杂陈的晚宴，这一次，所有的一切，都具有某种悲壮的仪式感。

他们面对面坐在床上，陆子浮一颗颗解开慕云白色衬衣的纽扣，他的手在发抖。她的胸衣是深蓝色的，绣着漂亮的蕾丝花边，雪白的肌肤若隐若现。有一缕柔软的长发，轻轻垂在她白皙的肩膀上。

陆子浮小心地拨开那缕头发。

他端详着她，她脸上泪痕未干，眼镜和嘴唇都含露带雨，如同一尊美丽的雕像、一幅名画。

心的迷乱令他暂时忘却了痛苦，和第一次的生疏不同，这一次，他以一种近乎粗暴的方式进入了她的身体。狂暴的乐章推进到顶点的时候，前所未有的激情像洪水一样，将最坚固的堤坝掀翻。

他和她的，两幅身体，都像画一样被点着了，热烈地燃烧了起来。而她的头发散落在枕头上，看着他的表情，迷蒙中带着确定的痛苦，眼中，又分明有新的泪。

他在炽烈的狂躁中抓住了她的脚，她绷直的、颤抖的脚背上却贴满了什么东西。迷乱中，他匆匆往下看了一眼，是好几块黄色创可贴，密密地覆在她的脚背上。

当一切止息，两个人一齐跌落在床榻之上，身体里的最后一丝气力都被抽干了，心也是茫茫然一片。

她背对着他，一言不发。他慢慢挪到她身后，从后面搂住了她的身体。方才热烈的温度还未散尽，他把头埋进她脑后的长发深处。

她还是不说话。

他的手摸索着向下，找到她脚的位置。摸到那只令他疑惑的贴满创可贴的脚时，听到她"啊"地叫了一声。

"怎么了？你的脚弄伤了吗？"他在她耳边说。

他坐起身来，发现那胶布下面，已渗出浅浅的一层血迹。

"我去给你换一下药。"他转身要下床，却被她从后面拉住了手。

"没关系！"她说。

"疼吗？"他俯下身来，重新躺倒她旁边。

"脚不疼，是你，你弄疼我了！"

她一边说，一边把白色被子拉到胸口的地方，死死地按住，脸上露出不好意思的表情。

陆子浮抓了抓头发，"对不起，我……"

"你不是喝醉了吗？"她不满地说，"我看你，一点也不像喝醉的样子！"

"我真的，真的喝醉了。"他冲着她的嘴，哈了一口气，浓郁的啤酒味道令她捂住了鼻子。

"不过，这种事情，不都是喝醉了才敢做的吗？"他隔着被子，紧紧抱住她。

"我说，跟我在一起，你怎么总是受伤？"他突然又在她耳边说。

"什么叫总是？"

"在云南,你不是牙疼吗?这一次,脚又伤了。"他说着又伸手,在被子里抓住了她的脚。

他的手在黑暗中握着她的脚,温暖得令她忘记了所有的痛。

过了许久,她听到他说:"以后再不会了。"像是说给她听,又像是喃喃自语:"慕云,我以后,再也不会让你受伤了。"

他不是在说醉话。他说得这么认真,慕云听了,却更伤心。

横亘于两个人中间的重重迷雾明明并未消散,他却信誓旦旦地说着"以后"。这关于可能并不存在的"以后"的承诺,对慕云来说,却是这辈子收到的最珍贵的礼物。

他醒来的时候,她已经不在。连床上她睡过的痕迹,好像都被她刻意抹平了。

陆子浮在晨光中躺了很久,想到她已经离开,心里一阵尖锐的刺痛。

室中的空气有一种逼迫感,充足的光线把天花板上灰色吊灯的边缘勾勒得清清楚楚。这事物的真实提醒他,昨夜只是一个梦,而一觉醒来,他又被抛回那个真实又残酷的世界。

而她,却已离开。

大清早不应该被绝望之情裹挟,可当他意识到自己还是得一个人面对这扭曲冰冷的一切,绝望之情便不可遏制。

门突然响了。

他知道不该有希望,即使她丢了什么东西在这个房间,恐怕也不会回来取。

果然,进来的是他母亲。

他知道她准会找到这里来,他甚至好笑地想,如果她进来时候,慕云还躺在这张床上,她会是什么表情。

不出他所料,她脸上带着怒意。他坐在床上,看着她的嘴巴一动一动的。他费力地集中了精神,才听到她说的原来是:"电话怎么不接?"

"陈词滥调!"他在心里说。

"你昨天是一个人在这里吗?"她突然又问。

他不回答，也不回避她的目光。

"门口还有一双拖鞋。你不会是……"想到这个房间可能还来过一个人，正是她最恨的那个女人，母亲的脸瞬间变得通红。

连拖鞋的细节都被她注意到了。每个女人、每个母亲，都是最好的侦探。

"陆子浮，你怎么……你怎么能这样！"母亲尖叫着，一边冲他走过来，一边不停地大呼小叫，好像再次经历了世间最可怕的事情。

他看着她因愤怒而扭曲的脸，他可怜她，可同时，又对她感到一阵强烈的厌倦。

他扭过头看着窗外，不想再听母亲诉说那些真相和道理。他不想听那些所谓的"真相"，对他来说，唯一确定的真相是：他还爱着冯慕云。

多么荒诞可悲，这才是他人生最大的真相！

他转过头来，刚想打断母亲的控诉，她却自己停住了。电话响了。

母亲拿着电话，只听了几句，脸却瞬间改变了颜色，从愤怒变为惊恐，然后开始哭。

"妈！"他无语了。

"子浮，你爸爸，你爸爸……"她满脸的泪，抓住他的手。

"爸怎么了？"

"老王的电话，说你爸又昏倒了，现在在急救……"

尾声 离歌

陆子浮和母亲赶到医院的时候,已经晚了。父亲躺在床上的样子,平静得像是睡着了,令陆子浮想起那天的何青。

母亲数度哭得昏过去,而陆子浮,在父亲离开之后的几天之中,竟然连一滴眼泪都没有。

事实是他根本没有时间照管自己的情绪。尽管这听起来很荒诞,但陆子浮的确是在父亲去世之后,在料理他的后事时,才真正成为他的儿子。

成为父亲的儿子,意味着责任,意味着认识各种不同的人、处理不同的事情,意味着他必须在很短的时间内,用一个体面的葬礼,为父亲的人生画上句号。而正是责任,令他仿佛在一夜之间老了十岁。

他忙得昏天黑地,连哭的时间都没有。母亲一直把自己关在房间里,沉浸在悲伤里。周围的人,则一个个都像绷得太紧随时都会断掉的弦。

他觉得自己处在崩溃的边缘,在夜深人静的时候,数次想打电话给她,告诉她自己从未像现在这样需要她。可他最终还是没有拨出那个电话。

第一个走到他身边、问候他的,不是别人,正是他曾经的未婚妻,余露。

那是在父亲的葬礼结束之后,在墓园里,送葬的人已经散去。陆子浮让老王先送母亲和家人回去。他突然想一个人待会儿。他在父亲的墓碑前站了很久。父亲已经化成了灰，现在，就躺在这方寸之地。不是这墓碑和远处灰色天空的真实感，他还是无法相信，这一切都已经发生了，都成了和大理石墓碑一样坚硬冰冷的事实。

父亲已经死了，这个确定无疑的事实，不会再有任何改变。

他的心痛突然变得前所未有的真实，就好像前几天积累的痛苦，突然在今天，达到了临界点。眼泪差一点就喷涌而出，可是，这时候，身后有人叫了他的名字。

他回过头，一身黑衣的余露站在那里，她的脸色苍白，眼睛里是掩饰不了的忧虑和关切。

"子浮，你……你还好吧？"她说话的时候突然变得小心而紧张，好像完全不知道此刻该说什么。

他们好久没见面了，只在父亲的灵堂上，见过前来吊唁的她。陆子浮转过头，盯着墓碑，不说话。她轻轻走到他身边，把手放在他的胳膊上。陆子浮仿佛听到了她的叹息。

"子浮，想哭就哭吧，别硬撑着。"她说着，抬起头，像姐姐一样，摸摸他的脸。

他本来想忍住，可还是功亏一篑。

事后想起来，这个场景实在很奇怪。本来是他伤害她在前，伏在他肩膀上哭的，应该是她，而那天，却刚好反过来了。

"对不起。"他说。

她的肩膀都湿透了，没想到，他竟有这么多的眼泪。

余露轻轻抱了他的胳膊："没关系，子浮。想哭就该大哭一场，别一个人担着，会把自己逼疯的。"

"我不是说这个。"陆子浮勉强笑了一下，"是之前那些事情，对不起。"

余露笑得有些尴尬。

"你看，现在，我能体会到你当时的痛苦了。"他说。

"那些事情都过去了，你看，我现在不是好好的吗？"她大度地拍了拍他的肩膀，"就像你以前对我说的，一切都会过去的，不是吗？"

"你说，我是不是受到了惩罚？"在车里，陆子浮突然说。

"什么？"

"惩罚啊,我伤害了你,所以受到了惩罚。"

余露愣了一下,随即又笑了。她伸出一只手来,拍了拍陆子浮的膝盖,说:"你太累了,回去好好睡一觉吧!"

就算余露不认为那是上天对他的惩罚,也有人这么认为。

陆子浮的母亲在父亲去世之后,完全变成另外一个人。她不再像之前那样公然地表现愤怒或惊慌,而是把一切情绪都掩藏起来。可陆子浮分明能从她的眼神里读到很多东西。

她不再大喊或哭泣,可看着陆子浮的时候,她的眼睛却在说:是你,是你间接害死了你父亲!现实和幻想的叠加,使得她竟然对陆子浮——自己的儿子,产生了怨恨。在葬礼上,他们曾经达成短暂的"同盟"。那时候,母亲连哭的力气都没有,只能伏在他的怀里,面容枯槁。

葬礼结束,当他回到家里,那栋房子空如死城,花园里的花木,数日无人料理,已初现衰败之相。

他在一楼的沙发上坐了很久,房子里没有人声,他知道母亲在楼上。老王过来说晚饭做好了。如他所料,母亲并未出现在饭桌边。

之后的很多天,母亲都不和他一起吃饭。跟他说话的时候不愿意看着他的脸,冷淡地说一句,便摆手让他离开。她在用她自己的方式怨恨他,惩罚他。这怨恨和惩罚绝非无缘无故,可在陆子浮看来,仍然免不了荒诞。

他究竟做错了什么?

他不过是爱上一个女人,或者说,和一个女人相爱了而已。这爱却令所有人痛苦,这爱,却以始料未及的力量摧毁了生活。又或许,生活本身就是疑窦丛生、不堪一击的,他的爱,他们的爱,只是压垮那纸糊的大厦的最后一根稻草而已。

现在说什么都没用了,即使他放弃爱,甚至他不再爱她,都没用了。

因为,父亲死了。

父亲的死终结了一切。其他的真相仿佛突然变得不再重要了,他死了,这是最大的事实。

而他们，他和慕云那"不道德"的爱，也终于被贴上了罪的封条。

当然，父亲突然离世之后丢给他的庞大而混乱的现实，那接踵而来的生活，令他根本没有时间考虑别的问题。

心死之时，工作是活着唯一的理由。

陆子浮是在一片怀疑和等着看好戏的目光中接手公司的。公司的状况比他想象的要糟糕，二十出头、没有任何经验，一开始，没有人看好他。怀疑和挑战倒激发了他的斗志，又或者说，只有不可能完成的任务，才能让他找回一点活着的感觉。

结果，他不仅让公司活下来了，而且活得很好。

这不啻为一个奇迹。

当他终于有时间喘口气，将头从文书和报表中抬起来，看向窗外的时候，已是冬日。

窗外的树枝已经发白，D市的冬天不会太冷，风却不小。

秘书敲门进来，递给他一杯咖啡，无糖无奶，纯正的美式咖啡。喝了几口，他突然觉得难过，仿佛有一部分心的感觉复苏了，这是可怕的征象。

他拿起车钥匙，在秘书诧异的目光中，冲了出去。连他也以为自己会去一个跟她有关的地方，可事实是，受着无意识的驱使，事后想起来，又或许是某种神秘力量的驱使，他最终，把车开到了郊外的墓园。

这个时节，黄昏时分，墓园里人很少。

来父亲长眠的地方，并非是要向他汇报工作，他只是，突然想来看看他。

他清楚地记得父亲所在的位置。当他走到那排黑色墓碑的尽头，却发现已经有人站在那里。他以为自己记错了地方，可父亲明明就是左数第三块。他又以为是她们走错了地方，可墓碑前面，却有一束刚放上去的菊花。

站在父亲墓碑前面的，是两个人。穿着卡其色大衣的女人，旁边站着的女孩，戴了一顶耀眼的红色呢帽子。

陆子浮一时有些恍惚。他停住了几秒，然后，当他正要朝她们走过去的时候，他突然听到那女孩说："妈妈，爸爸为什么会死？"

他看见那女人紧紧搂住女孩的肩膀,她好像在哭,而陆子浮,他什么都听不到了。

他希望刚才那只是幻听,可那一刻,墓园安静得像是交响乐乐章间歇的音乐厅,连针掉在地上都听得清楚,他又怎会听错。

松柏间有鸟飞过的声音,却听不到叫声,连大理石墓碑的坚硬质感,都无法令他相信眼前的真实。他快步向她们走去,走到墓碑前面的时候,看到相片上笑着的父亲,而那束菊花里竟然插了一朵火红的玫瑰。

听到脚步声,那女人抬起头来。看到陆子浮,她带泪的眼睛露出不尽的惊慌。陆子浮觉得她一定认得自己,尽管他对她的脸没有任何印象。

"你们是?"陆子浮话音未落,那女人赶紧拉起小女孩的手,便要离开。

"等一下。"陆子浮冲过去拦住她们。

那女人的身体开始剧烈地颤抖,小女孩死死抱住她的腿。那是一个漂亮的女孩,黑色眼珠如宝石一样发着光。

"对不起,我们……我们走错了,走错地方了!"她终于开口说话了,像是极力克制,才没有让眼泪继续流下来。

"妈妈!"小女孩突然看着她,大叫起来。

那女人几乎是拽着小女孩的手,挣脱陆子浮的阻拦,一路踉跄着冲向墓碑尽头的山坡。

陆子浮冲上去,在下山的台阶上,再次拦住了她。这一次,他死死抓住女人的胳膊,任她怎样挣脱都徒劳,小女孩吓得哭了起来。

他看着她的眼睛,孩子的眼睛不会骗人。那双美丽的眼睛,令他想到订婚那天在花园里父亲对他说过的话。他记得那时候父亲说,他一直想要一个女儿。那么,其实,他已经有了一个女儿。

这迟到的真相并未令陆子浮感觉愤怒。他的头脑发晕,似乎还没有做好准备,去迎接如此怪诞的真相。

那女人抱着她和他父亲的女儿,蹲在他面前,哭个不停。陆子浮蹲下身去,伸出手,想去摸摸那女孩的脸。女孩哭着,脸上的惊恐未去,却并未躲闪。

血缘的力量是神秘而巨大的，尽管这漂亮女孩的存在，意味着父亲曾经对家庭的背叛，但陆子浮好像没办法恨她，而她对他，也似乎有一种天然的好感。想到这女孩身上也流着跟自己相同的血液，陆子浮的眼中突然涌出眼泪。

"你几岁了？"他轻声问她。

她回答的声音太小，他没听清，只是笑了笑，正了正她歪掉的红帽子。

"那你们这些年都是怎么过的？"他转过头，问那惊慌的女人。

她没有母亲年轻时候那般光彩照人，看起来，却比母亲要温顺很多。

"我们……你父亲……"她欲言又止。

陆子浮突然想起了什么，关于父亲的私人账户……

"等一下，"他打断了她的话，"你们认识慕云吗？冯慕云，认识吗？"他的语速突然加快了，迫不及待，额头上开始冒汗。

她看着陆子浮，好像很惊讶他突然提到这个名字。

"冯慕云，就是以前在我父亲公司上班的，你认识吗？"

她的表情令陆子浮相信，一切的真相，即将揭晓。

她终于点了点头，"你是说冯小姐吗？我认识的。"

"有一次，小雨生了病，你父亲那时候刚好在岛上的酒店和经销商开会，我在酒店房间里等他。很晚了，他应酬还没完，后来……后来冯小姐来他的房间取东西，刚好碰见了我……只有冯小姐一个人知道我和小雨的存在，你父亲很信任她，所以，后来，当他自己不方便照顾我们的时候，都是委托冯小姐的……"

陆子浮全身都热烘烘的，脑子里嗡嗡作响。

"所以，我父亲给你们生活费，也是通过冯小姐？对不对？"他极力控制着自己的情绪。

她似乎很惊讶他知道得这么多。

"可是，子浮，请你相信我，我和你父亲在一起，并不是为了他的钱……"

陆子浮的头都快疼得裂开了。他挥挥手，让她不要再说。

"那我父亲去世之后，你们见过冯小姐吗？"再次提到那个熟悉的名字，他的心脏都快要承受不住。

"见过。"她的表情有些犹疑。

"什么时候？在哪里？她说了什么？"他一把抓住她的手。

"上个月，她来看我们，说是把餐厅卖掉了，还……还留给我很大一笔钱。"

陆子浮痛苦地攥紧了拳头。

"我不要那钱，可她说，你父亲当初在餐厅里投了一笔钱的，她一定要给我……我……"

或许是看着陆子浮的样子阴郁痛苦得可怕，她突然不说了，怔怔地看着他。过了半晌，她说："对不起，子浮，对不起！"她的眼泪哗啦啦往下掉，"我对不起你和你母亲。我……"

"慕云……"他费力说出了那两个字，"你刚才说她把餐厅卖掉了，那她去了哪里，你知道吗？"

他知道希望很渺茫，果然，她摇了摇头。

"我问她是不是要离开这里，她说是；问她要去哪里，她也不说。只让我照顾好小雨……"

陆子浮呆呆地站在原地，整颗心都像被掏空了一样。

原本阴沉的天气，突然下起雨来，松枝颤动，雨点越来越密集。小女孩红帽子的边缘很快被浸湿了。

"下雨了，你们快回去吧！"陆子浮无力地冲她们摆了摆手。

"那你……"他张皇的表情一定泄露了心事，那女人眼神里透着关切。

"我想一个人待一会儿，不用管我！"他说着，转身朝父亲的墓碑走去。走出几步，他又转过身来，她们还站在原地，看着他。

他勉强笑了笑，走过去，摸了摸那女孩的头。他从衣袋里拿出一张名片，递给她母亲。

"有事情给我打电话吧！"他说。

那女人把那淋湿的纸片捏在手心里，站在大雨中，看着他。她脸上全是水，不知道是雨，还是泪。

小女孩的红帽子在墓园门口消失，而这边的陆子浮在滂沱大雨中，独自站在父亲的墓碑前面。他不知道自己站了多久，鞋子里都泡满了水，而墓碑上父亲的相片，仿佛已经被雨水洗得褪了色。

生活给他开了一个太大的玩笑，原来，父亲的死，远非一切的终结。躺在墓地里的那个人，隐藏的"不道德"的秘密，是如此的灼热，灼伤了所有的人。辛苦背负这个秘密的慕云是无辜的，陆子浮是无辜的，母亲也是无辜的，甚至在雨中离开的女人，可能也是无辜的。

那么，谁才是有罪的？

造成所有痛苦的那个人，他现在躺在冰冷的墓地，不能说话，不能辩解。

陆子浮的痛苦无处申诉。

尽管觉得希望渺茫，回到车内，他还是拨了那个熟悉的电话。电话那头的语音提示竟然是：此号码为空号。

再次失去她的痛苦挤压着他的心脏，这一次，痛苦感是加倍的。

他去了所有与她有关的地方。遍寻，无踪。

云餐厅人去楼空。他去的时候，天已黑透。餐厅的招牌已经被取下，不可思议的是，它已经变为一座在夜晚无声无息的房子。

曾经晚市的灯火通明，竟如同一场幻梦。可那明明才是几个月前的事情。

他坐在喷泉前面那张熟悉的长椅上。不知道何时，雨已停了，长椅已变得干燥。他无望地拨了所有可能知道她去向的人的电话，何青、吴亚、小周、王厨，甚至李福。电话那头的人听起来状态都不错，可他没有心情去关心他们的近况。

好像每个人都过得很好，除了他自己。

没有人知道慕云在哪里。

除了一个人。

尽管并不情愿，他最终还是拨通了肖牧的电话。

听到陆子浮的声音，肖牧并不惊讶，他好像已经知道会接到这个电话。他可能是唯一的知情人，这个事实令陆子浮感到莫名的恼怒。

他赶到肖牧工作室的时候，夜已深，整栋楼里，只有他的办公室亮着灯。

"慕云去哪里了？"推开门，与肖牧四目相对，陆子浮劈头就问。

"你先坐下。"肖牧递过来一罐啤酒。

陆子浮拒绝了，站在门边，"快告诉我，慕云去哪里了？"

肖牧摊开手，耸耸肩膀。

这个动作激怒了陆子浮。他冲过去，抓住肖牧的衣领，怒不可遏道："你知道的，是不是？慕云到底去哪里了？快告诉我！"

"我他妈的为什么要告诉你！"肖牧扯开他的手，伸出手给了他一拳。

他的拳头很重，陆子浮没有任何防备，跌坐在沙发上。他的鼻子很快出血了，温暖的红色液体从鼻孔流出。他捂着鼻子，以一种愤怒又绝望的目光，看着肖牧。

肖牧叹了口气。又过了一会儿，他终于说话了："我说你小子就不能消停点儿吗？"他点了一根烟，"就因为你，和你们家那些个破事儿，逼得慕云没有办法再在这个城市待下去，现在你满意了吗？"

陆子浮看着他，他不知道，关于他们的那些事情，眼前的这个男人究竟知道多少。尽管很难启齿，但陆子浮还是说："直到今天我才知道，我和她之前有一些误会。都是误会……所以你一定要告诉我，她到底去了哪里。"

"然后呢？"肖牧把烟狠狠地掐灭在玻璃缸里，挑衅地看着他。

陆子浮不说话。

肖牧又说："然后，你，陆氏集团董事长，难道打算迎娶冯慕云？这个曾经被传和你父亲不清不楚的女人？还是，你打算澄清事情的真相，还慕云一个清白？"

"我……"陆子浮一时失语。

"你觉得，你用一个新的'真相'替代原来的'真相'，替慕云洗刷了清白，从此，你们的爱情就可以被成全、被祝福，从此，你们就可以幸福地生活在一起了？"肖牧越说越气愤，在房间里焦躁地走来走去。

"陆子浮，别的不说，就冲着我年长你十几岁，你就听我一句劝，不要再找慕云了。你们俩，到此为止吧！"

"上次我就跟你说过，在事情还没有变得不可挽回之前，就应该罢手，可你不听。现在，你把大家都弄得遍体鳞伤。你还不明白吗？她离开，你好好经营你父亲的公司，你们俩不要再有任何关系，这是最好的选择！"

"可是我爱她，她也爱我，为什么我们不能在一起？"陆子浮从沙发上跳起，额头上冒着青筋，血从指缝里往下滴。

"陆子浮，你还不明白吗？不是说有了爱就可以为所欲为的，很多时候，不合适的爱只会伤人，只会带来无尽的痛苦。"

"以你现在的身份，责任更重于爱，你懂吗？"肖牧一席话，说得语重心长。最后那句话尤其刺痛了陆子浮的心，因为它是那么真实，又切中要害。

"我不告诉你慕云去了哪里，还有一个很重要的原因，就是她不允许我告诉你。她想就这样安静地离开，去一个没有人知道的地方，和母亲，还有女儿，平静地生活。"

肖牧说这话的样子，令陆子浮相信，他没有骗他。不让陆子浮知道自己去了哪里，让陆子浮再也找不到自己，这就是慕云的意思。

他站起身来，走到窗边。

窗外如死海般沉寂，连一盏灯都没有。

"今天园区电路检修，路灯也不亮。"肖牧在他身后说。他善意地拍拍陆子浮的肩膀，"等一下这栋楼也要停电了。你回去吧。好好睡一觉……"

"你是想说，我回去好好睡一觉，就会把她忘了？"

他的脸没在黑暗中，肖牧看不清那脸上的表情。

"那样的女人，如果爱过，会那么容易忘掉吗？"

"你呢，你做得到吗？"陆子浮歪了歪头，似笑非笑，"睡一觉，就忘得干干净净，像是从来没有过这么一个人？"

他的话尖锐得像刀子，成功地刺伤了肖牧。他似乎不想再继续这对话，而是径直走到门边，打开门，示意他出去。

陆子浮刚走到过道里，却听到肖牧在后面叫他。

"你等一下，还有东西要给你。"他说。

他走过来的时候，灯突然灭了。

"该死，停电了。你只能走楼梯了。"肖牧说着，塞给他一样东西，是一个纸袋。

"慕云让我给你的。"他说。

"告别礼物？"他勉强地笑了，心却痛得无以复加。

陆子浮拎着那只纸袋，在黑暗中走下楼道。安全通道的气味不好闻，他不记得自己吃过什么东西，胃里却一直往上涌着奇怪的味道。

车子就停在楼下，对着出口的地方。

他把那褐色纸袋扔在副驾驶座上，发动了车子。开出去好一段，在等红灯的时候，他拿起那个纸袋。柔软的丝质物从袋子的一侧滑落，路边的灯光，把那裙子的宝蓝色衬得格外明亮。是那条及踝长裙，他买给她的第一件，也是最后一件礼物。

慕云离开得未免太决绝，连唯一的纪念都要退还给他。他愤怒地提起那裙子，想要把它扔出窗外，却从裙摆上飘落下一张白色的纸片。他诧异地在半空中接住那张纸片，竟是那日的烟盒，纸片的背面，绘着她的唇。

他亲手绘的，她美丽的唇。

他把那纸片捏在手里，再也控制不住，伏在方向盘上，大哭起来。

身后的汽车喇叭，烦躁地响个不停。

他在哀悼他的爱情和青春。

最美的人、最刻骨的爱情，都如同初见她时的樱花一样，谢了，落了，归尘，归土。

那从初春到夏末的短暂爱情，在陆子浮的身体和心灵上烙下的印记有多深刻，在一切成空之后，带给他的痛苦就有多深刻。

这个二十二岁的男孩，除了愤怒、绝望和哭泣，不知道还能有什么别的办法，来祭奠这死亡的爱情。

这狼狈的大哭，是他在变成一个只有责任、没有爱的男人之前，所做的最后一件孩子气的事情。